왕의 길

왕의 길

초판1쇄 인쇄 | 2018년 4월 2일
초판1쇄 발행 | 2018년 4월 6일

지은이 | 김정현
그린이 | 윤문영
펴낸이 | 박연

펴낸곳 | 한결미디어
등록일자 | 2006년 7월 24일
등록번호 | 제25100-2006-152호
주소 | 서울시 마포구 모래내로 83 한올빌딩 6층
전화번호 | 02 · 704 · 3331
팩스번호 | 02 · 704 · 3330

총괄 이사 | 이광우
책임 편집 | 박경미
인쇄소 | 한영문화사
제책사 | 한영문화사
지업사 | 신승지류

ISBN 979-11-5916-066-0 03810

이 도서의 국립중앙도서관 출판예정도서목록(CIP)은 서지정보유통지원시스템 홈페이지(http://seoji.nl.go.kr)와 국가
자료공동목록시스템(http://www.nl.go.kr/kolisnet)에서 이용하실 수 있습니다. (CIP제어번호: CIP2017023334)

왕의 길

김정현 장편소설 · 윤문영 그림

한얼미디어

소설 속 중요 인물 소개

이 소설은 서기 230년 무렵 삼한시대 감문국을 배경으로 하는 이야기이다. 감문국은 현재의 경상북도 김천지역에 실재했던 읍성국가였다. 왕과 장부인의 이름을 비롯한 역사의 기록이 《삼국사기》 등에도 실려있다. 전해져온 민간의 이야기와 풍속에 기대어 그들 감문인, 나아가 한반도에 웅거한 우리 조상들의 발자취와 정신을 되살려보고자 했다.

금효왕 — 감문국 왕. 백성을 지극한 마음으로 사랑하며 평화를 추구한다. 《동국여지승람》의 현 북쪽 20리쯤에 금효왕릉이 있었다는 기록과 함께 감문면에 금효왕릉으로 전해지는 고분이 있다.

장부인 — 금효왕의 부인이자 감문국의 제사장 격인 신녀. 북방 초원한 소칸의 딸로 태어나, 열 살 무렵 북방지역 권력 변동의 여파로 부모와 헤어져 남쪽으로 향하다 감문국에 이르렀다. 일찍 무술을 배웠고, 감문국 무장들의 중심이다.

원룡 - 감문 출신의 장군. 20대 후반으로 왕은 공주와 혼인시켜 나라를 계승시키려 한다. 인근 사달산(四達山)에 그와 관련한 원룡장군수(將軍水)라는 샘이 있다.

호륵걸 — 북방 출신, 장부인의 호위무사로 감문까지 오게 되었다. 40대
    의 나이에도 젊은 원룡의 부장으로 무용을 펼친다. 거칠고 과격
    한 성품이나 의리가 깊고 평생 초원을 그리워한다.

석우로 — 왕족으로, 사로국 대장군. 포악한 성품으로 왜국에 원한을 사
    불에 타 죽었다는 역사 기록이 있으나, 부하들에게 지극하고 대
    항하지 않는 삼한 사람에게는 너그러운 맹장.

형솔 — 우로 수하의 부장. 정탐을 위해 감문국에 잠입하나 왕의 자애
    로움에 감복하여 경제 번성을 도우며 피 흘리지 않는 병합을 도
    모한다.

소명 — 금효왕의 딸. 천생 여자였으나 인근 가라국을 유람한 뒤 백성
    을 잘 살게 하려는 부왕의 뜻에 적극 동참한다. 그녀와 관련 '애
    인(愛人)고개'라는 지명과 사랑 이야기가 전해지고 있다.

아물 — 감문국 감천 건너편 아포국 군주의 아들. 오직 무력증강을 꾀
    해 백성의 고달픔이 크다. 감문 정벌에 나선 사로국 대장군의 선
    봉이 된다.

저자의 말

한반도 정중앙, 인체에 비유하자면 배꼽쯤 되는 추풍령 남쪽에 삼한시대 '감문(甘文)'이라는 나라가 있었다. 《삼국사기》《삼국사절요》 등 옛 사서에 짧은 기록이 있지만 작은 파편 정도이다. 그럼에도 그 감문의 땅인 오늘날 경상북도 김천시에는 무려 1800여 년 전 그들의 이야기가 구전되고 있다.

여행지에서의 반복되는 조우, 질기고 질긴 인연 혹은 끈기가 호기심을 자극해 들여다보니 과연 '정신'이라 할 무엇이 있었다. 가장 눈길이 간 것은 산등성이에 자리 잡은 작은 돌무덤들이었다. 문득 북방 홍산문화(紅山文化) 시원지의 산등성이 무덤들이 생각났다. 대륙을 처음으로 통일한 진(秦)의 옛 터전인 중국 깐수성(甘肅省) 톈수이시(天水市) 인근 마지아원(馬家塬) 유적지의 산상 고분군(古墳群)도 떠올랐다. 그 주인은 '오랑캐'라 불린 융(戎)으로 북방 민족이었다. 그리고 최근에 돌아본 경북 고령의 대가야 고분군.

이들 모두는 산등성이 무덤이지만 시대와 주인에 따라 크기나 양식, 부장품 등은 상이하다. 그렇지만 우리의 뿌리가 북방과 인연 깊고, 그들의 무용과 끈질김도 우리와 유사하기에 이야기의 고리로 삼았다. 모

6

든 제국은 포용으로 문을 열고 배척으로 막을 내린 것이 역사의 교훈이다. 역사를 모티브로 한 픽션이지만 쓰다가 보니 포용과 배척의 논리는 오늘날에도 크게 다르지 않다는 사실이 놀라웠다.

감문국, 시대의 흐름에 어쩔 수 없이 막을 내리기는 했지만 '불굴의 정신'을 유산으로 남긴 그 역사는 우리 모두의 것이다. 가장 필요한 때, 뜨겁고 아름다운 정신을 되살릴 수 있어 기뻤다. 오늘의 위기를 극복하는 지혜의 한 가닥이 되길 희망한다.

2018년 3월
백운산을 다녀와서
김정현

목차

감문국(甘文國)

"말씀드립니다. 화평(和平)을 지키기 위해서는 적의 침입에 대비하여 언제라도 맞싸울 수 있는 준비를 해야 합니다. 지난해 사로국 계림에서는 큰 지진이 있었고, 10월에는 5척(尺)이나 쌓이는 큰 눈까지 내렸으니 한동안 나라밖으로 눈 돌릴 겨를이 없게 되었습니다. 적의 창끝이 무딜 때 우리의 군사를 강화해야 합니다."

장부인(獐夫人)의 말에 금효왕(金孝王)은 눈을 감고 입을 다물었다. 배열한 신하와 무장(武將)들이 침묵한 채 왕의 말씀을 기다렸지만 한참이 지난 뒤 한 손을 들어 모두 물러가라 했다.

서기 230년 정월, 소백산맥 추풍령 동쪽 감문산(甘文山) 아래에 자리한 감문국(甘文國: 경상북도 김천시 일원) 궁궐에서는 논란이 분분했다.

동남쪽에 자리한 사로국(斯盧國: 서기 503년, 22대 지증왕 4년 이후 신라)은 박혁거세 건국 이후 점차 세력을 키워, 이제는 마한·진한·변한의 삼한 중 진한(辰韓)의 맹주가 되어 인근 소국들을 하나씩 복속시켜 나가고 있었다.

남쪽 변한(弁韓) 지역에는 수로왕(首露王)의 기이한 탄생 이야기가 전해지는 가야(伽倻) 6국이 연맹체를 이루고 있었는데, 그중 가장 강성하기는 오늘날 경상남도 김해시 일원의 가락(駕洛, 혹은 加洛)으로 훗날의 금관가야(金官伽倻)가 그것이다.

한편 부여(夫餘) 계열로 북방에서 내려온 온조(溫祚) 세력은 당시 대수(帶水) 또는 한수(漢水)로 불리던 오늘날 한강(漢江) 유역에 둥지를 틀고, 그를 시조로 나라를 세우니 백제였다. 이들은 서쪽 마한(馬韓) 지역과 더불어 한반도 중부 지역을 가로지르며 세력을 확장하니 동쪽으로는 오늘날 강원도 춘천 인근에까지 힘이 미쳤다.

감문은 지정학적으로 그 같은 호각지세의 한가운데에 위치하니 머리 위에는 백제를 이고, 양발 아래로는 가야 6국과 사로를 둔 형세였다. 그런 중 작금 가야는 사로와 우호 관계를 유지하고 있었지만, 사로는 북쪽 백제와의 경계에서 분쟁이 잦으니 언제 고래 싸움에 새우등 터지는 신세가 될지 모르는 형국이었다. 그리하여 감문에서는 그들 사이에서 불간여(不干與)의 화평을 추구해온 지금까지의 방침을 견지해야 한다는 쪽과 군사 확충과 동맹으로 나라의 힘을 키워야 한다는 쪽의 논란이 분분한 것이었다. 전자는 왕을 중심으로 한 토착민과 문신들이 주축이었고 후자는 왕비인 장부인을 중심으로 한 이주민과 무장들이었다.

왕과 장부인이 나라의 앞날에 대한 생각이 서로 다르다고 반목하거나 갈등하지는 않았다. 두 사람은 부부의 연을 맺은 지 오래였고 정 또한 깊어 화목했다. 북쪽 어딘가를 떠나 한반도 서쪽과 남쪽을 돌아서 마침내 감문으로 들어서던 11살 그때 이미 말 위에서 의연했던 장부인은 군사 확충과 동맹의 간언을 멈추지 않았다.

"정령(精靈)의 계시라도 있었습니까?"

아직 바람은 찼지만 어느새 대지 곳곳에서는 푸른 생명의 기운이 움트는 궁궐 뜰을 거닐며 왕이 물었다.

"근자에 정령과 접(接)한 바 없으니 그렇지는 않습니다."

"허허……."

장부인의 나지막한 대답에 왕은 한숨인 듯 희미한 웃음소리를 흘렸다.

장부인은 하늘과 대지의 신을 접해 계시와 정령을 받는 신녀(神女)이기도 했다. 그러니 정령을 받은 것이라 말하면 주장에 더욱 무게가 실릴 텐데 그러지 않는 것이었다.

"이제 씨를 뿌려야 할 계절이 코앞입니다. 다행히 지난겨울에 눈이 많아서 저기 앞 감천의 물도 넉넉할 테니 올가을에는 풍년을 기대해도 좋을 것 같습니다."

왕의 말에 장부인은 연당(蓮塘) 앞쪽 감천(甘川)을 향해 눈길을 돌렸다.

나라 서쪽 지례(知禮) 우두령(牛頭嶺)에서 발원하여 인근 황악산(黃岳山), 속문산(俗門山) 등지의 물줄기와 합쳐진 감천은 이 나라의 근원이었다. 수량도 풍부했다. 때때로 물이 강둑을 범람해 인근의 농토를 뒤엎기도 했지만 그것은 오히려 지력이 쇠해진 농토를 기름지게 해주어 전화위복이 되었다. 한바탕 홍수가 지나가면 강바닥은 인근 산야에서 쓸려온 모래가 차지해 다시 맑아졌고, 뭇사람과 강고기의 젖줄이 되었다. 아니다. 그런 감천이 있었기에 아주 오랜 옛적 삶의 터전을 찾아 떠돌던 이들이 뿌리를 내려 오늘을 살아가는 사람들의 조상이 되었을 터이니 젖줄 이전에 양수(羊水)라 하는 것이 더 옳을 것이었다.

"씨앗도 뿌려야 할 것이지만 더불어 군사도 기르십시오."

"장정들이 훈련에 임하는 만큼 늙은 부모와 아녀자들이 농사에 더

12

힘을 써야할 터이니 그 고충이 여간 심하지 않을 것입니다."

"그렇기는 하지만 침략해 온 적에게 당할 고통에 비할 바는 못 됩니다."

"적이라……."

왕은 고개를 끄덕이며 혼잣말처럼 중얼거렸다.

안타까운 일이었지만 갈수록 사람이 사람을 믿지 못해 경계하고 이웃은 적으로 변하고 있었다. 아마 처음 이 땅을 찾아와 터로 잡은 이들은 몇 호 남짓이거나 많아도 수십 호였을 것이다. 또 낯선 땅, 익숙하지 않은 환경에서 뿌리를 내리려면 무엇보다 함께하는 이들끼리 한마음으로 뭉쳐야 했을 것이다. 그래도 때로는 맹수의 습격이나 독충에 의해, 때로는 알 수 없는 괴질이나 감당할 수 없는 재난으로 어이없이 죽고 상해 헤어지기도 했으리라. 그래도 서로가 돕고 사랑하며 점차 식구와 이웃을 늘려 수백 호에 이른 오늘에는 어지간한 고난은 이겨내며 더 나은 미래라는 희망을 품게 되었다. 그렇지만 그 희망이란 것은 눈이 부시도록 찬란하기는 하지만 빛이기에 옅은 구름만 끼어도 금세 사라지고는 했다.

감문만이 아니라 이 땅 곳곳에는 수많은 이들이 저마다 무리지어 살고 있었다. 저마다 산이 바람을 막아 품어주고 맑은 물이 풍부한 땅이었다. 집을 짓고 농경지를 일굴 수 있는 땅의 넓이만큼 무리가 지어졌다. 적은 곳은 지금도 수십여 호, 많은 곳은 수천 호, 아니 수만 호에 이르기도 한다는 나라까지.

이리저리 들려오는 말에 따르면 사로는 수만 호의 가구에 백성의 수는 수십만에 이르는데 다스리는 자는 이사금(尼師今)이라 하고, 수로왕의 뒤를 이어 그의 아들 거등(居登)이 다스리는 남쪽의 가락(금관가야)도 수만 호에 이른다 하니 가히 나라(國)라 칭할 만했다. 서쪽 마한에는 본디 여러 소국이 있었는데 북쪽에서 내려온 백제라는 세력이 점점 잠식해 이제는 유명무실하다 했다. 그러하니 그 백제라는 나라 또한 수만 호에 백성의 수가 수십만에 이르고, 좀 더 북쪽의 고구려라는 나라는 국세의 강성함이 듣는 귀를 의심케 할 정도였다.

세상은 도대체 얼마나 넓은 것인지, 끝이 보이지 않는 강을 바다라 하는데 서쪽 바다 건너에는 위(魏)·촉한(蜀漢)·오(吳)라는 나라가 있어 그 백성의 수가 각각 수백만 명을 넘고, 한번 전쟁이 일어나면 백만의 군사가 창과 방패를 겨루어 수십만 명이 목숨을 잃는다고도 한다.

참으로 기막힌 노릇이 아닌가. 그처럼 많은 백성이 있고 그 많은 사람들이 어울려 살 만큼 땅이 넓다면 힘을 모아 제방을 쌓고 땅을 개간해 삶을 풍성하게 만들 일이지 무엇 때문에 죽기로 싸워 빼앗으려고만 하는가 말이다. 어떤 자의 욕심에서 비롯된 일인지는 모르나 참으로 어리석고 우매한 일이었다.

이 땅에도 여전히 어디로부터인가 사람들이 끊임없이 모여들고 있다. 여전히 개간할 수 있는 땅은 도처이고 맑은 물 또한 지천이니 시간이 흐르면 저절로 강성해지지 않겠는가. 그럼에도 이 땅 또한 평화보다는 점점 전운이 돌고 있었으니……

"아직은 사로의 힘이 아주 강성하다 할 수는 없으나 바다를 면해 있어 여러 먼 나라에서 다양한 문물이 들어온다고 합니다. 그 문물은 새롭기도 한 데다 재화를 만들어 아주 빠르게 부강해지고 있다 하니 머지않아 사방으로 뻗어나가려 할 것은 불을 보듯 환한 일입니다."

"그러니 어쩌겠습니까. 우리에게 그 바다라는 것은 너무 멀고, 찾아 나서 보려 해도 사방에 여러 나라의 국경이 가로막고 있으니 말입

니다."

"오직 바다만이 길이겠습니까. 우선 가까운 가라와 교역하며 문물을 들여오고 재화를 늘리는 것도 방법입니다."

가라(加羅)는 오늘날 경상북도 고령 지역을 터전으로 힘을 길러 훗날 대가야(大伽倻)로 역사에 기록되었는데, 가야 6국 중 마지막까지 명맥을 지키다 신라에 복속되었다.

"가라의 역량이 어느 정도나 됩니까?"

"아시는 바와 같이, 전해오는 이야기에 따르면 한 번에 6개의 알에서 각각 태어난 이들이 수로왕을 비롯하여 모두 저마다의 나라를 세웠다고 합니다. 대략 우리 감문 남쪽으로 자리한 그들 나라들은 서로 형제처럼 협력하여 힘을 키우고 있는데, 먼저 가라를 그 창구로 삼을 만하다고 듣고 있습니다."

"그들이라고 더 강성해지면 사로와 다를 바 있겠습니까?"

고개를 돌려 왕의 눈을 바라보는 장부인의 눈빛이 아련한 그리움에 북받치는 것도 같았고 희망에 벅찬 것도 같았다.

"우리와는 뿌리가 다르지 않습니다. 여태껏 한 번도 우리를 낮춰보지 않았고 언제나 호의적이었습니다. 우리가 손을 내밀면 그만큼 더 우의는 깊어질 테고, 형제가 되면 사로 또한 섣불리 넘보지 못할 것입니다."

"이주해 온 사람들 이야기군요."

"예? 아닙니다. 어찌, 어찌 그런 말씀을……"

장부인은 털썩 무릎을 꿇고 땅바닥에 이마가 닿을 듯 머리를 조아려 떨리는 음성으로 고했다.

"용서하십시오, 아니 벌하여 주십시오! 다만 아주 오랜 옛적부터 이 땅에서 씨앗을 뿌리고 자손을 낳아 대를 이어온 우리 감문 백성들이 영원하기를 바라는 마음만은 곡해하지 말아주십시오."

"허, 일어나십시오, 부인. 어찌 그 마음을 모르고 의심하겠습니까."

왕은 손을 내밀어 장부인을 일으킨 뒤 그윽한 눈빛으로 말을 이었다.

"들어온 사람들을 따로 구분하고자 말한 것이 아니니 오해는 마십시오. 사람이 찾아서 길이 나고, 그 길로 사람이 다녀 마을이 생기는 것인데 어찌 오고감의 선후로 구분하고 차별을 두겠습니까. 허나 오래된 익숙함과 새로 와 낯선 차이에서 생기는 뜻의 다름이 너무 강고하게 부딪치면 하나로 화합할 수 없기에 우려하는 것뿐입니다."

"어찌 왕의 거룩한 뜻을 모르겠습니까. 하오나 사람이라면 누구라도 안락한 터진에서 오래도록 대를 잇고 싶은 것이 소망일 것입니다. 그럼에도 머물지 못해 떠나야 했던 사람들은 나라의 강성함에 대한 간절함이 너무도 크기에 그로 인한 목소리이오니 너무 노하지 마십시오."

왕은 고개를 끄덕이며 생각에 잠겼다.

언제 적부터 이 땅에 사람들이 찾아와 살게 되었는지는 왕도 자세히 알지 못한다. 어릴 적 기억으로는 사람의 수도 지금보다 훨씬 적었고, 사는 살림의 형편도 누추했다. 다행히 아버지가 나라를 다스리는 동안 백성을 자식처럼 여기고, 큰 가뭄이나 홍수 같은 재난도 적으니 나라 안의 호구(戶口)가 빠르게 늘었고, 농사에 힘써 기름진 논밭이 늘어나니 살림살이도 크게 펴지고 달라졌다. 그 과정에는 무슨 사연을 품었는지 먼 곳에서 찾아와 뿌리를 내린 사람들도 크게 한몫했다. 아버지는 오는 사람 가는 사람 모두 막지 않았다. 떠난 사람도 있지만 찾아와 뿌리를 내리는 사람이 훨씬 더 많았고, 그들이 가져온 것은 대부분 새롭고 다른 것들이었다. 물건도 있었지만 다른 생각이 삶을 바꾸는 데는 훨씬 더 유용했다. 왕도 그런 다른 세상을 돌아 직접 눈으로 보고 체험하고 싶었지만 여의치 않은 일이기에 오직 귀를 기울일 뿐이었다.

왕이 다시 입술을 뗐다.

"바다를 품고 있다는 그 가락에 대한 기억은 요즘도 생생하십니까?"

"물론입니다. 가장 또렷이 기억하는 것은 철갑옷으로 무장한 군사들입니다. 적의 창과 화살이 쉽게 뚫을 수 없는 갑옷으로 차려입고 마상에 오른 무사들의 그 장엄한 기세라니…… 어린 소녀에게는 참으로 잊을 수 없는 설렘이고 아름다움이었습니다."

마치 자신이 군사가 된 듯 벅찬 기운을 담아 대답하는 장부인의 모습에 왕은 웃음을 머금었다.

"나도 부인이 이곳 감문으로 찾아왔던 날을 여태 기억합니다. 그 어리고 여린 몸으로 자신보다 몇 배나 큰 말 위에 당당히 앉아 땀방울을 흘리던 모습이 내게는 갑옷을 입고 창을 든 군사보다 훨씬 더 당당해 보였으니 말입니다. 가락에서도 모든 여인들이 그렇게 말을 타고 용맹했습니까?"

"그렇지는 않았습니다. 대다수 여인은 아이를 키우며 집안일을 하였으나 일부 여인은 남자들과 나란히 창을 잡고 말을 타기도 했습니다. 짐작건대 그들은 어릴 적부터 말을 타는 먼 곳에서 찾아온 여인들이 아닌가 싶었습니다. 무엇보다 가락에서 인상 깊었던 것은 그들은 쇠를 잘 다뤄 갑옷이나 병장기의 강고함은 물론이고 생활에서도 쇠를 이용하는 것이었습니다."

"그 역시 먼 곳에서 온 사람들이 주축이었습니까?"

"아마도 그런 듯했습니다."

"그런데 부인은 어찌 그곳을 다시 떠나게 되었던 것입니까?"

"무슨 큰 변이 있었는지 아주 어릴 때 일은 기억이 지워졌습니다만 저희 무리가 그 땅에 도착한 뒤의 일은 조금 생각납니다. 본래부터 터를 잡아 산 무리도 있었고 저희보다 훨씬 앞서 찾아와 어울린 사람들도 있었는데 우리 무리를 적대시하지는 않았습니다. 다만 그들에게 듣자니 출발지는 엇비슷한 것 같았으나 저희와 직접 인연이 닿지 않은 데다 꽤 오랫동안 여러 무리들이 찾아왔다가 인연이 닿을 만한 무리를 찾아 여기저기로 흩어졌다 하기에 우리 무리도 다시 떠났던 것으로 들어 알고 있습니다."

"그랬군요. 그럼 그곳에 머무는 동안 바다라는 곳을 보았습니까?"

"예, 신비했습니다. 깊이가 얼마인지도 모른다는 검푸른 물 세상이 정말 끝이 보이지 않도록 펼쳐져 있었는데 그 위에는 집채만 한 배들이 수도 없이 떠 있었습니다. 그들 배는 대부분 먼 곳에서 왔다는데 남쪽 바다를 건너오기도 하고 서쪽 바다를 건너온 배도 있다고 들었습니다. 배에서 내린 사람들은 생김새도 말도 옷차림도 모두 달랐지만 다툼이 아니라 서로 거래를 하려는 목적이었는데 가락에서는 주로 덩이쇠를 내놓았습니다. 들기로는 서쪽의 화하(華夏: 중국 한족의 원류) 사람들이나 남쪽 왜(倭)라는 나라 모두 가락의 덩이쇠가 우수하여 구하려는 걸음이었다 하니 그로 인해 얻는 수익이 커 가락의 국세(國勢)는 하루가 다르게 번성한다고 했습니다."

"쇠라……."

한숨처럼 내뱉고 생각에 잠겼던 왕은 한참 만에 결심한 듯 말을 이었다.

"내일은 장수와 신하 몇을 사신으로 삼아 가락으로 보내도록 하겠습

니다."

　"참으로 현명한 결정이십니다."

　장부인은 감읍하여 허리를 깊이 숙였다.

말을 타고 온 사람들

유라시아 대륙의 동쪽 끝, 반도(半島) 깊은 산중의 사람들은 자세히 알 수 없었으나 그 무렵 서쪽의 세상은 그야말로 피바람으로 요동치고 있었다. 4백여 년 대륙의 주인으로 군림하던 한(漢)나라는 온전한 주인을 잃고 희대의 영웅 또는 간웅으로 일컬어지는 이들이 천하의 패권을 잡기 위해 사방에서 떨쳐 일어났으니 이때의 혼란을 훗날의 사람들은 위·촉·오를 중심으로 한 삼국시대라 한다.

삼국시대가 대륙의 중원을 중심 무대로 펼쳐진 역사라면 그 북방에서는 유목을 주업으로 말을 잘 타는 민족들이 또한 생존과 패권을 위해 치열한 각축전을 벌이고 있었으니 그 주인공은 흉노·선비·탁발 등이었다.

그보다 훨씬 전에는 북방에서 발원한 부여 사람들 중 일부가 남쪽 반도로 내려와 나라를 세우기도 했고, 또 일부는 북방의 다른 민족들과 합하거나 흡수하여 또 다른 주역이 되기도 했다. 긴 세월이 흐르며 일일이 열거하기도 어려운 수많은 명멸 속에 이제는 모두 그 뿌리마저 희미해졌지만, 개중에는 혼란과 위기가 절체절명에 달하면 남쪽으로 생명의 길을 찾는 사람들도 있기 마련이었다. 아마 장부인의 무리 또한 그런 행로로 반도의 여러 곳을 거쳐 감문에까지 이르게 되었을 것이다.

금효왕은 그날을 선명하게 기억하고 있었다.

이전에도 드문드문 낯선 이들이 찾아오기는 했지만 30여 명의 무리가 들이닥친다는 급보는 처음이었기에 당시 감문을 다스리던 선왕(先王)은 직접 군사를 이끌고 나갔다. 과연 궁궐 남쪽 나벌들 어름에 이르니 그들 무리가 있었는데 모두 말을 타고 무기를 소지한 자들이었다. 기이한 것은 그들을 막아선 감문의 군사는 겨우 십여 명에 불과했음에도 대항하지 않았고, 선왕이 이르자 수장으로 보이는 자를 필두로 모두가 말에서 내려 열을 맞춘 뒤 일제히 허리를 굽힌 것이었다. 선왕의 군사도 서른 남짓이었고 창칼과 같은 무기는 오히려 그들의 것이 더 잘 벼려져 있었음에도 먼저 허리를 굽힌 것은 대항하지 않겠다는 뜻일 테니 선왕은 선선히 그들의 이야기에 귀를 기울였다.

당시 소년이었던 금효왕은 자신보다 대여섯은 어려 보이는 열 살 남짓의 소녀에게 먼저 눈이 갔다. 전신에 흙먼지를 뒤집어쓰고 땀 얼룩으로 엉망인, 피곤에 지친 몰골이었지만 동여맨 붉은색 머리띠 아래의 눈빛만은 형형했다. 모두가 말에서 내렸음에도 소녀는 여전히 꼿꼿이 마상을 지켰으니 다른 이들은 그녀를 지키는 군사라는 것을 짐작할 수 있었다.

수장이 허리를 굽히고 선왕이 앞장서 궁으로 향할 때도 소녀는 여전히 마상을 지켰다. 홍·청의 색깔이 섞인 비단저고리와 두터운 천의 갈색 바지 위로는 사슴가죽으로 보이는 소매 없는 조끼를 덧입었는데 갈색 가죽 끈을 청동 고리에 끼워 허리를 단단히 묶었다. 등자(鐙子: 말의 발걸이)에 의연히 끼운 두 발은 무릎 아래까지 닿는 얼룩무늬 가죽장화를 신었는데 가는 가죽 끈을 여러 겹 둘러 단단히 묶었다. 소녀 역시 허리춤에 자신의 팔 길이만 한 칼을 차고 있어 제법 의젓한 전사(戰士)의 모습이었다. 하지만 과연 어린 소녀가 저 칼로 무엇을 할 수 있을까 우스웠지만 얼마 되지 않아 다부진 검술을 보고 심장이 떨린 기억은 지금도 선명했다.

선왕은 그들의 수장에게 땅을 내주었고 하나같이 전사 같던 그들 무리도 더는 떠돌 생각을 접고 땅을 일구며 농사에 힘썼다. 그래도 처음 한동안은 몸에 밴 전사의 눈빛과 몸짓으로 경계를 늦추지 않았지만 이렇다 할 주변과의 다툼이 없으니 저절로 전사의 기세는 누그러졌다.

소녀가 왕의 아들과 혼인하고, 선왕이 세상을 버려 아들이 왕이 되며 소녀는 왕비인 부인이 되는 세월이 흐르며, 30여 명 그들 중에서도 눈을 감고 하늘로 돌아가는 이들이 있었다.

장군 원룡(元龍)과 총신(寵臣) 부영(負榮)을 가락과 가라에 사신으로 보낸 며칠 뒤, 느닷없는 소란이 궁에 긴장을 몰고 왔다. 해질 무렵, 성안골(城內谷)을 순시하고 궁으로 돌아오던 부장(副將) 호륵걸(呼勒傑)과 그 군사들이 유동산 기슭에 은신해 있던 수상한 무리 6인을 붙잡았는데 감천 건너 아포(牙浦) 마을 수령의 아들과 장정들이었다.

아직은 삼한 대부분 나라가 강력한 왕권 체제를 이루지 못하고, 읍성국가(邑城國家)라 할 수 있는 소국으로 서로 연맹을 이루는 정도였지만 아포가 감문국 왕을 따르고 보살핌을 받는 것은 아주 오래전부터였다. 다만 감천의 강이 넓고 깊어 건너는 데 불편이 크기에 따로 수령을 정해 나라에 세금을 바치고, 제방을 쌓는 등 마을의 크고 작은 일을 감당하도록 하였다. 오래전 수십 호에 불과하던 가구가 이제는 백여 호를 넘어섰는데 왕의 신하들은 세가 커진 만큼 세금을 늘려야 한다고 했지만 아포는 이런저런 핑계로 따르지 않았다.

주된 핑계는 제방을 보강하고 남쪽 달구벌(達句伐, 혹은 달벌: 지금의 대구광역시) 군사들이 엿보는 기미가 있어 방비할 군사를 늘리는 일이 시급하고 중요하다는 것이었는데 금효왕은 그 모두가 백성을 위한 것이라며 흔쾌히 허락했다. 하지만 감문의 무장들은 강이 가로막고 있어 무시로 왕의 군사를 일으킬 수 없는 소국에서 지나치게 군사를 키우는 것은 수상하고 위험하다며 반대하던 터였다. 더군다나 아포는 감문 이외의 사람들에게는 스스로 왕이라 칭하기도 한다는 소문도 있었다. 그러한데 날카로운 칼과 창으로 중무장한 채 야음을 기다리며 은신해 있다가 발각되었으니 연유를 따지는 매질이 가혹해진 것은 인지상정이었다.

왕은 피투성이가 된 여섯 장정을 내려다보며 미간을 찌푸렸다.

"누가 아포 수령의 아들이냐?"

"소인 아물(牙物)이옵니다."

대답하고 나선 것은 스물대여섯쯤 돼 보이는 훤칠한 청년이었다. 피투성이가 된 얼굴 가운데에서도 이글이글 타오르는 부릅뜬 두 눈과 다부지게 벌어진 어깨는 그 위세만으로 적을 움츠러들게 할 만했다. 왕은 흡족함을 감추지 않았다.

"어서 묶은 줄을 풀어주고 얼굴의 피를 닦아주어라."

"이놈들은 무기를 감추고 숨어든 놈들입니다."

부장 호륵걸의 볼멘소리에 왕은 눈을 부릅떴다.

"어허! 아포의 백성도 나의 백성이다! 어찌 내 백성을 저처럼 피 흘리게 했다는 말이냐!"

왕의 호통에 군사들이 서둘러 여섯 장정들의 포승을 풀어주고 물수건을 가져와 얼굴의 핏자국을 훔쳐냈다. 옆에 선 호륵걸은 연신 식식거렸지만 왕은 모르는 척 외면했다.

"그래, 그대들은 무슨 일로 강을 건너와 산기슭에 몸을 숨겼던 것이냐?"

왕의 자애로운 음성에 아물은 허리를 곧추세우고 입을 열었다.

"도망친 아포의 백성을 잡으려 했던 것입니다."

"백성이 도망을 치다니? 그게 무슨 소리냐?"

"지난겨울 감천의 강물이 줄어들고부터 야밤에 도망하는 자들이 생겨났는데 그중에서 두 가구가 성안골에 있다하여 잡아가려 한 것입니다."

"왜 도망을 쳤다는 것이냐?"

"저희도 무엇보다 그 이유를 알고 싶어 잡아가려 한 것입니다."

"야 이놈아! 아무리 힘없는 백성이라고, 그처럼 가혹하게 들볶아대면 어느 누가 버텨내겠느냐!"

버럭 호통을 치며 끼어든 것은 호륵걸이었다.

"우리가 모르는 것을 어찌 그쪽이 안다는 말입니까! 우리는 가혹하게 대한 적이 없습니다!"

"저런 죽일 놈의 새끼! 감히 어느 안전이라고 시치미를 떼는 것이냐!"

"무엇이 가혹하다는 말입니까? 그쪽이 직접 보기라도 했습니까? 도망친 놈들이 무슨 거짓인들 못 지껄이겠소!"

호륵걸과 아물의 설전에 왕이 의아한 얼굴로 침묵하자 호륵걸은 더욱 목청을 높였다.

"봄부터 가을까지 농사짓고 제방까지 보강하느라 등골이 빠진 사람들을 잠시 쉴 틈도 주지 않고 군사 훈련이다 노역이다 혹사하는 걸 우리가 모를 줄 알아!"

"그것은 백성이라면 당연히 감당해야 할 일 아닙니까!"

"저런 똥통에 빠진 개뼈다귀만도 못한 놈, 백성이 사람이지 우마(牛馬)냐! 아니지, 소나 말도 그렇게 부려먹으면 내빼겠다, 이놈아!"

"말을 삼가주십시오! 우리는 아포의 앞날을 대비했을 뿐이니 백성이 따르는 것은 당연한 일입니다."

더 듣지 않아도 알 수 있을 듯했다. 백성을 편히 보살피는 것을 제일로 하라, 누차 일렀건만 그러지 않는 수령들이 더러 있었다. 다들 핑계는 앞날을 대비하기 위해서라지만 대부분은 우두머리의 사익을 취하려는 속셈이었다. 하지만 몇 차례의 보고에서 이미 아포는 그런 경우가 아니라는 것을 확인한 바이니 왕으로서는 엄히 벌할 수도 없는 노릇이었다.

"그만들 하라! 이미 밤이 늦었으니 저들은 옥에 가두고 날이 밝으면 관련자들을 모두 궁으로 불러 상세히 조사하라. 무엇보다 도망쳤다는 그들 백성의 지금 처지와 원하는 바를 소상히 알아 오라."

장부인과 호륵걸만 남고 모두 물러가게 한 왕은 마땅찮은 낯빛으로 호륵걸을 돌아봤다.

"부장은 어찌 그처럼 거친 것인가. 어지간히 하지. 그래도 수령의 아들이 아닌가. 게다가 말본새는 어떻고, 쯧쯧……. 부인, 아무래도 부장에게 감문의 말을 가르친 이부터 잡아다 혼을 내야겠습니다 그려."

호륵걸의 과격한 성품이 불거질 때마다 왕이 하는 우스갯소리였다.

그렇지만 자신의 호위무사이기도 했던 호륵걸이기에 장부인은 매번 민망했다.

"송구합니다. 그렇지 않아도 소첩이 누차 일렀지만 옳지 않다고 생각되면 물불을 가리지 않는 성품은 도무지 고쳐지지가 않습니다."

호륵걸은 북쪽 초원 작은 부족 칸(汗: 군주)의 딸인 그녀가 말을 타던 6살 무렵부터 곁을 지킨 전사였다. 열여섯 살 그때 이미 6척에 이르는 신장에 우람한 골격을 갖춰, 세월이 흐르며 근육이 붙은 지금은 일군을 호령할 만한 대장군의 풍모였다.

허리춤에는 검을 차고, 한 손에는 장창을 든 채 마상에서 박차를 가하면 말발굽 앞의 적은 말 그대로 가을바람 앞의 낙엽이 되어 스러져갔다. 등 뒤에 걸머멘 궁(弓)은 또 어떤가. 등자 위의 두 발로 온몸을 버티며 허리를 곧추세워 시위를 당기면 살은 쇳소리를 내며 날아가 창공의 독수리조차 꿰뚫었다. 적의 화살에 말이 고꾸라지기라도 하거나, 장검을 쓸 수 없는 거리로 적이 짓쳐들어오면 끝이 위로 치켜진 손바닥 길이의 단검을 양손에 꼬나쥐고 날렵하게 춤이라도 추는 듯 휘두르면 금세 사방은 핏빛 분수로 무지개가 펼쳐질 지경이었다.

그가 감문의 백성이 되고 십여 년이 흐른 뒤, 왕은 장군의 직을 내리려 했다. 그러나 장부인은 한 나라의 군사를 통솔하기에는 그의 급한 성품이 위험하다며 극력 반대하고 대신 약관의 원룡을 추대했다. 물론 오직 그런 이유만은 아니었다. 진정한 군세를 키우는 데는 군사적인 힘도 중요하지만 상하 모두를 아우를 수 있는 포용과 덕이 더 중요하기에 이주민으로서의 한계도 생각하지 않을 수 없었던 것이다. 다행히 호륵걸은 장부인의 그런 결정에 서운함을 내비치지 않았고, 나이 어린 장군 원룡에게도 가끔씩 투덜거리고 들이받기는 하지만 권위를 근본적으로

부정하지는 않았다.

"하지만 이놈들의 칼과 창을 보십시오. 이게 어디 제 백성에게 휘두를 병장기입니까. 더군다나 산기슭에 몸을 숨긴 까닭이 무엇이겠습니까. 여차하면 우리 군사와 백성들에게도 들이밀겠다는 수작 아닙니까."

아물 일행의 무기를 손에 들고 유심히 살펴보고 있던 장부인이 호륵걸의 볼멘소리를 받았다.

"부장의 말에도 일리가 있는 듯합니다. 왕궁의 군사들보다 무기를 더 날카롭게 벼렸습니다. 왕께서는 소홀히 여기지 마십시오."

금효왕의 한숨이 깊고 무거웠다. 날이 갈수록 왕이라는 자리가 자신과는 맞지 않다는 생각이 더해갔다. 오직 백성을 사랑하는 데 전심을 다하라고 배웠다. 포용이 가져오는 커다란 힘을 내내 보아왔다. 그래서 너무 낯설어 망설여지고, 해(害)가 될지 모른다는 두려움이 들어도 팔을 벌려 달라면 기꺼이 두 팔을 벌려 안았다. 과연 상처를 보듬어주고 눈물을 씻어주면 누구라도 눈빛이 부드러워지며 마음을 열었다. 정히 맞지 않아 떠나겠다면 훗날 위협이 될지라도 막지 않고 무탈해라 빌어주기만 했다. 그렇게 미워하지 않고 아껴만 주는 왕이 되고 싶었고 이만큼 나라를 키워도 왔다. 하지만 왕은 자신의 소망과 노고에도 내부에서마저 불온한 기운이 스멀거리는 데는 낙담하지 않을 수 없었다.

아침이 밝자 궁궐 안에 다시 긴장이 감돌았다. 앞서 호륵걸은 밤새 조사한 내용을 왕과 장부인을 알현해 소상히 알렸고, 아물과 그 일행은 궁궐 마당에 꿇려 있었다. 호륵걸은 밤사이 아포의 수령도 잡아와 꿇리려 했지만 왕은 아들의 일을 아버지가 모르지 않을 터이니 아물의 조사만으로 충분하다며 소란을 키우지 말라 명했었다.

"조사한 바에 따르면 아포의 세금과 부역이 참으로 가혹했습니다. 지난 몇 해 아포의 백성들은 사시사철 여러 부역에 동원되는 일이 많아 농사에 전력을 다할 수 없었고 그로 인해 소출은 줄어들었는데 세금은 오히려 늘어나니 겨울을 채 넘기기도 전에 곡식이 바닥나는 실정이었다고 합니다. 그러니 굶주림으로 늙은 부모나 어린 자식을 잃기라도 하게 되면 수령에 대한 원망이 크지 않을 수 없으나 감히 항거할 수도 없으니 살기 위해 도망친 것입니다. 지난해 성안골로 들어온 이들은 그동안 그곳 관리의 보살핌으로 땅을 개간해 농사에 온 힘을 기울였고, 그 덕분에 지난겨울 굶지 않았을 뿐 아니라 보리와 봄나물이 나올 때까지의 양식도 남아 있으니 왕의 은혜에 거듭 감읍하고 있습니다. 헌데 아물을 비롯한 저들은 성안골 그들의 소식을 전해들은 아포 사람들이 술렁거리는 기미를 보이자 목을 베어 가 경계로 삼을 요량이었습니다. 이 어찌 백성을 생각하는 마음이라 할 수 있겠으며 왕의 뜻에 반하는 불충이라 하지 않겠습니까. 당장 아포 수령도 붙잡아 와 흉한 마음을 품은 아물과 함께 엄히 죄를 물으셔야 할 것입니다."

관리의 논죄에 왕은 아물을 향해 물었다.

"너는 어찌하여 그리 흉한 마음을 품었더냐?"

"반드시 죽이려 한 것은 아닙니다. 조용히 데려가 도망친 죄를 묻고, 반성하면 다시 아포에서 살게 할 생각이었습니다."

"야, 이놈아! 그럴 생각인 놈이 칼과 창을 그리 벼렸다는 것이냐!"

성질 급한 호륵걸이 고함을 쳐 끼어들자 왕은 한 손을 들어 제지했다.

"그래, 부장의 말에 대한 네 답은 무엇이냐?"

"그건 혹시 반항하면……."

"아무리 그렇더라도 제 백성을 죽이겠다는 것은 짐승의 마음이 아니더냐!"

"백성이 수령의 말을 따르지 않는 것은 반심이라 생각했습니다. 또한 저희가 평소 칼과 창을 날카롭게 벼려두는 것은 언제라도 나라에 적이 침입하면 그에 대항하려는 대비였지 반드시 백성을 죽이려는 것은 아니었습니다."

"아무리 나라를 걱정하더라도 우선은 백성이다. 백성이 없고서야 어찌 나라가 있겠느냐. 그러니 마땅히 먼저 백성을 배불리 먹이고 그다음에 방비도 준비해야 하거늘."

"하지만 저희 아포는 달구벌에서 감문으로 향하는 길목이니 대문과 같은 처지입니다. 더군다나 감천의 물이 깊어 궁에서 지원이 늦어지는 경우를 생각하면 어찌 소홀히 할 수 있겠습니까."

딴은 그랬다. 달구벌은 이미 사로에 복속되어 북쪽을 향한 전초기지가 되었고, 감문과의 거리는 200여 리가 된다고 하지만 공산(公山: 지금의 대구 외곽 팔공산)만 넘으면 평탄한 길이 연이어졌기에 순식간에 들이닥칠 수 있는 데다 감문으로서는 공산에서의 움직임을 미리 파악할 수도 없는 형편이었다.

"그 말에는 일리가 있다. 허나, 다스리는 자는 어떤 경우에도 백성의 목숨을 소중함의 첫 번째로 삼아야 할 것이다."

"……."

왕의 지엄한 천명(闡明)에도 아물은 고개만 숙였을 뿐 입을 열어 답하지는 않았다.

"네가 강을 건너는 것을 아비는 알고 있었더냐?"

"아버님은 병중이시라 알지 못합니다."

거짓일 수도 있었다. 그러나 왕은 일을 더 키우고 싶지 않았다. 감문은 아직 1천여 호에도 미치지 못하는 작은 규모였다. 연맹체의 작은 속국이라고는 하지만 너그러움과 용서로 껴안아야 헤집고 불만을 키워서는 언제 다른 마음을 품을지 알 수 없었다. 사방에서 들려오는 미심쩍은 소문도 내부의 분열은 절명(絶命)의 위기가 될 것임을 경고하고 있는 바였다.

"백성을 가련히 여기지 않는 너의 행실을 보면 마땅히 옥에 가두어야 하겠지만 아비가 병중이고 나라의 경계를 한시도 소홀히 할 수 없기에 오늘은 방면토록 하겠다. 다만 이미 성안골에 자리를 잡은 백성은 머물러 살기를 원한다니 더는 괴롭히지 말라. 또한 앞으로도 이주를 원하는 백성이 있다면 당연히 그 뜻을 가로막지 말아야 할 것이다. 백성이 일구어 온 터전을 버린다는 것은 그만큼 괴롭고 불안하다는 뜻이니 이는 다스리는 수령의 가장 큰 죄임을 한시도 잊지 말라."

"저놈을 그냥 돌려보내서는 안 됩니다! 무기를 품고 몰래 들어온 것은 왕궁을 넘본 것에 다르지 않습니다. 그 죄를 엄히 물어야합니다!"

호륵걸의 반발을 왕이 꾸짖으려 했지만 장부인이 먼저 나섰다.

"이미 왕께서 그리 처분하셨으니 따라야 하겠지만 군사를 보내서 아포의 민심을 조사하고 방비 상태도 살펴보는 것은 필요할 듯합니다."

왕은 잠시 생각하더니 고개를 끄덕였다. 민심의 조사는 주민에 대한 위안이 될 터이고, 군사를 살핌은 반심(叛心)을 파악하고 수령에 대한 경계가 될 것이었다.

"그리하십시다."

왕이 윤허하자 장부인은 호륵걸에게 명했다.

"부장은 군사를 대동해 저들을 호송하고 왕의 명을 성실히 시행하십시오."

장부인은 왕의 배우자이면서 가장 든든한 국정의 동반자였다. 백성을 아끼고 화평을 추구하는 만큼 모질지 못한 왕의 성품을 장부인의 강인함과 단호함이 뒷받침해 주었다. 특히 외교에 관해서는 어릴 적 긴 여정의 견문으로 세상을 보는 눈이 넓어 감문을 벗어난 적 없는 왕의 식견을 보충해 주었다. 군사에 관해서도 부인 자신이 말을 타고 칼을 쓰며 활을 잘 쏘는지라 장군 원룡, 부장 호륵걸을 사실상 지휘하는 한편 감문의 기개 있는 여성을 조련하여 유사시에 대비하고 있기도 했다. 또한 신녀(神女)로서 중요한 나라 일의 당부와 시기를 정하는 데도 그 예지가 출중했다.

산등성이의 무덤들

가락 등 남쪽 지역의 정세를 파악하고 우호를 다지기 위해 사신으로 나갔던 이들이 돌아오자 왕은 장부인과 함께 대좌했다.

"바다라는 것은 참으로 놀라웠습니다. 장부인의 말씀을 누차 듣고서도 긴가민가했는데 정말 끝이 보이지 않았으며, 그 깊이가 얼마인지 집채만 한 배들도 거뜬히 떠 있었습니다."

아직도 믿기지 않는다는 듯 두 눈을 휘둥그레 뜨고 바다 이야기부터 꺼내는 총신 부영의 모습에 장부인은 미소를 지었다.

"포구에서 그들은 무엇을 교역하던가요?"

"온갖 것이 거래되고 있었습니다. 곡물을 비롯하여 화려한 비단, 윤기 나는 각종 도기(陶器), 쇠, 구리, 소금에 절이거나 말린 생선, 소, 말, 돼지, 닭, 각종 과일 등 그야말로 없는 것이 없었습니다."

"그 까닭이 무엇인 것 같았습니까?"

"그게……, 사람들의 자유로운 왕래인 것 같았습니다. 배를 통해 진귀한 물건이 들어오니 사람들이 모이고, 사람이 모이니 더 많은 사람들

32

로 북적거리며 저절로 온갖 물건이 거래되는 것 같았습니다."

"그런 활발한 거래는 어떤 결과로 이어지던가요?"

"뭐 자연히 이익이 발생할 테니 그로 인해서 거래하는 사람만 부유해지는 것이 아니라 나라까지 부강해지는 것 같았습니다."

장부인의 질문에 답하며 부영은 저절로 원인과 결과를 깨치고 있었다.

"또 무엇을 보셨나요?"

"멀리 구지봉(龜旨峰)이 보이는 왕궁 인근에 수로왕의 왕릉이 있었는데 실로 장엄했습니다. 무엇보다 보기 아름다웠던 것은 백성들이었는데 모두가 밝은 표정에 활력이 넘치니 나라의 기운이 참으로 왕성해 보였습니다."

이번에는 왕이 물었다.

"그들이 사신을 대하는 것은 어떠하던가?"

"예, 우선 매우 친절하였습니다. 가락 왕이 말씀하시기를 자신들은 본디 여섯 개의 알에서 태어난 여섯 왕이 각각 나라를 세웠다며 우리 감문 남쪽 가까이에 있는 가라도 그중 하나라 했습니다. 그들 여섯 나라는 모두 형제이니 우선 가까운 가라와 우호를 더욱 두텁게 하면 차츰 여섯 나라 모두와 정을 나눌 수 있을 것이라고도 말했습니다. 또 필요하고 교류할 만한 것이 있으면 가라와 교역하며 요청해도 좋고 직접 가락으로 찾아와도 좋다고 했습니다. 덧붙여 감문 북쪽에 있는 사벌은 진작부터 가라를 거쳐 서쪽 백제와도 교류하고 있으니 우호를 나누면 여러 면에서 도움이 될 것이라 했습니다."

사벌(沙伐)이라 칭해진 나라는 지금의 경상북도 상주 지역에 있던 소국으로 백제와 국경을 면하고 있었는데 제법 강성했다.

"가라국에도 들렀는가?"

"예, 남쪽으로 향할 때는 정세만 살폈고 돌아오는 길에 왕을 뵈었습니다."

"그곳은 어떠하던가?"

"매우 기쁘게 맞아주었습니다. 가라도 가구는 수천 호에 이르고 백성도 일만 명을 넘는 듯했으며 거리와 시장에 활기가 넘쳤습니다. 왕궁 인근에 야금장(冶金場)을 두어 쇠를 생산하는데 그 질이 매우 좋았습니다. 양질의 쇠는 덩이쇠로 만들어 여러 나라와 교역을 하는데 역시 가락의 바다를 주된 창구로 삼고 있었습니다. 생산한 쇠로 칼, 창 등의 무기도 만드는데 매우 강했으며 얇은 쇠판 조각을 이어 갑옷까지 제작하고 있었습니다. 또한 연한 쇠로는 몇몇 농기구를 만들기도 하니 땅을 개간하기에 수월하여 농업 생산이 나날이 늘어나고 있다는 말씀도 했습니다."

"그렇구려. 하지만 우리는 쇠 생산도 부족하고 특별한 생산품도 없는 처지니 무엇으로 교역할 수 있단 말인가……."

왕은 안타까운 한숨을 내쉬며 넋두리인 듯 중얼거렸다.

"감천에서 잡은 물고기라도 말려서……."

부영이 눈치를 살피며 중얼거리자 왕은 혀를 찼다.

"그까짓 물고기 정도로 무슨 교역이 되겠소."

"그렇지요……."

"그리 생각할 일만은 아닐 것입니다. 시장은 그 자체로 시장이 될 수 있습니다."

장부인의 말에 왕과 부영은 무슨 소리냐는 듯 의아한 눈빛을 했다.

"좋은 생산물이 있으면 금상첨화이겠지만 반드시 그런 것만은 아닙니다. 감문은 사방으로 길이 연결되니 그 또한 좋은 유인이 됩니다. 추풍령 너머 북쪽 백제 땅의 소국 사람들도 남쪽과의 교역을 원할 것입니다. 다만 영(嶺)을 넘기도 어렵지만 그다음의 안전이 더 염려되어 선뜻 나서지 못하는 것일 수 있습니다. 우리가 그들에게 뜻을 알리고 시장을 연다면 어떻게 될까요? 먼 길이 불편하고 적대시할까 두려운 북쪽과 남쪽 사람들이 모여들 수도 있지 않겠습니까. 당장 사벌국만 해도 가라나 서쪽 나라들과 교역하는데 지금은 길이 불편할 겁니다. 우리가 먼저 우호의 뜻을 밝히고 길을 연다면 시장을 만드는 데 크게 도움이 될 수 있을 듯합니다. 그 시장에서 우리도 생산할 만한 물건을 찾아볼 수 있을 테고요."

"생각은 그럴듯하지만 결국 주막 장사밖에 되지 않겠습니까?"

부영의 미심쩍은 반응에도 장부인은 희망의 기색을 거두지 않았다.

"처음에는 그렇겠지요. 하지만 나중에는 교역의 중계도 할 수 있을 것이고 사방의 물품을 모아 다른 상품을 만들 수도 있을 겁니다. 이를테면 덩이쇠로 농기구를 만들어 교역하는 것과 같이요."

왕이 고개를 끄덕였다.

"부인의 말씀에 일리가 있습니다. 총신은 다른 관리들과 상의해 방안을 만들어 보시오."

"예, 그리하겠습니다."

"그런 방안에서 무엇보다 중요한 것은 군사일 것입니다."

여태 듣고만 있던 원룡이 나서자 왕이 물었다.

"그건 무슨 이야기인가?"

"시장이 커지면 도둑이 들끓을 수 있고, 서로 다른 나라 사람들이 마주치다 보면 시비가 되는 일도 있을 것입니다. 지금도 나라 간의 교역이 원활하지 못한 데는 그런 까닭도 있을 것이니 어느 나라 사람이라도 마음놓고 찾아오게 하려면 예상치 못한 여러 일에 즉시 대처할 수 있는 든든한 군사가 마련되어야 할 것입니다."

"마땅한 말이구나."

"그 일에 관해서는 소첩이 장군과 방법을 찾아보겠습니다."

"부인이 그리해주신다면 고마운 일이지요. 부탁하겠습니다."

장부인을 향하는 왕의 눈빛에는 사랑과 존경이 가득했다.

왕께서 사신으로 다녀온 신하들에게 치하의 잔치를 베푸는 시간 장부인은 원룡을 따로 불러 호륵걸과 함께 자리했다. 사신 일행이 길을 떠나기 전 장부인은 북방에서 온 사람들의 소식을 은밀히 알아보도록 원룡에게 지시했었다.

"어떻게, 비슷한 사람이나마 찾았습니까?"

"먼저 소장이 하나 여쭈어도 되겠습니까."

장부인의 물음에 머뭇거리던 원룡이 조심스럽게 입술을 뗐다.

"그러세요, 무엇입니까?"

"부인과 함께 이주하신 분들의 무덤 자리가 항상 궁금했습니다. 특별한 까닭이 있는 것입니까?"

원룡의 물음에 장부인은 먼저 호륵걸을 돌아봤다. 호륵걸도 뜻밖의 물음인지 흠칫하는 표정이었으나 이내 입술을 굳게 다문 채 장부인에게 고개를 끄덕여 보였다.

그들에게는 오래전부터 지켜온 풍습이 있었다. 그들은 사람에게는 영혼이 있으며, 육신이 죽으면 영혼은 하늘로 올라간다고 믿었다. 그렇기에 새를 하늘과 영혼을 연결하는 길잡이로 숭상해 칼과 같은 무기류

손잡이에 새의 형상을 장식했으며, 머리에 쓰는 관에는 하늘로 솟은 나뭇가지 모양의 장식을 하기도 했다.

북방 초원 어느 곳은 높은 산은 보이지 않고 얕은 구릉으로만 이루어진 땅이 울퉁불퉁한 지평선을 만들기도 했다. 아주 오래전 그들 조상이 그 땅에 머물 때도 사람이 죽으면 누구라도 얕으나마 구릉 정상이나 그 가까이에 주검을 매장했다. 뒷날 말을 달려 중원의 사람들과 힘을 겨룰 때는 높은 산 정상이나 그 바로 아래에 무덤을 썼다. 북방 지역 힘의 균형에 커다란 변화가 생겨 남쪽으로 내려오는 동안에도 누군가 죽으면 가능한 그 전통을 지켰다. 피를 나눈 형제들의 영혼이 하늘로 올라가는 길을 열어주는 것은 당연한 도리였고, 또한 그 영혼이 살아남은 이들을 보살펴줄 것이라 믿었기 때문이다.

"그건 어째서 묻는 것입니까?"

"먼저 답을 듣고 싶습니다."

"우리의 오랜 전통에 따른 것이네."

호륵걸이 답해 주었다.

"무덤 안은 우리 감문의 방식을 따르지 않습니까?"

원룡이 말하는 감문의 방식이란 돌로 네 벽을 쌓아 방을 만들어 시신과 부장품을 안치하고 큰 돌로 위를 덮는 횡혈석실묘(橫穴石室墓)를 말하는 것으로, 다시 그 위를 흙으로 덮어 봉분을 만드는 경우도 있고 지석묘(支石墓: 고인돌)의 형식으로 그대로 두는 경우도 있었다.

"우리도 감문의 백성이 된 이상 풍습 또한 따라야 마땅하지 않겠는가. 다만 영혼이 하늘에 오르는 것을 돕기 위해 가능한 한 산등성이에 자리를 잡았던 것이네."

"그렇게 된 것이군요……"

원룡이 심상찮은 낯빛으로 고개를 끄덕였다.

"자, 이제 장군이 말해 보시게."

"가락으로 가는 도중 가라에서 기이한 형태의 무덤들을 보았습니다. 하여 가락에서 시장의 여러 상인이나 궁 사람들에게 은근히 떠보았지만 관심을 보이는 자는 없었습니다."

"기이한 무덤이라니?"

"가라에는 주산(主山) 등성이를 따라 잘 가꾸어진 능들이 있었습니다. 얕은 산도 아닌 높은 산등성이를 따라 늘어선 엄청난 규모의 무덤이라니, 저로서는 하도 기이하여……."

장부인이 초조한 기색마저 띠며 끼어들었다.

"가라 사람들에게는 물어 보았습니까?"

"예. 돌아오는 길에 그곳 사람들에게 물어보았더니 모두 왕이나 귀족들의 무덤으로 가라를 세운 사람들의 풍습이라 했습니다. 그들은 사람이 죽으면 영혼이 하늘로 올라간다고 믿어 산상에 능을 만든다는 것이었습니다. 그래서 이주한 후예의 장군 한 사람에게 감문에도 산상에 무덤을 만드는 이주민들이 있다고 했더니 크게 기뻐했습니다. 조심스러웠지만 부인과 부장 말씀도 드렸더니 꼭 한번 뵙고 싶다며 가라 왕에게도 말씀을 드렸습니다."

"그래서 가라 왕은 뭐라고 하시었소?"

장부인이 보기 드물게 다급했다.

"크게 내색하지는 않았으나 기쁜 기색을 아주 감추지는 못 했습니다. 그러면서 우리 감문과 더욱 우의를 두텁게 하고 싶다는 말씀을 하셨습니다."

"이런 기쁘고 든든할 데가……."

들뜬 낯빛의 장부인이 호륵걸을 돌아보자 그는 벌써 눈물까지 글썽이고 있었다.

"뿌리가 죽지 않으니 싹을 틔웠나 봅니다. 부인, 피를 나누지 않아도 하늘과 영혼을 믿으니 그들은 형제입니다."

어떻게 무리를 짓게 되었는지 처음부터 낱낱이 아는 이는 없을 테지만 필경은 사랑으로 만나 핏줄로 이어지는 것이 시작이었을 테고, 우연한 마주침에서는 죽이고 죽는 피비린내도 있었을 것이다. 처음 마주치는 낯섦이 주는 두려움으로 대개는 다툼이었다 해도 호감이 싹트는 경우도 있었을 테니 우의로 신의를 쌓아 손을 잡으면 '우리'가 되는 것이었다. 그렇게 또 다른 '하나'인 '우리'는 함께 익숙해진 습관과 서로 수긍하는 생각으로 '족(族)'이라는 집단이 되니 핏줄이 아니어도 형제가 되는 것이었다.

그러나 결속과 평온은 한 번도 영원한 적이 없었다. 때로 내부에서 분란의 싹이 트는 경우도 있었겠지만 대개는 외부의 적으로부터의 도전이 원인이었다. 이겨서 지켜내면 다행이지만 그러지 못하면 뿔뿔이 흩어지기 일쑤였고 죽지 않고 살아가려면 다른 누군가와 새롭게 어울려야 했다. 당연히 습관과 생각은 잊히고 변하였지만 그래도 문득문득 떠오르는 그것은 간절한 향수가 되는 것이었다.

"장군."

먹먹한 가슴을 달래느라 눈을 감고 숨을 고르던 장부인이 음성을 나지막이 했다.

"예, 부인."

"이 일은 아무에게도 발설하지 말아주세요."

"그리하겠습니다."

"까닭을 말하지 않아도 되겠습니까?"

"명으로 족합니다."

"고맙습니다. 그리고 호륵걸 부장이 며칠 자리를 비우도록 해주세요."

"국경 순시를 명하겠습니다."

호륵걸은 벌떡 자리에서 일어나 원룡에게 군례를 표했다.

"날이 밝는 즉시 출발하겠습니다!"

벌써 20년이 넘은 세월이었으니 이제 누구도 장부인 일행을 이주민으로 경계하지는 않았다. 또 그들 말고도 감문에는 이곳저곳에서 흘러들어 온 이들이 적지 않았다. 그러나 다른 이들은 모두 땅을 일구던 사람들이었고 언어나 관습도 비슷했지만 그들은 많이 달랐다. 하나같이 말에 익숙하고 무기는 잘 다루었으나 농사의 일은 아무것도 몰랐다. 물론 이제는 그들도 무기 대신 쟁기를 들고 농경에 전념하고 있었지만 드물게 군사의 일로 소집하면 세월이 무색할 만큼 여전히 용맹했다. 나라 입장에서는 실로 든든하고 고마운 일이지만 그럴 때면 설핏설핏 이질감을 드러내는 토착민도 있었다. 장부인의 조심스러움이 그 때문임을 잘 알기에 원룡은 마음으로는 형처럼 여기는 호륵걸에게 때로 단호한 윗사람이 되기도 하는 것이었다.

군사 계책

　장군 원룡은 사신에서 돌아온 이틀 뒤, 오랫동안 고심하며 준비해둔 군사 조련 방안을 왕에게 올렸다.

　명확하게 말하자면 감문은 나라(國)를 칭하고는 있었지만 그 규모는 읍성국가 정도였다. 읍성국가는 부족(部族) 체제에서 더 발전한 초기 국가 단계로 계급 체계를 갖추고 있었고 자체적으로 지도자를 선발했다. 그 지도자의 명칭은 가(加), 왕(王) 등 다양했고 규모는 터를 잡은 취락지의 면적과 자연 조건에 따라 다양했다.

　감천을 젖줄로 제법 넓은 농경지를 확보한 감문은 1천여 호의 가구에 오천여 명의 백성을 가진 상당한 규모였고, 그 주변에는 아포, 주조마(走漕馬), 어모(禦侮), 배산(盃山), 문무(文武) 등과 같은 작은 규모의 읍락들이 있었다. 당연히 감문은 인근 여러 읍락들의 맹주였지만 금효왕은 굳이 복속시키려 들지 않고 저마다의 자율권을 인정하며 평화롭게 공존하기를 원했다.

　장군 원룡을 비롯한 무장들은 금효왕의 그 점을 못내 안타까워했다.

전해 오는 바에 따르면 삼한 지역에는 오래전부터 70~80여 나라가 있어 공존해 왔는데 언제부터인가 큰 나라가 작은 나라를 힘으로 억눌러 병합하는 일이 횡행하고 있었다. 더군다나 그 병합은 말로써의 설득이나 위협보다 무력에 의한 경우가 점차 늘어나 그 과정에서 군사는 물론 무고한 백성까지 허다하게 목숨을 잃고 상했다. 바야흐로 살기 위해서는 군사를 기르고 전쟁에 대비해야 하며, 소극적인 방어보다는 적극적인 공격으로 나라의 힘과 덩치를 키우는 것이 시급하고 정당화되는 시대에 이른 것이었다.

감문 일원은 감천이라는 큰 강이 흐를 뿐 사방이 산으로 막혀 있어 소식의 전해짐이 늦었다. 따라서 이미 감문에 전해진 소식이라면 여타 다른 소국들도 접했을 것은 불문가지였으니 그들 소국도 생존을 위한 몸부림으로 꿈틀거리는 것은 어쩔 수 없는 노릇이었다. 원룡이 나라를 비운 사이 벌어진 아포의 일도 결국은 그 연장선상이라 아니할 수 없었다. 하지만 그 같은 소국 군주들의 적극적인 군사 의지와는 달리 금효왕은 여전히 화평과 공존을 우선하니 장군으로서는 하루하루 애타는 마음이 깊어갔다. 그나마 다행인 것은 장부인은 왕과 달리 군사 의지가 강해 원룡을 비롯한 무장들의 힘이 되어주고 있음이었다.

"농악놀이로 군사 훈련을 한다……. 호오, 장군은 언제 이런 좋은 계책을 마련한 것이냐?"

방안을 들은 왕의 흡족한 반응에 원룡은 먼저 장부인에게 눈길을 돌렸지만 그녀는 보일 듯 말 듯 고개를 가로저었다. 자신은 거론하지 말라는 뜻이었다.

"먼저는 인근의 소국들이 우리의 군사 준비를 눈치채지 못하도록 할 필요가 있었고, 다음으로는 왕의 자애로운 마음을 깊이 따르는 감문의 백성들이 놀라거나 두려운 마음을 갖지 않도록 하는 방안을 호륵걸 부장 등과 오래전부터 찾아왔던 바입니다."

"그렇구나, 참으로 훌륭하다. 그런데 농악놀이에서 직접 무기도 드는 것이냐?"

"그렇지 않습니다. 항용 농악놀이는 제사나 축제에서 즐겼으나 이제 군사의 출전을 환송하고 승전을 환영하는 데도 함께하자는 뜻이라 할 것이니 놀이에 무기는 가당치 않습니다. 그렇지만 전장에 나서기 전 군사의 훈련, 출전의 위엄, 전장에서의 점검과 진(陣)의 전개, 진의 변용과 적의 포위, 격렬한 전투, 승리의 기쁨 등을 표현하는 과정에서 군사 훈련이 자연스럽게 몸에 배게 되면 유사시 무기만 들면 곧바로 잘 훈련된 군사의 역할을 감당할 수 있을 것입니다."

"군사 훈련이 아니라 놀이이니 연습도 즐거울 테고."

"그렇사옵니다."

"하지만 농번기에는 연습하는 것이 곤란하지 않겠나."

"그것은 매달 보름마다 부락별로 경연을 벌이면 서로 장원이 되기 위해 스스로 연습을 게을리 하지 않으리라 생각합니다. 그들이 자발적으로 연습할 때 무장들이 나서서 드러나지 않게 군사적 지도를 할 것입니다."

"좋은 방안입니다. 그 경연에 왕실에서는 포상을 내놓는 것이 어떻겠습니까?"

장부인의 제안에 왕은 머뭇거렸다.

"백성을 속여 고단하게 하는 것은 아닐까 마음이 쓰입니다."

"하기 싫은 마음을 끌고 가면 고단하지만 자발적으로 즐거우면 건강과 활력을 얻어 농사일에도 더욱 힘쓸 것입니다."

"그럴 수도 있겠습니다. 그럼 포상은 부인께서 준비하시지요."

"예. 그런데 경연 장소는 생각해둔 곳이 있습니까, 장군?"

"빗내의 들이 좋을 듯합니다."

빗내는 감천을 바로 앞에 둔 비옥한 들이 드넓게 펼쳐진 부락으로 큰 놀이마당으로는 더없이 합당했다. 왕께서도 그리하라 윤허하니 이는 장부인 등 세 사람이 처음부터 계획한 바였다.

호륵걸은 가라 왕을 배알하기 전에 먼저 그곳 장군의 안내로 산상의 능부터 돌아보았다. 감회가 깊었다.

북방의 나무 없는 구릉 등성이에 쌓아올린 봉분은 봄이 되어 푸른빛이 돌기 시작하면 가을에 황금빛으로 변해 겨울이 찾아오기 전까지 내내 능인지 또 다른 등성이인지 구분되지 않은 채 아름다웠다. 눈에 들어오는 아름다움만이 아니라 어머니의 커다란 젖무덤인양 아이 품은 아랫배인양 푸근하기도 했고, 너부죽이 드러누워 하늘의 영혼과 끝없는 사랑을 속삭이는 듯한 아름다움은 마음의 든든한 울타리가 되기도 했다.

가라 주산에는 소나무를 비롯한 아름드리 상록수가 빼곡했다. 그래도 등성이를 따라 연이어 들어선 능은 선연했고 새벽안개 속의 그 모습은 신비롭기까지 했으니 기후와 환경은 달라도 신령한 조상의 영혼은 어디서라도 후손을 지켜준다는 것을 감응할 수 있었다.

"이름이 무엇인가?"

가라 왕은 강건한 골격과 이글거리는 눈빛만으로 단박에 그가 북방 출신임을 알아볼 수 있었다. 사내는 마구 헝클어진 풍성한 곱슬머리를 오직 이마에 붉은 끈으로만 묶었고, 소매 없이 허리까지 내려오는 가죽 저고리에 말을 타기 편리하도록 종아리를 폭 좁은 가죽 끈으로 여러 번 동여맨 차림이었다. 자신의 출신이 어디인지 무언으로 말하려는 뜻일 것이었다.

"호륵걸이라 합니다. 어릴 적에는 후르커얼로 불렸습니다."

고개를 끄덕이는 왕의 눈빛에 애틋한 연민이 일렁거렸다.

"감문에는 언제 왔느냐?"

"제 나이 스물하나였을 무렵이었습니다."

"가족과 같이 왔느냐?"

"아닙니다. 저는 더 어릴 적부터 칸의 따님을 지켰기에 도중에 헤어졌습니다."

가라 왕의 눈빛이 번뜩였다.

"그럼 소칸(小汗)도 감문에 들었다는 말이냐?"

"칸께서는 적의 침략으로 입은 부상이 깊어져 도중에 제 아버지의 호위하에 길을 달리했기에 더는 소식을 알지 못합니다."

왕의 두 눈에 순간 안타까운 빛이 스쳤으나 이내 평정을 되찾았다.

"그런데 칸의 딸은 지금 감문 왕의 부인이 되었고 너는 그 백성이 된 것이로구나?"

"그렇습니다."

"그래, 주산의 능부터 둘러보았다고?"

"예."

"어떻더냐?"

벅차오르는 감회가 새로운 호륵걸은 털썩 무릎을 꿇고 머리를 조아렸다.

"조상님들의 영혼을 뵈옵는 듯 가슴이 서늘하고 뜨거웠습니다."

왕은 눈을 감고 입술을 굳게 다물었다. 이제 자신은 가라의 왕이었다. 아버지와 그 아버지들로부터 전해져 온 끝없이 펼쳐진 초원의 꿈을 잊지는 않았다. 그러나 아무래도 자신의 대(代)에서 그 초원을 다시 밟을 수는 없을 것이 분명했다. 또한 아버지와 그 아버지께서는 말 등 위에서 태어나고 말안장을 요람으로 자란 사람에게는 하늘 아래 말 달리는 곳이면 모두 고향이라고도 하셨다. 그분들과 이 땅의 사람들이 힘 모아 왕업을 일으킨 지 이미 오래, 이제는 고향도 조국도 오직 이곳 가라였다. 한때의 인연이 있었다한들 외면해 해코지할 바는 아니었지만 반드시 끌어안아야 할 숙명 또한 이제는 아니었다.

천천히 눈을 뜬 왕은 평온하고 지엄한 낯빛이 되어 있었다.

"너희도 쇠를 생산하느냐?"

"많지는 않으나 생산합니다. 그렇지만 가라의 쇠와 비교하면 그 질은 크게 미치지 못합니다."

"그렇다면 내 너희 감문에 특별히 질 좋은 덩이쇠를 싼값에 공급해 주라 할 것이니 군사를 강건히 하라."

"왕의 은혜에 깊이 감사드리옵니다."

"특히 너와 부인은 패배의 혹독한 결과를 깊이 체험했을 테니 나라를 지킨다는 것이 얼마나 소중한 일인지 뼈에 저릴 것이다. 지금 삼한에서는 우리 가락 형제 나라와 서쪽의 백제, 동쪽의 사로 등이 힘을 키워 맹주의 길을 걷고 있다. 그중에서도 너희 감문에는 당장 사로가 가장 큰 위협이라는 것은 이미 잘 알 테니 경계와 대비에 힘을 다하여라. 감문 북쪽 사벌은 땅이 넓고 기름져 너희보다 큰 나라로 진작부터 우리 가라와 교역하고 서쪽의 나라들과도 교류하고 있으니 힘을 함께하면 좋을 듯싶구나. 제 나라는 자신이 직접 지키겠다는 의지와 그럴만한 힘이 없으면 설령 형제라 할지라도 끝까지 지켜주지 못하는 것이 이치이다. 우리는 너희를 무력으로 눌러 병합할 의사도 없거니와 설령 너희가 원한다 해도 섣불리 합쳐 세를 불리면 사로는 큰 전쟁도 불사할 것이니 지금의 정세에서는 불가한 일이다. 다만 급작스럽고 부당한 침략을 당하는 일이 있으면 우리의 변방을 보호한다는 명분으로 원군을 보내는 것은 망설이지 않을 테니 부디 주변의 소국들을 잘 다스리고 나라를 보존할 힘을 기르는 데 게을리 하지 말라.”

선을 그어 더 이상의 여지를 주지 않겠다는 단호한 의사였다. 호륵걸은 남다른 호의만으로도 충분했지만 그래도 뿌리의 확인은 그 호의의 진의와 깊이를 짐작할 수 있게 하는 것이기에 북받치는 흥분을 겨우겨우 억누르고 있었다.

왕과의 대면을 끝내고 궁을 나오자 안내하는 장군이 겸연쩍게 물었다.

“서운하지 않습니까?”

호륵걸은 단번에 손사래를 쳤다.

“무슨 말씀이오. 한 말씀 한 말씀이 모두 백만 원군에 다름없었소이다. 초원의 피는 한 마리 말 위에서 나라를 만들고 그 말 위에서 생을 마쳐 하늘로 돌아가는 피가 아닙니까, 하하하.”

장군은 호륵걸의 너털웃음에 덩달아 유쾌해져 준비해놓은 술자리로 걸음을 서둘렀다.

사로국

230년 3월, 사로의 10번째 왕인 내해(奈解)이사금이 승하했다. 뒤를 이어 등극한 이는 내해의 유언에 따라 사위인 석(昔)씨 성의 조분(助賁)이사금이었다.

금성(金城) 궁궐에서 즉위식을 거행한 조분은 연충(連忠)을 이찬(伊湌)으로 삼아 군국정사(軍國政事)를 맡기며 국정 계획을 밝혔다.

"지금 우리 사로는 사방이 적으로 둘러싸여 있는 격이오. 동으로는 수시로 왜구가 침범하고, 남서에는 가락이 웅크리고 있으며 서북에서는 백제가 호시탐탐 엿보고 있으니 한시도 방비를 게을리 해서는 아니 될 것이오. 가락과는 벌써 십여 년 이상 우호 관계를 맺고 있으나 그 힘이 커지면 언제 딴마음을 품을지 모르는 것이고, 백제는 내해이사금 19년(214년) 이래 북쪽으로의 침공을 그치지 않고 있으니 이에 대한 근본적인 대비책을 마련해야 할 것이오."

오래전 나라를 세워 한수 인근을 도읍으로 삼은 백제는 지금 국세를 키우기 위해 동분서주하고 있었다. 북쪽의 고구려와는 같은 뿌리의 인연으로 우호 관계가 유지되고 있었으니 반도 남쪽 삼한 땅이 목표가 되는 것은 당연한 일이었다. 그중 서쪽 마한 지역은 건국의 발걸음이 그리로 향했기에 이미 거의 평정되고 있었고, 이제는 동쪽 가락 여섯 형제국과 사로였다.

여섯 형제국 중에서 가장 국세가 강한 곳은 남쪽 바다를 품은 가락이었다. 그들은 특히 모든 나라가 국세를 키우는 데 가장 필요로 하는 쇠를 잘 다뤄 왜는 물론 서쪽 대륙과도 무역을 하고 있었으니 섣불리 전쟁을 벌였다가는 뜻밖의 적을 만들 수도 있었다. 백제 또한 그들과 쇠 무역을 하고 있는 데다 형제국이 늘어선 전선도 길었다.

반면 반도 끝인 동남쪽에 웅거한 사로 역시 부지런히 힘을 키우고 있기는 하지만 아직은 상대할 만하다 여겨 북동쪽 국경의 요거성(腰車城: 경상북도 상주), 장산성(鄣山城), 우두주(牛頭州: 강원도 춘천), 봉산(烽山: 경상북도 영주) 등지를 침범하고 있었던 것이다.

"수년 전 백제가 침범했던 봉산에서는 1천의 수급을 베고 성도 수축(修築)하였으나 요거성은 여전히 불안하오."

"그렇습니다. 16년 전 백제가 요거성을 침범해 왔을 때 이음(利音) 이벌찬께서 6천의 군사로 물리쳤으나 성주 설부(薛夫)는 죽임을 당했습니다. 그럼에도 사벌은 이즈음 백제, 가라 등과 교류하고 있으니 믿을 수 없는 자들입니다. 이제 새 이사금께서 등극하셨으니 달구벌을 발판으로 북쪽의 감문 등과 함께 모조리 정벌해 복속시켜야 합니다."

목소리를 높이고 나선 것은 장군 석우로(昔于老)였다. 그는 내해의 둘째아들이었으며 조분의 둘째딸 명원부인과 결혼했으니 새 이사금에게는 사위가 되었다.

"그럼 요거성과 그 일원의 일은 모두 그대를 대장군으로 삼아 맡길 테니 반드시 나라의 근심을 없애도록 하라."

"명을 받겠습니다! 이사금께서는 염려 놓으소서!"

풍채며 성품 모두 천생 장군인 우로가 스스로 나서주자 조분은 매우 흡족해 크게 고개를 끄덕였다.

"사로 이사금이 죽었다 합니다!"

뒤늦게 전해진 내해이사금의 소식에 감문의 궁궐이 술렁거렸다.

"애통한 일이구나. 대략 기억하기로 30년 넘게 재위하시면서 여러 차례 국경 침범을 당하였으나 때로는 직접 군사를 이끌고 나가 물리치고 때로는 훌륭한 장수를 발탁하여 나라를 지키지 않으셨더냐. 또한 성덕이 높아 재위하시는 내내 큰 변고 없이 화평하였는데 지난해 지진이 나고 큰 눈이 내렸다더니 붕어의 징조였던 모양이구나. 우리도 조문을 해야 하지 않겠느냐?"

"이미 장례가 끝난 지 한참 되었으니 합당하지 않을 것 같습니다."

"어허, 나라밖의 소식에 어두워 이웃한 나라로서 도리를 다하지 못하게 되다니, 쯧쯧……"

금효왕은 진심으로 비통해하고 안타까워하며 혀를 찼다. 신하들 대부분도 그런 왕의 선의(善意)에 동조하며 수군거렸다.

"새 이사금은 어떤 이라 하더냐?"

장부인이 소식을 전한 신하에게 물었다.

"석씨 성의 조분으로 이전 벌휴(伐休)이사금의 손자이며 죽은 내해이사금의 사위가 되옵니다."

"그럼 죽은 이사금과는 사촌 간이 되기도 하는가?"

"예, 조분은 벌휴의 태자였다가 일찍 죽은 골정(骨正)의 아들이고, 내해는 2왕자 이매(伊買)의 아들인데 그 부인이 조분의 누이동생이었습니다. 지금 조분의 부인은 내해왕의 딸이니 사위이기도 합니다."

"모두 근친끼리의 혼인이구나."

"그렇습니다. 사로에서는 고귀한 혈통을 지키기 위한 근친간의 혼인이 오래된 왕실의 풍습입니다."

"어쨌거나 그렇다면 조분이사금의 나이가 적지 않겠구나?"

"자세히는 알 수 없으나 조분의 누이동생이 내해와 혼인한 지 30여 년이니 쉰 살 전후일 것입니다."

"즉위식은 치렀다더냐?"

"예. 그리 들었습니다."

장부인은 왕을 향했다.

"그럼 조금 늦기는 했지만 새 이사금의 즉위를 축하하는 사절을 보내 조문도 함께 하는 것이 좋을 듯합니다."

"예, 옳은 생각이십니다. 그리하십시다."

왕의 반색에 장부인은 부영과 원룡을 사신으로 지목했다. 왕은 의아한 표정을 지었다.

"조문과 축하를 위한 사절인데 원룡 장군을 왜 보낸다는 것입니까?"

"사절에 장수가 동행하는 것은 여러 나라에서 흔히 있는 일이라 들었습니다. 축하 사절이니 적장이라 하여도 적대시하지 않을 터이니 서로 술잔을 나누며 우의를 쌓는 기회로 삼을 수 있을 것입니다."

왕은 고개를 끄덕였다.

"그럼 원룡 장군은 사로 대장군에게 우리 감문은 모든 나라와 화평한 관계를 맺기 원하며 작은 나라라 할지라도 군사로써 위협할 뜻이 없음을 명확히 전하도록 하라. 또한 총신 부영은 이사금을 알현하여 축하와 존경의 뜻을 표하고, 소국인 우리 감문은 대국인 사로와 우호로서 영원하기를 바란다는 뜻을 잘 전하라."

평화의 공존은 변하지 않는 금효왕의 생각이고 의지였다. 그러나 장수인 원룡은 물론 가락 일대를 돌아온 뒤부터는 부영까지 평화의 공존은 생각이나 의지만으로는 불가능한 세상이라는 것을 확연히 깨우친 터였다.

사절단의 출발 준비가 끝나자 장부인은 부영과 원룡을 따로 불렀다.

"총신께서는 왕의 뜻을 전하는 것은 물론이지만 새로 등극한 이사금이 앞으로 주변국과의 관계를 어떻게 생각하는지를 알아내는 것이 무엇보다 중요합니다. 돌아가신 이사금은 재위 중 우호 관계에 있던 가락이 인근 포상팔국으로부터 침략당해 구원을 요청했을 때 군사를 보냈을 뿐 먼저 침범하지 않으면 공격하지 않았다고 들었습니다. 새 이사금도 그와 같이 할 것인지 참으로 궁금합니다."

포상팔국(浦上八國)은 낙동강 하류나 남해와 면해 있는 창령, 진해 등지를 터전으로 한 골포(骨浦) 고사포(古史浦) 칠포(柒浦) 등의 8개국으로, 209년 이들이 연합하여 가락을 침범했을 때 사로는 우로를 장수로 6부의 군대를 보내 8국 장군의 목을 베고 붙잡혀 갔던 6천여 명의 백성을 구해준 적이 있었다.

"또 원룡 장군은 사로의 군사 규모와 준비 상황 등을 잘 파악하는 것은 물론 특히 장수가 누구이며 어떤 성향인지 면밀히 살펴야 할 것입니다."

"명심하겠습니다. 그런데 다음 달에 농악놀이 경연을 연다고 이미 포고한 터에 그 훈련을 어찌할 것인지 걱정입니다."

"날 못 믿어서 그러는 것이오?"

호통을 치듯 호륵걸이 끼어들자 원륭은 화들짝 손사래부터 쳤다.

"아니, 아니 무슨 그런 말씀을요. 못 믿어서가 아니라 부장만 고생하시는 게 미안해서 하는 말입니다."

"그런 뜻이라면 내가 단단히 준비시킬 테니 장군은 걱정 붙들어 매고 잘 다녀오기나 하시오. 오랫동안 호령하고 들썩이지 못했더니 온 몸뚱이가 근질근질하던 터였소."

"하하, 어련하시겠습니까. 그렇지만 너무 호되게 다루지는 마십시오. 처음부터 질리면 지속되기가 어렵습니다."

"어허, 내가 그렇게 우악스럽기만 한 줄 아시오?"

"그래요. 대부분 평생 농사일만 해온 사람들이니 차근차근 익숙해지도록 해야 할 겁니다."

장부인까지 우스개처럼 원륭을 편들자 호륵걸은 억울하다는 듯 제 가슴까지 치며 투덜거렸다.

"원, 참. 부인까지 이러실 줄이야."

"그래도 군사 조련은 호륵걸 부장이 누구보다 탁월하다는 점은 믿고 있으니 너무 서운하게 생각지 마세요."

장부인은 감회가 새삼스러워 가슴 한편이 서늘했다.

평생을 함께해 온 것이나 다름없는 호륵걸이었다. 말 타기야 초원의 사람이라면 남녀노소 구분이 없었지만 칸의 딸이 여느 여인네와 같을 수는 없다며 대여섯 살 어린 날부터 검술 창술 궁술은 물론 군진을 펼치는 법까지 세세히 가르쳐주었다. 또한 자신의 호위가 주된 임무이기는 했으나 전투가 벌어지면 적이 가까이 다가오지 못하도록 하는 것이 최선의 보호라며 군사를 이끌고 선두로 짓쳐나간 전사 중의 전사였다.

활을 쏘고 용맹하게 칼을 휘두르는 전투력만이 아니라 휘하 군사들이 제 능력을 백분 발휘하고 한 사람이라도 덜 상하게 하기 위한 공격과 회피의 진까지 빼어나 아버지인 칸의 사랑을 듬뿍 받기도 했다. 전투 뒤의 휴식이 끝나면 훈련만이 전장에서 각자의 목숨을 지키는 방법이라며 조련에 나서면 그 호령과 위엄은 추상같았다. 그러던 이가 산으로 둘러싸인 작은 나라의 백성이 되어 끝없는 벌판은커녕 추상같은 호령 한 번 제대로 외치지 못했으니 그 답답함이 어떨지 안타까웠다. 그렇기에 장부인은 벌써부터 호륵걸이 만들어낼 농악놀이 속의 용맹과 군진이 기대되었다.

석우로

사로 금성(金城: 경주)의 번성과 화려함은 가락은 비교도 할 수 없는 실로 두 눈이 휘둥그레지는 정도였다. 반달 모양의 낮은 언덕 위에 조성한 궁성의 화려함은 말할 것도 없었고, 그 앞으로 펼쳐진 드넓은 도심의 민가들도 부영이나 원룡으로서는 상상하지 못한 번성함이었다. 도시를 에워싸고 흐르는 강에는 크고 작은 배들이 끝없이 드나들었고 곳곳에 늘어선 시장에는 온갖 진귀한 물건들이 넘쳐났다. 수십만 백성에 수만의 군사를 일으킬 수 있다더니 과연 그러고도 남을 국세(國勢)였고, 저 멀리에서 사방을 에워싼 산세는 그대로 철벽장성인 듯 보였다.

부영은 이미 잔뜩 주눅이 들었고, 이만한 국세의 나라와 대적한다는 것은 감문으로서는 도저히 불가능하다는 사실을 인정하지 않을 수 없었기에 원룡도 기가 꺾였다.

"가상하구나, 너희 같이 작은 나라에서 예물을 장만하여 조문과 축하의 사절을 보내다니. 고개를 들라."

조분이사금의 호탕한 기세에 부영은 조심스레 고개를 들었다. 키는

6척쯤 되는 듯 컸고 우람한 풍채의 듬직함은 실로 일국의 왕이 될 만했다. 용모 또한 준수하고 아름다운 데다 눈빛에는 지혜로움이 가득했다.

"그래, 너희 이사금은 어떤 성품이더냐?"

"예, 저희 이, 이사금께서는 오직 만백성을 사랑하는……."

"저희는 왕이라 하옵니다."

더듬거리는 부영의 말을 자르고 나선 것은 원룡이었다. 순간 노여운 낯빛으로 고개를 드는 원룡을 노려보던 조분의 얼굴에 다시 너그러운 웃음이 번졌다.

"그렇더냐? 넌 누구냐?"

"감문국의 장군 원룡이라 합니다."

"몇 살이나 되었더냐?"

"아직 서른이 되지 않았습니다."

"흐음, 나이는 젊다만 과연 장군의 직이 아깝지 않은 기개로구나."

원룡은 이사금의 칭찬에 군례로 답을 대신했다.

조분은 젊은 장수의 이글거리는 눈빛과 큰 나라의 기세에도 당당하려 애쓰는 기상이 가상한지라 호탕하게 웃으며 우로를 돌아보았다.

"대장군은 오늘 저 젊은 장군과 대취(大醉)해 보라."

"명, 받들겠습니다!"

원룡은 힐끗 대장군이라 불린 사내를 돌아보았다.

"그래, 왕의 성품이 어떠하다고?"

조분이 다시 묻자 부영은 비로소 안정을 되찾아 평온하게 입술을 뗐다.

"예, 저희 왕께서는 오직 백성을 사랑하는 마음으로 농사에 온 힘을 기울이며, 그 마음으로 이웃 나라들과도 화평하기를 원하십니다."

"다른 나라의 침략을 받은 적은 없더냐?"

"나라 땅을 통과하는 이들이 간혹 소란을 일으키는 경우는 있으나 전쟁이라 할 만한 침략을 받은 적은 아직 없습니다."

"이 혼란한 세월에 다행이로구나. 이전부터 우리와는 우호 관계에 있었으니 앞으로는 더욱 성의를 다하고 혹여 어려운 일이 있으면 도움을 청하도록 하라."

"참으로 감사하옵니다."

이사금이 호의를 보인 것이라 생각한 부영은 감읍하여 무릎을 꿇고 고개를 숙였다.

쉰 살이 넘은 듯 보이는 나이임에도 턱수염만 희끗할 뿐 도무지 늙음은 찾아볼 수 없는 단단한 몸매에 체격 또한 우람해 가히 대장군의 풍모였다. 날카로운 눈빛 속에는 잔인한 기운도 배어 있었지만 한편 넉넉한 품성도 갖춘 듯 보였다.

"원룡이라 했던가?"

다짜고짜 반말이 귀에 거슬리기는 했지만 아버지뻘의 나이인지라 원룡은 불끈하던 마음을 억눌렀다.

"그러는 대장군의 성함은 어찌됩니까?"

물음에 대한 대답은 없는 대거리가 어이없었지만 우로는 너그럽게 웃었다. 작으나 크나 일국의 장수로서 기를 세우려 하는 것은 당연한 노릇이었고 처음 보는 순간부터 영민하고 용맹함이 배어나는 젊은 그가 마음에 들어 나라를 달리하는 것이 안타까웠다.

"허허, 난 우로라 한다. 성은 석이고. 술은 잘하나?"

"아직 취해본 적은 없소이다."

"그래? 그럼, 우리 사로의 술은 맑고 달기로 유명해 맛은 걱정할 필요 없으니 오늘 허리띠 풀고 제대로 한번 마셔보자."

"감문에서 예물로 가져온 술도 있습니다. 술이라면 우리 감문의 술도 어디에 빠지지 않는 맛입니다."

"그런가? 그래도 찾아온 손님인데 먼저 우리 술부터 맛봐야지."

어린 자식을 대하듯 계속되는 반말에 원룡은 기어이 마음이 틀어졌다.

"대장군! 저도 한 나라의 군사를 책임지는 장수입니다. 어찌 부하 대하듯 계속 하대를 하시는 겁니까. 나이로는 자식뻘이지만 저는 감문의 대표이고 사절이니 예를 갖춰 주십시오."

우로는 기가 막혀 노여움마저 느끼지 못했다. 배석한 사로의 무장들이 자리를 박차고 일어나 단칼에 목이라도 벨 듯 허리춤의 칼에 손이 갔지만 우로가 손을 들어 막았다.

"참으로 맹랑하구나!"

"적국의 장수에게도 그와 같이 말씀하는 법은 없습니다."

우로의 호통에도 원룡은 조금도 두려운 기색 없이 의자에 꼿꼿이 앉은 채 당당하게 대꾸했다.

"죽음이 두렵지 않은 것이냐?"

"장수가 어찌 죽음을 두려워하겠으며, 나라의 얼굴로 욕됨을 비굴하게 물을 수 있겠소이까."

마침내 배석한 무장 몇이 칼을 빼 원룡의 목에 들이밀었다. 그러나 원룡은 눈빛조차 흔들리지 않았다.

"사로가 겨우 이런 정도였소? 내 목을 베려거든 당장 베시오!"

뚫을 듯 날카롭고 차가운 눈빛으로 원룡을 노려보던 우로가 한참 만에 호탕한 웃음을 터트렸다.

"하하하! 모두 칼을 거두어라! 좋다. 내 너를 한 나라의 장수로 예우하마. 그러나 내 자식보다 어린 나이니 귀한 사위의 예로 대하겠다. 그럼 섭섭하시지 않겠나?"

원로 대장군의 제의에 원룡은 고개를 숙여 보였다.

"좋습니다."

"자, 그럼 모두 술잔을 채워라!"

우로가 잔을 들자 모두가 단숨에 술잔을 비웠다. 과연 쌀로 빚었다는 사로의 술은 맑고 달았다.

"술맛이 어떠신가?"

"말씀대로입니다. 그러나 술이 순하여 밤을 새워도 취하지 않을 것 같습니다. 이번에는 감문의 술맛을 보시지요."

"그러신가? 허허, 좋네. 그럼 어디 감문의 술맛을 한번 보세."

이번에는 사절의 예물로 준비해 온 감문의 술로 잔을 채워 모두가 단숨에 잔을 비웠다.

"감문 술맛은 어떠십니까?"

술잔을 내려놓고 고개를 갸우뚱하던 우로가 물었다.

"독하기도 하지만 향이 특별하군. 어떻게 빚은 술인가?"

"쌀을 누룩으로 발효하고 잣과 솔잎을 더해 빚은 술입니다."

"으음, 그래서 솔 향이 나는 것이로군."

"허나 감문 술맛의 진정한 비결은 사달산(四達山) 물맛입니다."

"사달산?"

"예, 저희 감문 궁궐에서 멀지 않은 사달산 기슭에 샘이 하나 있는데 땅 밑을 흘러 다니는 정기가 수천 년간 모여 솟아나는 샘이라 합니다.

하여 예로부터 신선들이 차를 끓일 때는 반드시 그 샘의 물을 길어다 썼다 하니 술을 빚으면 더없이 향기롭습니다. 또한 이무기가 마시면 용이 되어 승천하고, 사람이 오랫동안 마시면 기운이 강해져 용맹한 장사가 된다는 이야기도 있습니다."

"정말 그 샘물을 마시면 장사가 되는가?"

무장으로서 장사의 이야기에 호기심이 생긴 듯 우로 장군은 얼굴 가득 웃음을 머금으며 물었다.

"모두가 용맹한 장사가 되는지는 알 수 없지만 사달산 샘물을 오래 마시는 사람들은 잔병치레가 없고, 가끔은 큰 병을 앓는 사람들도 쾌차하기는 합니다."

"자네도 그 샘물을 마셨는가?"

"예, 세가 태어난 곳이 사달산 아래인지라 어릴 적부터 마시며 자랐습니다."

"오, 그렇다면 사달산 샘물에 영험한 기운이 있는 것이 맞는 것 같구면."

"무슨 말씀이신지?"

"자네 이름이 '용(龍)'이고, 이렇듯 용맹한 기운이 넘치니 말일세."

농인 듯 진심인 듯 묘한 우로의 눈빛에 원룡은 손사래를 쳤다.

"그저 샘물 하나를 두고 지나친 과찬이십니다."

"하하하! 내 자네가 참으로 늠름하여 한번 해본 말일세. 아무튼 그럼 오늘은 감문의 술로 제대로 한번 취해보세."

술잔이 빨리 돌고 있었다. 더군다나 사로 장수의 수가 많으니 원룡 앞에는 잔이 쌓일 지경이었다. 우로의 속내를 알아보려던 당초 목적은 점점 멀어지고 있었다.

아무리 천하장사라도 술 앞에서는 속절없었다. 어디쯤에서 끊어졌는지도 모르게 기억이 까맸다. 겨우 눈을 뜨니 객사였고 날은 훤히 밝아 있었다. 원룡은 서둘러 옷매무새를 다듬고 지끈거리는 머리를 한 손으로 누르며 방문을 열었다.

"일어나셨습니까?"

기다리고 있었던 듯 어린 여인이 고개를 숙였다.

"……"

"장군을 모셔오라는 대장군의 명을 받았습니다."

"아……."

겨우 정신을 차렸을 뿐 목도 트이지 않았고 눈에 들어오는 것도 없었던지라 원룡은 그저 여인의 뒤를 따랐다.

"하하, 잘 쉬셨는가?"

한참을 걸어 가 그녀가 열어주는 방문턱을 넘자 대장군 우로가 멀쩡한 모습으로 탁자 앞에 앉아 있었다.

"예, 대장군. 편히 주무셨습니까?"

"좋은 술 덕분에 꿈도 없이 아주 깊이 잤네. 머리는 개운하니 우리 고래탕으로 속을 푸세."

고래탕은 또 무엇인가. 듣는 게 처음이었지만 원룡은 우로의 맞은편 의자에 앉았다.

"어제는 여러 장수들이 많아 제대로 이야기도 나누지 못했구먼. 그래, 혼인은 하셨는가?"

"아직입니다."

"허허, 헌헌장부가 어찌……. 연모하는 이는 있으신가?"

"나라의 소임을 부여받은 장부가 어찌 여인에게 눈을 돌리고 마음을 내놓겠습니까."

"아니시네. 소임이 중할수록 안을 보살피고 바라지해 줄 사람이 있어야 하는 법이네. 논밭을 일구는 농부도, 시장 바닥의 상인도 해가 저물면 돌아가 편히 쉬어야 또 내일을 기약할 수 있는 것이 아닌가. 하물며 국사에 노고를 아끼지 않는 장군이시라면……."

뜻밖에도 우로는 원룡을 사절의 장수가 아니라 친애하는 자식처럼 대하고 있었다. 원룡은 어리둥절하기도 했지만 감춘 저의는 없는 것인지 정신을 가다듬었다.

방문이 열려 우로의 이야기가 멈췄다. 객사에서 원룡을 안내한 어린 여인이 음식상을 든 여인들을 대동해 들어섰다. 탁자 위에 가져온 음식이 차려지는 동안 어린 여인은 다소곳이 우로의 곁을 지켰다.

"자, 드시게. 뜨거운 국물은 고래탕이네. 술로 피곤한 속을 달래고 원기를 돋우는 데는 그만일세."

원룡은 이름이 생소했지만 한 모금 입에 떠 넣었다. 소고기국 맛이었는데 조금 더 기름진 듯했다. 국물이 목구멍을 타고 위로 내려가자 뜨끈함과 더불어 속이 확 풀리는 느낌이었다.

"어떠신가?"

"정말 속이 풀립니다. 소고기로 끓인 탕인가요?"

"내 그럴 줄 알았지, 하하하."

우로가 유쾌한 웃음을 지으며 곁을 지키고 선 어린 여인을 돌아봤다.

"고래는 바다에서 나는 아주 큰 고기인데 부위에 따라 백 가지 맛이 나며 소고기 맛이 나는 부위로는 탕을 끓입니다."

어린 여인이 청량한 음성으로 설명하자 우로는 웃음 머금은 눈빛으로 원룡을 지켜봤다.

"아무리 크다 하더라도 어물에서 어떻게 백 가지 맛이……"

"아닙니다. 고래는 그 크기가 집채만 한 것도 있습니다."

여인의 말을 허풍으로 여긴 원룡이 헛웃음을 짓고 다시 국물을 뜨자 우로는 더욱 재미있다는 듯 너털웃음을 터트렸다.

"하하하! 암, 누구라도 직접 보지 않고서는 믿지 못하지. 그렇지만 정말 집채만 하다네. 사로 동쪽 바다에서는 아주 오래전부터 고래잡이를 해왔는데 그놈 한 마리면 천 사람이 열흘을 먹고도 남는다네. 바다에서 강을 타고 배로 실어오면 하루도 걸리지 않으니 금성에서도 그 싱싱한 맛을 볼 수 있는 것이고."

대장군이 거짓을 말할 것 같지는 않은지라 입을 딱 벌리면서도 원룡은 여전히 믿기지 않았다.

"하하, 아침을 드신 뒤에는 성 밖으로 나가 찬찬히 돌아보시게. 아, 참. 인사 올려라. 감문국에서 사절로 오신 원룡 장군이시다."

우로가 다시 어린 여인을 돌아보며 말하자 그녀는 다소곳이 허리를 굽혔다.

"소녀, 예영(禮瑛)이라 하옵니다."

"내 딸을 소개드리네."

뜻밖이라 당황한 원룡이 벌떡 일어나 고개를 숙였다.

"아, 처음 뵙습니다. 원룡이라 합니다."

"예영이 너는 나가서 맑은 술을 좀 내 오거라. 속을 풀려면 술도 한 잔해야지."

예영이 물러나자 우로는 정색을 하였다.

"사실 어제 장군을 보며 예영이를 주고 싶다는 생각을 했는데, 어떠신가?”

“예? 아, 아니 무슨 그런 말씀을?”

“왜? 감문에서는 다른 나라 사람과는 혼인을 금하기라도 하는가?”

“그, 그렇지는 않습니다만……..”

황당하기까지 한 원룡은 말을 더듬었지만 우로는 여전히 진지했다.

“성 밖 안내를 하라 일러두었으니 잘 살피시고 한번 생각해 보시게. 나이는 어리지만 총명하고 의지가 굳어 매우 아끼는 여식이라네. 오늘은 어제와 아주 다른 세상이고 앞으로는 더욱 그럴 것이네. 조그만 소국으로는 점점 명맥을 잇기 어려운 세월이 아닌가. 아무리 화평을 추구해도 먼저 나라의 규모를 키우지 못하면 사라지게 되니 어쩔 수 없이 군사를 일으키기도 하지. 전쟁이 화평을 보장하는 방법이라니, 안타까운 일이기는 하네.”

원룡은 머리카락이 쭈뼛 서는 듯하고 전신에 소름이 돋았다. 드러내 전쟁을 선포하는 것은 아니었지만 병합은 불가피하다는 뜻이었다.

“이사금의 방침입니까?”

“어쩔 수 없는 노릇이 아니겠는가. 특히 북쪽은 백제의 침략이 잦으니 우선할 수밖에 없고.”

이제 노골적인 전쟁의 협박으로 받아들일 수밖에 없었다. 원룡의 눈빛이 이글거렸다.

“대장군!”

“너무 앞서 생각하지는 마시게. 세월의 흐름을 따르는 데는 여러 가지 방법이 있지 않겠나. 돌아가시면 장군의 왕과 머리를 맞대 보시게. 또한 내가 예영을 장군과 맺었으면 하는 뜻도 깊이 생각해보시고. 바다 건너의 왜는 도적이기도 하지만 피도 다르고 습속도 판이하니 칼을 뽑는 데 망설임이 없지만 삼한의 백성들에게는 망설여지는 것이 인지상정 아니겠나. 우리가 가야와 우의로 지내는 것도 그런 이치이지."

다시 문이 열리고 술병이 놓인 소반을 든 예영이 들어왔다. 우로는 예영을 자신의 곁에 앉도록 했다.

"네가 장군에게 술을 한 잔 올려라."

"예, 아버님. 장군, 받으시지요."

예영이 술병을 드니 원룡은 어쩔 수 없이 잔을 들었다.

아직 나이 스물은 되지 않아 보였고 작지 않은 키에 날렵한 몸매가 한 마리 학을 연상하게 했다. 또렷한 이목구비는 조각한 듯 조화로웠고 유난히 하얀 피부가 세련된 아름다움을 더욱 돋보이게 했다. 원룡은 문득 감문의 공주를 떠올렸다. 비슷한 또래에 또한 아름다웠지만 결이 달랐다. 다양하고 풍부한 물산이 만들어내는 세련된 아름다움과 순수와 절제로 빚은 고졸(古拙)한 아름다움. 나라의 부(富)가 창조하는 다양한 아름다움이 활력이 되고, 그 활력이 더욱 풍성한 부를 만들어내는 순환이 금성이고 사로가 아닌가 생각되었다.

신녀(神女)

"어허, 그렇게 징 치고 북 두드리며 신만 내는 게 농악놀이가 아니야! 줄을 맞추고, 앞으로 나가고 뒤로 물러날 때의 동작이 각각 달라야 한다니까! 정신들 안 차려! 거기 에트얼, 말로만 하지. 말(馬)로 놀이패 안으로 들어가서 바로 잡아주란 말이야! 그렇게 해서 어떻게 장원을 하겠나! 너희는 왕궁 마을 놀이패가 아닌가, 왕궁 마을!"

호륵걸의 쩌렁쩌렁한 목소리가 왕궁 안까지 들렸다. 장부인과 정원을 산책하던 금효왕이 너털웃음을 터트렸다.

"허허, 부장은 온 마을을 날마다 돌아다니며 저렇게 소리를 지를 텐데 목도 쉬지 않습니다."

"신이 나서 그렇습니다."

"참으로 장군인데 왜 그리도 사양하는 것인지, 원."

"군대에 장수가 둘일 수는 없는 일이지요. 수만 명의 군사를 가진 군대도 장수 한 사람의 지휘에 따라 일사분란하게 움직이는 것인데 우리 감문은 가용할 수 있는 군사가 수백에 불과한 실정인데 어찌 두 사람의 장군을 두겠습니까."

"그러니 말이오. 그래도 어린 원룡 장군의 말을 잘 따라 주니 고맙기 그지없습니다."

"원룡 장군의 지모는 호륵걸 부장도 인정하는 바입니다. 장수에게는 지모가 필요하고 선봉지휘관은 용맹이 필요한 법 아니겠습니까."

"허허, 다들 고맙습니다. 그때 부인 일행이 찾아와 주지 않았으면 어쩔 뻔했습니까."

"무슨 말씀을요. 떠도는 저희를 선뜻 받아주신 선왕의 은덕은 영원히 잊지 못할 것입니다."

"오, 저기 소명이 나와 있군요."

왕이 가리키는 정원 한 곳에서 공주 소명(素姟)이 시녀 꽃님과 함께 꽃을 꺾고 있었다.

"꽃꽂이를 할 모양입니다."

"그런가요. 공주도 부인처럼 말도 타고 씩씩했으면 좋겠는데 그런 일에는 도무지 관심조차 없으니……."

"천생 여자인 게지요."

왕은 말을 타고 찾아온 그녀의 모습이 인상 깊었던지 공주를 얻게 되자 조금만 크면 말 타기를 가르치자는 말을 입에 달았다. 그러나 공주는 걸음마를 시작하면서부터 바지라면 질색하며 치마를 고집했고, 왕이 말과 친해지게 하려고 마구간으로 데려가기라도 하면 파랗게 질려 울음을 터트리는 통에 결국은 꿈을 접어야 했다. 장부인도 처음에는 자신과 전혀 다른 아이의 모습에 서운한 마음이 들기도 했다. 그러나 황량한 초원 위를 떠돌며 사는 유목 생활이 아닌 아늑한 정착지에 머물러 평생을 살아가는 삶에서 여인이 굳이 말을 타야할 필요는 없었다.

더구나 정착 생활에서는 남자와 여자의 일이 나뉘어 있는 편인 데다 대다수의 남자들도 다소곳한 여인을 소원했으니 왕실의 여인이라도 여성스러운 것이 더 나을 듯싶어 더는 마음 쓰지 않았다.

"소명도 이제 나이가 찼으니 이번에 원룡 장군이 돌아오면 혼사를 말해 봄이 어떻겠습니까?"

"이제 열다섯인데 벌써 서둘 필요가 있겠습니까?"

"그렇기는 하지만 원룡 장군의 나이가 서른이 가까워 가니 그런 것입니다."

"원룡 장군의 뜻은 들어보셨는지요?"

"직접 물어보지는 않았지만 눈치는 소명에게 연심을 품고 있는 듯합니다."

"그렇습니까? 저는 전혀 몰랐습니다."

"부인께서 나보다 더 국사에 골몰하니 그러신 거지요."

"송구합니다. 어미 노릇도 제대로 못 하면서……."

장부인의 난처한 낯빛에 왕은 웃음을 지었다.

"허허, 아닙니다. 농입니다, 농. 아니지요, 사실 난 부인이 있어 얼마나 든든한지 모릅니다. 부왕 이래로 찾아오는 이들을 내치지는 않았으나 부인만큼 견문 넓고 현명한 사람은 없었습니다. 바깥세상 모르는 우물 안 개구리로 혼자였다면 어떻게 이만큼 나라를 보존해 올 수 있었겠습니까. 부인의 노고에 진심으로 고마워 드린 말씀입니다."

왕의 말이 진심임을 모르지 않지만 장부인은 마음 무거운 구석이 있었다.

"아닙니다. 무엇보다 중요한 세자궁을 비워두게 한 저의 죄가 너무도 큽니다."

"무슨 말씀을요. 부인은 정령을 접하는 신녀이기도 하시잖습니까. 세자보다 부인께서 정령과 접하여 나라의 일을 예견함으로 위기를 극복한 것이 어디 한두 번입니까."

"아무리 그렇더라도 세자궁을 비게 하는 일은 너무도 큰 죄인지라 참으로 마음이 무겁습니다. 왕께서는 하루빨리 후비를 맞으시어 세자궁의 주인을 얻으십시오."

"염려 마십시오. 공주의 혼인을 서둘려는 것에는 원룡 장군을 세자궁의 주인으로 삼으려는 뜻도 있습니다."

장부인은 소명을 낳고 한 해가 지날 무렵 기이한 꿈을 꾸었다.

어스름 달빛 아래 노란 잔디의 정상이 보이는 산중턱은 깎아지른 듯 가파른 데다 뾰족한 가시가 촘촘한 나무와 마구 뒤엉킨 질긴 넝쿨들로 길을 막고 있었다. 무슨 까닭인지 산 정상에는 반드시 올라야 했고 달이 질 시간도 가까웠다. 장부인은 옷이 갈가리 찢기고 신발이 벗겨져 두 발에서 피가 철철 흐르는데도 죽을힘을 다해 가시와 넝쿨을 헤쳐 마침내 정상에 다다랐다. 그러자 기이하게도 어스름 저물어가던 달이 둥근 보름달이 되어 광휘를 발하고 머리 위에는 하늘을 향한 나뭇가지와 새의 모습이 조형된 은빛 밝은 관이 씌어져 있었다. 찢어발겨졌던 옷가지는 검은 바탕에 하얀 꽃무늬와 흰색 선들로 위엄을 갖춰 변했고 두 발을 흥건히 적시던 핏물은 말끔히 사라지고 검은 꽃무늬 가죽신이 아름다웠다.

장부인은 한 번도 본 적 없는 차림새였지만 단박에 제사장의 그것임을 알았다. 너무도 기이해 사방을 둘러보자 문득 달의 광휘 속에서 자신을 향해 짓쳐오는 군사들이 보였다. 너무 놀라고 두려워 등을 돌려 도망치려던 순간 어디선가 '더는 도망치지 말라!' 하는 낯선 언어의 고함이 들려왔다. '할머니!' 저절로 튀어나온 초원의 언어로 대답하자 군사들의 깃발에 '문무(文武)'라 쓰인 것이 또렷이 눈에 들어오며 꿈에서 깨어났다.

함께 잠자리에 들었던 왕도 부인의 낯선 고함에 눈을 떴고, 꿈 이야기를 들은 왕은 날이 채 밝기도 전에 호륵걸을 불러 들여 문무국으로 향하는 길목에 군사들의 매복을 명했다. 군사 대부분은 어리둥절 긴가민가했지만 장부인에게서 직접 꿈 이야기를 들은 호륵걸은 아연 긴장했다.

서둘러 매복 배치가 끝나고 잠시 숨을 돌릴 무렵이었다. 과연 문무국 방면에서 무장을 갖춘 수십의 군사가 은밀하게 접근하는 것이 보였다. 자신들보다 수가 많은 군사를 보자 매복 군사들은 두려움의 기색을 드러냈다. 그러나 적이 가까이 다가오기를 기다린 호륵걸이 벽력같은 고함을 지르며 행군의 허리를 자르자 금세 전열이 무너졌고 이에 힘입은 매복 군사의 공격에 절반이 죽거나 상하고 절반은 도망쳤다. 문무국은 즉시 사죄와 용서를 빌었고 그 후로는 감히 다시 딴마음을 품지 못하였다.

장부인은 꿈에서 본 지형을 찾기를 원했고 왕은 사방으로 군사를 풀었다. 그렇지만 높은 산으로 둘러싸인 감문 어디에도 정상 등성이에 잔디가 펼쳐진 산은 없었다. 왕도 장부인도 낙담할 무렵 호륵걸이 왕궁에서 나벌들로 향하는 도중에 비슷한 지형이 있다 하여 가 보았더니 사방을 가시 박힌 잡목과 넝쿨 풀이 둘러싸고는 있었지만 산이 아니라 작은 둔덕이었다. 왕의 실망한 기색에도 둔덕에 오른 장부인은 기이한 기운을 느끼며 그곳임을 알았다.

그날 이후 장부인은 나라의 중요한 일이 있을 때마다 꿈에서의 복색을 갖추고 둔덕에 올라 정령과 접해 앞일을 예측할 수 있었고 가뭄과 같은 재해가 들면 그곳에서 하늘에 빌어 재앙을 극복하기도 했다. 신녀로서 몸을 정갈히 하는 것은 지당한 일이었고 자연스레 왕과의 동침도 줄어드니 태기를 얻을 수 없었던 것이었다.

신하 한 사람이 급히 달려오는 모습이 보였다.

"무슨 일인가?"

"사로에 사신으로 갔던 총신과 장군이 돌아왔습니다."

"어서 가봅시다, 부인."

왕은 발걸음을 재촉했다.

화평의 꿈

"먼 길에 고생들 했소. 그래, 이사금을 직접 뵈었소?"

부영이 앞으로 나섰다.

"예, 직접 맞아주고 잔치도 열어주었습니다."

"그러했소? 그래, 어떤 분이었소?"

"매우 온후하셨고 너그러웠습니다. 저희가 누구의 침범을 받은 적이 있는지 물으시고 앞으로 더욱 깊은 우의로 대할 것이라며 어려움에 처하면 도움을 청하라 하셨습니다."

왕의 얼굴에 기쁨이 가득 피어올랐다.

"오호, 참으로 아름다운 분이시다. 그처럼 화평을 원하신다니 우리 감문에 더 없는 복이 아니더냐. 총신, 참으로 수고했소."

"그뿐 아니라 저희가 준비해 간 예물의 몇 배나 되는 답물도 내려주셨습니다."

"저런, 저런. 그래, 금성은 어떠했소? 과연 듣던 바와 같이 번성하고 화려하였소?"

"예, 듣던 것보다 훨씬 더 번성하고 화려했습니다. 금성을 돌아 흐르는 강에는 배가 수없이 드나들었으며 시장에는 온갖 물건들이 넘쳐났습니다. 금성의 가구만 해도 족히 2만 호는 넘어 보였으며 나라 전체의 백성 수는 백만에 가까울 것이라는 이야기도 들었습니다."

"호오, 참으로 대단하구려."

"예, 우리도 사로처럼 사방으로 교역을 늘려 나라의 부를 키우는 것이 좋을 듯합니다."

"그리합시다. 오늘 그대들의 노고를 치하해 내 크게 잔치를 열겠소."

"감사합니다."

"아, 그리고 장군이 알아본 군세는 어떠하던가?"

원룡은 부영과 달리 내내 어두운 낯빛이었다.

"군사에 관해서는 따로 들으심이 좋을 듯합니다."

"그래……?"

왕은 의아했으나 부영의 보고에 들떠 소홀히 흘리고 잔치 장소로 향했다.

다음 날 금효왕은 해가 중천에 올라서야 눈을 떴다. 전날 밤의 과음으로 머리가 지끈거리기는 했지만 기분은 매우 밝았다. 오랜 근심이었던 사로와의 관계에 밝은 빛이 보이는 듯했으니 어찌 그렇지 않겠는가. 다만 부영이 지나가는 말처럼 흘린 원룡에 관한 이야기가 마음에 걸리기는 했지만 담아두지 않았다.

장부인과 늦은 아침상을 물리자 원룡이 기다리고 있다고 알려 왔다. 왕은 좀 더 쉬고 싶기도 했지만 떠오르는 생각이 있어 들라 했다.

문이 열리고 들어서는 원룡의 얼굴에도 아직 술기운이 남아 있었다.

"허허, 자네도 어제 과음을 한 모양이구먼."

'자네'라니, 술자리에서도 하지 않던 아주 특별한 호칭이 아닌가. 원룡은 의아해 장부인을 돌아보았지만 역시 영문을 모르겠다는 눈빛이었다.

"편히 쉬시었습니까?"

"내 좀 더 쉬고 싶었지만 이런 좋은 때에 마음에 두었던 일도 마무리했으면 하네."

원룡으로서는 당최 모를 소리였지만 장부인은 알아들었다.

"무슨 말씀이신지⋯⋯?"

어리둥절한 원룡의 모습에 왕은 즐거웠다.

"그래, 자네는 우리 소명을 어찌 생각하는가?"

"에? 그 무, 부슨⋯⋯?"

느닷없이 공주를 거명하는데 누구라서 당황하지 않을까.

"공주를 마음에 담고 있지 않았던지 묻는 것이다."

"아⋯⋯."

원룡은 난처해 대답할 말을 찾지 못했다. 나라의 앞날로 마음이 천근의 무게에 짓눌리는데 왕은 총신 한 사람의 말에 들떠 아무런 걱정 없는 한가함이라니.

"허, 장군이 그만한 일로 뭘 부끄러워하느냐. 어서 속마음을 털어놓아 보거라, 하하하!"

원룡은 잠시 고개를 숙여 눈길을 피하며 마음을 다잡았다. 나라의 위기에 왕의 심기만 살펴서 될 노릇이 아니었다.

"왕이시여, 그보다 먼저 사로의 일을 밝게 아셔야 합니다."

장부인의 낯빛이 단박에 어두워졌다. 그렇지 않아도 지난밤 잔치 자리에서 연신 술잔을 비워내며 드문드문 깊은 한숨까지 내쉬는 원룡의 행동에서 불길한 기운을 읽었던 것이다.

"무슨 소리냐! 내가 너의 속마음을 듣자 하지 않았느냐!"

어이가 없다는 표정이던 왕이 불현듯 고함을 쳤다.

"공주님의 일보다 사로의 일이⋯⋯."

"그 장군의 딸 때문이더냐?"

원룡의 말을 자르는 왕의 말투가 싸늘했다.

"예? 그, 그건 또 무슨 말씀⋯⋯."

"시끄럽다! 내 모를 줄 알았더냐! 사로의 대장군이 딸을 주고 싶다 했다지."

원룡은 눈앞이 캄캄해지는 기분이었다, 아니 장부인이 더 아득했다. 잔치에서 왕에게 귓속말을 속삭이던 부영과 원룡을 돌아보며 고개를 갸웃하던 왕의 모습도 또렷이 떠올랐다.

"저는 당치않다 말씀드렸습니다."

"뭐라? 그런데도 대장군의 딸과 금성 구경에 나서라 하더냐? 둘이서 종일 돌아다니고!"

"오해십니다. 안내를 받은 것뿐입니다."

"시끄럽다! 그만 나가거라!"

"왕이시여⋯⋯."

억울한 원룡이 하소연하려 했지만 장부인은 그만 나가라는 눈짓을 했다.

원룡이 물러난 뒤에도 왕은 한참 동안 분을 삭이지 못해 거친 호흡을 내쉬었다. 왕이 가라앉기를 기다린 장부인이 조용히 아뢰었다.

"장군의 성품을 모르십니까. 사신은 보는 눈에 따라 오해를 사기도 합니다. 제가 조용히 알아보겠습니다."

장부인의 말에도 전에 없이 왕은 아무런 대꾸가 없었다.

"부영, 그 가벼운 놈의 새끼!"

호륵걸이 또 부르르 몸부터 떨었다.

"또, 또, 부장은 그 욱하는 성질 좀 죽이세요. 그분 또한 충심 깊은 신하입니다. 문신과 무신이 어찌 보는 눈이 같겠습니까."

"하여간 그 주둥이만 나불거리는 놈들!"

장부인은 호륵걸에게 눈을 흘겨 입을 다물게 한 뒤 원룡을 다독거리기부터 했다.

"대장군 딸의 이야기는 총신의 착오라는 걸 믿습니다. 오해는 금세 밝혀질 테니 너무 서운해 마세요, 장군."

"예, 보는 눈에 따라 오해할 수도 있고 서운할 것도 없습니다. 지금 그런 논란은 한가한 일입니다."

"그렇게 위중합니까?"

"이사금은 화평을 말했지만 우로 대장군의 말은 공공연한 협박이었습니다. 전쟁이 화평을 보장하는 세월이라 하더군요."

어느 정도 예상할 수 있는 일이었지만 대장군이라는 자가 그처럼 노골적이었다면 목전의 일이나 다름없다는 생각에 장부인의 마음은 천근이 되었다.

"기어이 우리를 치겠다는 뜻인가요?"

"명확히 그리 말한 것은 아니지만 먼저 항복하지 않으면 칠 수밖에 없다는 뜻은 명확했습니다."

"명분이나 순서란 것도 있을 게 아닙니까?"

"바다 건너 왜는 도적이니 침범하면 언제라도 맞서 죽일 것이라 했고, 가락과는 그들이 머리를 숙여 우호를 지키고 있으니 지속한다는 뜻을 은근히 내보였습니다."

"아직 가락을 칠 때는 아니라는 뜻이기도 하겠군요."

"그렇습니다, 가락의 힘 또한 만만치 않으니까요. 다음은 북쪽인데, 백제의 공격이 잦고 끊이지 않는다는 것이 큰 명분입니다. 새 이사금으로 등극하면 시조묘(始祖墓) 배알과 같은 의례를 치르며 6부의 단합을 꾀하는 것이 상례이니 그 뒤에는 곧바로 대외 활동에 나설 것 같았습니다."

"그렇게 급하게요?"

"새 이사금의 나이가 적지 않습니다. 치적을 서둘지 않으면 후계를 자신의 뜻대로 할 수 없을 테니까요."

"그게 꼭 우리 쪽일까요? 다른 방향은?"

장부인은 부질없는 일인 줄 알면서 실낱같은 기대나마 걸어보고 싶었다. 그러나 원룡은 고개를 가로저었다.

"피할 수 없을 것 같습니다. 우로의 말대로 전쟁의 세월인 것은 분명하니 말입니다."

호륵걸이 불끈 주먹을 쥐어 탁자를 내리쳤다.

"빌어먹을! 도대체 그 사로의 군세는 어느 정도나 될 것 같았소?"

"이미 20년 전 가락을 도울 때 6천 군사를 동원한 군세였습니다. 지금은 수만 군사도 어렵지 않을 것입니다."

"젠장, 동쪽과 남쪽은 바다고 산도 적지 않다면서 어떻게 그런 규모를……."

"제가 대장군 딸의 안내를 마다하지 않은 것도 그 때문이었습니다.

도대체 그런 힘이 어디서 비롯된 것인지 알고 싶어서 말입니다."

"알아내기는 했소?"

"예, 장부인의 말씀 그대로였습니다. 동쪽 바다를 가보지는 못 했지만 도성 코앞까지 강을 타고 여러 나라의 배가 수백 척 드나들었습니다. 제 눈에는 모두 간자(間者)처럼 보이고 무기를 가진 자도 부지기수였지만 사로의 누구도 두려워하고 의심하는 기색이 없었습니다. 넋이 나간 것인가 하는 생각도 했는데 결국 모두를 끌어안을 수 있는 자신감인 듯했습니다. 의심하고 막지 않으니 누구라도 드나들며 온갖 재화를 풀어놓고, 그 다양함은 부를 만들고, 부는 활력이 되고, 활력은 다시 자신감으로 순환되는 구조 말입니다."

장부인은 수긍하면서도 고개를 갸웃거렸다. 절박한 것이었다. 위기가 코앞이라는 사실은 이제 부인할 수 없는 노릇이었다. 그렇다면 막연한 기대가 아니라 실현 가능한 무엇이라도 해봐야 하고, 그러려면 현실에 대한 명확하고 냉정한 자각이 필요했다.

"그 점은 사로와 국경을 맞댄 가락도 비슷하지 않습니까. 더구나 가락의 쇠는 삼한은 물론 바다 건너 나라에서도 손을 내미는 정도라면서 왜 사로의 힘에는 미치지 못하는 것일까요?"

"분열입니다."

"분열……."

장부인은 원룡의 말을 받아 혼잣말처럼 중얼거렸다.

"예, 가락은 여섯 나라로 나뉘어 있습니다. 그중에서 남쪽의 가락이 세가 가장 강합니다. 그렇지만 가락 혼자의 힘으로 사로를 대적하기는 어렵습니다. 두 번째는 감문 남쪽에 있는 가라라 할 만합니다. 사로의 국세에는 훨씬 더 못 미칩니다. 그렇지만 만약 가락과 가라가 하나로

82

힘을 모은다면 사로도 쉽지 않을 것입니다. 더군다나 그들 여섯 형제 국가가 모두 하나로 힘을 모은다면 어찌 사로인들 감히 넘볼 수 있겠습니까."

"그들은 모두 형제국으로 우애가 깊다 하지 않았소?"

호륵걸이 퉁명스럽게 물었다.

"우호와 하나는 다르지 않겠습니까?"

"그게 그거지 무슨 소리요?"

호륵걸이 혀를 차는데 장부인이 나섰다.

"그렇지 않아요, 부장. 생각해 보세요. 초원에서도 그랬지 않나요. 대칸(大汗)이 있어 모두의 힘을 합쳤을 때는 중원 세력이 무릎을 꿇기도 했지만 소칸으로 나눠지고 나서는 언제나 중원 세력에 밀렸잖아요. 더군다나 소칸끼리의 다툼이라도 벌어지면⋯⋯."

그제야 호륵걸은 크게 고개를 끄덕였다. 자신들이 쫓긴 것은 중원 세력이 아니라 결국 다른 소칸에 의해서였다는 것을 장부인보다 훨씬 더 분명하게 기억하는 그였다.

"그럼 훨씬 이전부터 전쟁, 아니 힘이 화평이었던 셈이군요."

"예, 힘을 키우기 위해서는 전쟁이 불가피했던 것이지요."

"젠장, 결국 조무래기 왕들이 문제군요."

장부인은 다시 원룡을 향했다.

"주변의 소국들을 모두 병합한다면 우리 감문이 버텨낼 수 있을까요?"

"우선은 좀 더 대등한 자격으로 대응하며 기회를 만들 수 있겠지요. 왕을 설득하셔야 합니다."

"아이고, 나는 이제 나이도 들었고 더는 도망치지 않으렵니다. 왕이 허락만 하시면 죽기 살기로 싸워서 무릎을 꿇릴 거고, 허락하지 않으셔서 사로가 쳐들어오면 끝까지 싸우다 죽을 겁니다."

호륵걸의 한숨과 넋두리가 장부인의 폐부를 찌르는 듯했다.

"아니지, 맥없이 죽기를 기다리느니 혼자서라도 콱 쳐들어가 소국 군주 놈들 목을 모조리 따버릴까, 어휴!"

'다시는 도망치지 말라!', 할머니의 목소리를 빌린 그날 정령의 명이 장부인의 귀에 생생하게 되살아났다.

소명 공주는 왕이 왔다는 전갈에 화들짝 놀라서 하던 일을 팽개치고 황급히 뛰쳐나갔다.

"아버지, 아니 부왕께서 직접 어쩐 일이십니까?"

"괜찮다. 아버지를 아버지라 부르는 게 어때서. 그래, 무얼 하고 있었더냐?"

"수를 놓고 있었습니다. 안으로 드시겠습니까?"

"아니다. 날이 좋으니 꽃구경을 하자꾸나."

부왕이 직접 공주의 침소를 찾는 것은 매우 드문 일이었다. 공주는 무슨 일인가 눈치를 살폈다.

"어머니는 같이 오시지 않았습니까?"

"응, 호륵걸 부장과 같이 계시는 모양이더구나. 그런데 수를 놓고 있었다고?"

"예."

"무슨 문양이더냐?"

"꽃과 나비입니다."

"꽃과 나비라……, 우리 공주가 이제 여인이 된 게로구나."

다소곳이 고개 숙이는 소명의 얼굴에 홍조가 드리워졌다.

침소 앞 정원은 울긋불긋 온갖 봄꽃이 향과 자태를 자랑하듯 만개하여 그야말로 꽃 세상을 이루고 있었다.

"이 많은 꽃들을 모두 어디에서 옮겨왔느냐?"

"나라의 온 산야가 꽃으로 가득한 데다 특히 연당 주변은 꽃 천지가 아닙니까."

"그렇지. 하지만 연당 주변이라면 모를까 야산은 위험할 수 있으니 멀리까지 나다니지는 마라."

"염려 마십시오. 군사가 곁을 지켜주기도 하고 꽃님이 앞장서 잘 합니다."

"그렇구나. 너는 무슨 꽃이 가장 좋더냐?"

"요즘엔 붓꽃이 아주 예쁩니다. 금붓꽃, 노랑붓꽃, 각시붓꽃 등 종류도 여러 가지고요. 지천인 민들레도 자세히 보면 하나같이 아주 예쁩니다."

"특별히 좋아하는 것은?"

"그건……."

공주가 꽃 생각에 고개를 갸우뚱거리자 왕은 불쑥 또 물었다.

"원룡은 좋으냐?"

"예? 원룡이라는 꽃도 있습……."

동그래졌던 공주의 눈이 아래로 내려가며 말을 맺지 못했다.

"하하하, 내 원룡 장군을 네 배필로 삼을까 하는데 어떠하냐?"

왕은 총신이 뭐라 했건 원룡이 처음 본 타국 여인에게 마음을 주지는 않았으리라 믿었다. 혹여 잠시 마음이 흔들렸다 하더라도 진작부터 공주를 마음에 품은 눈치였으니 서둘러 혼인을 치러 하나가 되면 금세 잊을 것이라는 생각도 했다. 더군다나 공주라면 감문뿐 아니라 어디에 내놓아도 손색없는 아름답고 귀한 규수가 아닌가.

"아버님, 저는 아직 혼인할 생각이 없습니다."

왕은 빙그레 웃음을 지었다.

"왜? 부끄러워서 그러는 것이냐?"

"그게 아니라 저는 원룡 장군을 생각해 본 적이 없습니다."

"그럼 지금부터 생각해 보면 될 게 아니냐."

"아버님, 저는……."

"너무 오래는 끌지 마라. 원룡의 혼인이 많이 늦어 이제 서둘러야겠다."

이미 다 정한 듯 단호한 부왕의 말에 공주는 다급한 마음이 되었다.

"송구하지만 저는 싫습니다."

뜻밖의 대답이었다, 아니 태도였다. 철없는 어릴 적 말고는 공주가 자신에게 이렇게 또렷이 자신의 뜻을 밝힌 적은 없었다.

"무슨 소리, 생각해 봐라."

"아버님, 싫은 사람을 어찌 마음에 담으라 하십니까."

"뭐라? 아니 도대체 왜 싫다는 것이냐?"

"특별한 까닭이 없어도 마음이 가지 않는 경우도 있지 않습니까. 송구하지만 먼저 물러가겠습니다."

감히 먼저 등을 돌려 쫓기듯 총총걸음으로 멀어지는 공주를 멀거니 지켜보는 왕의 머릿속이 복잡했다.

포용과 배척

사로의 대장군 우로는 지모가 뛰어난 부장 형솔(邢率)을 은밀히 불렀다.

"감문 일원을 돌아보고 와야겠다."

"무슨 변고라도 생겼습니까?"

"변고가 아니라 은밀히 정탐을 하라는 것이다."

"출전 날짜가 정해졌습니까?"

"아니다, 이사금께서 등극하신 지 얼마나 됐다고 벌써 출병을 하겠느냐."

"그러면 어떤 정탐을 말씀하시는 것인지요?"

"그 지역은 백제와 국경이 멀지 않을뿐더러 가라와도 지근거리다. 병합은 불가피하지만 가능한 피를 흘리지 않으려는 것이다. 피로써 병합해 마음을 얻지 못하면 언제 백제에 동화될지 알 수 없는 일이다. 그렇게 되면 이겨도 이긴 것이 아니라 화근을 키우는 격이 된다. 또한 가락 여섯 나라도 언젠가는 병합해야 할 테니 사로 백성이 되어도 사는 것은 변함이 없다는, 아니지 어쩌면 더 나을 수 있다는 것을 보여줘야 되지 않겠느냐."

"그렇더라도 온건한 방법만으로 완전한 병합을 이루기는 쉽지 않을 것입니다."

형솔은 이제 갓 스물을 넘은 청년 무장이었지만 지모와 더불어 무장의 용맹도 갖춘 장군의 재목이었다. 무엇보다 하나를 말하면 열을 생각하는 데다 반대의 변수도 배제하지 않는 치밀함까지 갖춰 우로는 그를 아끼고 신뢰했다.

"그 결정은 부닥쳤을 때 상황에 따라 내가 결정할 것이다. 하여 미리 지도자의 역량과 성품 따위를 알아두려는 것이다."

"알겠습니다. 특별히 주목하시는 인물은 있으십니까?"

"지난번 원룡이라는 젊은 장군이 사절의 일원으로 다녀갔다. 내가 예영을 앞세워 마음을 흔들어 보려 했지만 움직이지 않았다."

형솔은 내심 놀랐다. 예영은 대장군이 여러 자식들 중에서도 가장 아끼는 여식이니 당연히 왕족과 연을 맺게 할 것이라고 누구나 생각했다.

"예영 아씨를요? 진심이셨습니까?"

"사로의 장군으로 삼아 북방의 경계를 맡길 만한 인물로 보였다."

사람을 무섭게 꿰뚫어 보는 대장군이기는 했지만 한눈에 그처럼 신임하는 경우는 거의 없었기에 형솔도 마음에 새겼다.

"잊지 않겠습니다."

"출병까지는 아직 시간이 있다. 겨울, 혹은 내년 봄이나 여름까지 연을 이어가야 할지도 모르니 자연스럽게 접근할 방법을 찾아보아라."

"금성 상단 한 곳을 선정해 협조 받도록 하겠습니다."

"상인으로 위장하겠다는 것이냐?"

"예."

"괜찮은 생각이다. 그렇다면 먼저 스스로 철저한 상인이 되어야 할 것이다."

"명심하겠습니다!"

형솔은 군례를 올리고 물러났다.

원룡이 파악한 사로 사정을 장부인으로부터 전해들은 금효왕은 반신반의하면서도 사색이 되었다. 아니, 당장은 반신반의했지만 기실은 언젠가는 이런 날이 오게 되리라 진작 예감했다. 한때는 나라의 힘을 키워야겠다는 생각에 보다 적극적으로 이주민을 받아들이려 했다. 그러나 어떤 사연이 있어 자신이 살던 땅을 떠나게 되었건 그런 이들이 원하는 곳은 결국 더 부유한 땅이었다.

아주 오래전, 사람들이 처음 터를 잡아 뿌리내릴 때는 먹을 수 있는 열매가 달리는 식물이 풍부하고, 목을 축이고 대지를 메마르지 않게 하는 물이 흔하면 족했을 것이다. 그런 점에서 감문은 참으로 적합했다. 더군다나 강을 앞에 두고 너르게 펼쳐진 들판 멀리는 높은 산이 둘러싸고 있어 외적의 침입을 방어하기에도 적합하였으니.

세월이 흐르며 산이나 강만큼 길도 중요하게 되었다. 문을 걸어 잠그고 길을 열지 않으면 빼앗길 일이 적으니 일한 만큼 먹고살면 된다는 생각은 날로 어리석음이 되어갔다. 길을 통해 흘러들거나 지나가는 낯설은 다소 거북하고 불편하기는 했지만 새로움과 발전, 그것도 획기적인 변화의 계기와 밑받침이 되었기에 말이다. 그럴 때는 울타리가 되어주던 높은 산과 건너기 어려운 넓고 깊은 강은 오히려 장애가 되었다.

그렇지만 그런 자연보다 더 큰 장애는 사람의 마음이었다.

　새로운 것에 흥미를 느끼고, 그것을 수용해 새로운 도전을 하는 이도 있었지만 다수는 낯섦과 변화를 거부했다. 불편하고 굳이 그러지 않아도 살아가는 데 별지장이 없지 않느냐는 논리였다. 그렇지만 그들의 논리는 변명일 뿐이고 사실은 지금 손에 쥐고 있는 것을 빼앗기지 않을까 하는 두려움이 첫 번째 까닭이었다. 기껏 한줌 양식, 지력 쇠해가는 한 뙈기 땅 조각일 뿐인데 말이다. 두 번째는 지금 차지하고 있는 내 자리가 위험하지 않을까 하는 우려였는데 그 또한 우물 안 개구리의 사고방식에 지나지 않는 일이었다. 세 번째는 질투로, 그것은 장애 중에서도 가장 큰 장애였다. 새로운 것들의 대부분은 낯설지만 분명 나아진 변화였다. 당연히 좋아 보이고 마음으로는 놀라지만 그로 인해 내가 못나게 된다는 생각이 들면 불보다 더 무서운 질투가 되어 억지스러운 비난으로 거부하고 해코지까지 망설이지 않아 기어이 쫓아내기까지 하는 것이었다. 그것은 금효왕이 새로운 사람의 무리를 받아들일 때마다 마을의 어른 노릇을 하는 촌로들의 하소에서 수없이 느껴 온 바였고, 그로 인해 쫓기다시피 되돌아서거나 다시 떠나간 사람들도 적지 않았다.

　더하여 이제는 백성의 수가 국세의 가장 근본이 됨을 절절히 깨우치고 있었다. 적을 막아내고 누군가를 공격하는 군사로서의 역할 때문만이 아니었다. 인구가 늘면 그만큼 더 많은 땅을 개간해 생산을 늘릴 수 있고, 생산은 양만 늘어나는 것이 아니라 종류까지 다양해져 저절로 시장이 생기고, 시장의 거래는 또 다른 부를 만들어내는 놀라운 힘이었다. 그런데 인구의 증가는 자체의 출산만으로는 한계가 있었고, 드나드는 길에서 받아들이는 것이 최선이었지만 두려움과 좁은 속, 질투가 훼

방을 놓고 있었으니…….

왕은 안타까웠지만 백성을 억압으로 다스려 될 일도 아니었기에 그저 답답하기만 했다.

"아, 이제 어쩌면 좋을꼬."

왕의 낙담에 원룡은 용기를 냈다.

"주변 소국들을 병합하소서."

"그런들 얼마나 큰 힘이 되겠는가?"

"소국을 모두 병합해 하나가 되면 당장 사벌에 비길 만한 국세는 됩니다. 그런 동등한 자격으로 사벌과 우호를 유지하고 장기적으로는 가라 등과 동맹을 유지하면 누구도 섣불리 넘보지 못할 것입니다."

"그런다고 백제를 염두에 두는 사로가 한번 먹은 마음을 쉽게 거두겠느냐?"

"지금 사로는 사벌이 백제에 기울지 않을까 가장 염려하고 있을 것입니다. 그러한 때 우리 감문이 지금보다 큰 국세로 사벌과 우호를 깊게 하면 만일의 경우 자신들의 군사도 크게 상할 테니 다른 생각도 하게 되지 않겠습니까? 그러면 병합보다는 우호의 동맹을 제의할 수도 있습니다."

"백제와의 동맹은 어떠하겠는가?"

"제 생각으로는 백제가 수시로 북쪽 국경의 사로를 침입하는 것은 이미 정벌 전쟁에 나선 것이라 여겨집니다. 사로를 병합하면 삼면에서 가락 6국을 둘러싸는 형국이 되니 가락 6국은 저절로 무릎을 꿇게 될 것입니다. 반면 사로는 동쪽 해안을 따라 너른 영역을 확보하고 있으니 당장은 소백산맥 줄기의 성으로 국경을 지키는 데 주력할 것입니다."

"사로라고 나중에 같은 생각을 하지 않겠느냐?"

"물론입니다. 하지만 지금은 사로의 국력이 백제에 미치지 못한다 할 수 있으니 우리로서는 더 많은 시간을 가질 수 있습니다."

원룡의 안목에도 일리는 있었다. 그렇더라도 왕은 주변 소국을 합병하려면 피를 흘려야 하는 것이 여전히 마음에 걸렸다. 왕의 성품을 잘 아는 원룡이 그에 대한 계책도 내놓았다.

"우선은 이번 농악 경연에 소국들을 초청해 우리의 위엄을 보여주는 것이 어떻겠습니까?"

"그들을 경연에 초청하자고?"

"예. 경연에 나서도 좋고, 그저 축제의 손님으로도 좋습니다. 어쨌거나 우리의 위엄을 보인 다음 은근히 귀부(歸附)를 권해 먼저 뜻을 알아보는 것입니다."

피를 보지 않을 방법이기는 했지만 과연 스스로 복종하라는 위협이 얼마나 먹혀들지 왕은 크게 자신이 생기지 않았다.

"그러다가 저들도 군사를 강화하면 어쩌겠는가?"

"그들로서는 아무리 애를 써도 세의 한계가 있으니 함부로 도모하지는 못할 것입니다. 또한 그 점을 염려하여 소장을 저들을 초대하는 사신으로 보내주시면 군사에 대해 자세히 살펴보겠습니다."

지극한 충성심에 나라의 앞날을 대비하는 지혜까지. 왕은 금성에서의 일로 잠시나마 그를 의심하며 노기를 비친 것이 부끄러웠다.

"알았다, 그리하라."

"예, 즉시 출발하겠습니다."

일어서려는 원룡에게 왕은 은근한 눈빛을 지었다.

"원룡아……, 전에 말했던 공주의 일은 생각해 보았느냐?"

원룡은 난처했다. 공주가 싫어서가 아니라 지금 혼례를 논할 시기가 아니라는 생각이었지만 이번에도 뜻을 밝히지 않으면 오해가 깊어질 것이 뻔했다.

"공주님 생각이 어떠신지요? 저는 아무 때고 좋습니다만 너무 서둘러 불편해하실까 염려됩니다."

왕의 낯빛이 금세 환해졌다.

"그래, 그래. 그럼 됐네. 공주는 내가 잘 설득해 보겠네. 아, 그리고 출발하기 전에 부인을 보고 가게. 어떤 다른 계책은 없을는지."

"예, 그리하겠습니다."

원룡은 물러나며 공주를 설득하겠다는 왕의 말씀을 떠올렸다. 장부인이 아니라 왕의 성품을 닮은 공주였다. 거친 무장은 장군일지라도 공주에게 관심의 대상이 아닐 수 있었다. 세자가 없는 왕실과 나라의 앞날을 위한 혼인은 오직 왕만의 생각일지도 몰랐다.

장부인은 오랜만에 제관(祭冠)과 제의(祭衣)를 꺼내 펼쳐 놓았다. 시녀를 시켜 다시 정갈히 손을 보도록 하고 자신은 앞으로 이레 동안 날마다 목욕재계하며 정령을 접할 수 있도록 기도할 것이었다. 그날 꿈속에서 할머니의 목소리를 들은 이후부터 스스로 정령을 접하는 신녀가되었지만 언제나 신의 뜻을 받을 수 있는 것은 아니었다.

어릴 적 아득한 기억으로 부족의 신녀는 사슴뿔이 하늘을 향해 치솟은 사슴 털 모자를 쓰고, 화려한 제의에는 하양 노랑 빨강 파랑 검정 5색의 매듭 줄이 치렁치렁 매달렸다. 신녀가 하늘의 뜻을 기다리는 동안 여러 명의 악사는 북과 징 등의 여러 악기로 사방이 요란한 음악을 쉬지 않았고, 신녀를 따르는 제녀(祭女)들은 음악에 맞춘 춤을 멈추지 않았다. 춤은 주로 발을 굴러 높이 뛰는 것이었는데 하늘과 땅을 연결하는 뜻이라고 했다. 그러다가 하늘의 뜻을 받게 되면 신녀의 음성은 소름끼치도록 괴이쩍게 변해 도무지 알아들을 수 없는 소리를 비명처럼 외쳤고, 그때부터는 악사와 제녀를 비롯해 주변의 모든 사람이 무릎을 꿇고 고개를 숙인 채 하늘을 향해 두 손을 치켜들고 지성으로 빌어야 했다. 아직도 기이한 것은 혼이 나간 듯하던 신녀는 제정신으로 돌아오면 그 말도 아닌, 짐승의 포효 같은 소리를 모두 기억해 알아들을 수 있는 말로 해석해낸다는 것이었다. 그런 뒤에는 목을 따 피만 뽑아낸 양을 비롯한 여러 제물(祭物)을 익혀 잔치를 열었고, 그 축제의 힘을 신녀가 받는 하늘의 뜻을 이행하는 원동력으로 삼았다.

"원룡 장군께서 들었습니다."

시녀의 목소리에 장부인은 회상을 거두었다.

"드시라 하라."

들어서는 원룡은 장군의 복장이 아니었다.

"왕께서 허락하셨습니까?"

"예, 지금 출발하려 합니다."

"수고가 많으시겠습니다."

"따로 명하실 일은 없으신지요?"

잠시 생각한 장부인은 옅은 미소를 지으며 고개를 저었다.

"장군께서 어련히 잘 하시겠어요."

원룡은 꺼내놓은 제관과 제의에 눈길을 보냈다.

"하늘의 뜻을 물으시렵니까?"

"필요한 때 같은데 정령을 접할 수 있을지는 모르겠습니다."

"부인의 정성이 깊으시니 감응하시겠지요."

"정성이 아무리 깊어도 하늘의 뜻이 아니라면 도리가 없는 일입니다."

그늘이 지는 장부인의 낯빛에 원룡은 마음이 무거워졌다.

신령을 기다리다

은빛 제관 아래의 얼굴은 계란형으로 갸름했다. 짙은 검은색 머리카락은 과하게 풍성하지 않으면서 매끄럽게 윤이 났고, 얼굴 전체의 3분의 1에 조금 못 미치는 이마는 제관의 은처럼 하얗고 깨끗했다. 얇은 초승달 모양에 숱이 검은 눈썹은 달빛 아래에서도 선명했고 북방 사람에게는 드문, 깊게 파인 쌍꺼풀 아래로 크지도 작지도 않은 두 눈은 검은 동자와 백옥 같은 흰자위가 또렷이 분간되었다. 오뚝하면서도 콧마루의 선은 부드러워 보일 듯 말 듯 얇게 파인 인중과 조화로웠다. 아무것도 바르지 않았어도 선홍빛이 은은한 도톰한 입술 사이로 살짝 드러난 이빨은 눈처럼 뽀얗고 가지런했으니 만월의 휘황한 자태를 뽐내던 보름달마저 부끄러운 듯 붉은빛을 띠었다.

얼핏 보아서는 세상사에 초연한 듯 무색 무연한 담박(淡泊) 그대로의 인상이지만 입가에 옅은 웃음이라도 머금을라치면 천하 만민을 한 가슴에 품어 안을 듯 너그럽고 넉넉해 날 세웠던 뒤틀린 마음까지 저절로 풀어지게 했다. 한편 여인의 고혹한 향기 또한 그윽하니 그 눈길을 마주치지 않고 귀로 음성을 듣지 않아도 먼발치에서의 그림자만으로도 정신이 아득해질 지경이었다. 그러나 나라의 일이 중요하여 단호한 기색을 드러내면 명경의 눈빛으로 내어놓는 말씀마다 어느 하나 합당하지 않은 것이 없음에 모두가 고개를 숙였다. 또한 옳지 않은 일을 대하여 눈초리를 세우면 매처럼 날카롭고, 벼린 칼날보다 더 매서운 서릿발이 도는 음성은 천하를 호령하는 장수라도 오금을 저리게 했다.

제관을 쓰고 제의를 차려입은 오늘은 고요한 호수처럼 맑고 조용한 눈빛이었으나 이목구비에서 번져 나오는 은은한 위엄은 달빛과 어울려 서기(瑞氣)를 빚어내고 있었다.

제상(祭床) 위에는 정갈하게 씻고 털을 말린 뒤 예(禮)로써 피를 뺀 흰 염소 한 마리를 중앙에 두고 쌀, 보리, 콩, 조, 기장의 오곡과 몇 가지 제철 과일이 진설되었다. 이전에는 소를 잡기도 하고 그 밖의 여러 것들이 들쭉날쭉 더 놓이기도 했으나 장부인이 신녀가 되고부터 제(祭)는 정성이라 하여 단출하게 줄이고 이후로도 변하지 않게 했다.

휘영청 밝은 보름달의 흐름을 지켜보던 장부인이 마침내 제상 앞에 무릎을 꿇고 향을 피웠다. 그녀만의 시간이 된 것이다. 뿌얀 향연(香煙)은 바람 없는 하늘 위로 거의 일직선에 가깝게 올라갔고 단맛이 조금 밴 듯 알싸한 향은 사방을 고귀하고 엄숙한 기운으로 적셔갔다.

다시 무릎을 세운 장부인이 두 팔을 크게 벌려 하늘을 향해 양 손끝을 모았다가 온 마음을 담은 정성으로 무릎을 꿇으려 허리를 굽히자 청아한 요령 소리를 시작으로 징, 북 등의 악기가 신을 부르는 연주를 시작했다.

장부인의 기도, 타오르는 향연과 음악은 끊임없이 이어져 어느새 부윰한 여명의 기운이 흐린 달빛의 어둠을 밀어내고 있었다. 제단 멀찌감

치 뒤에서 밤새 양 손바닥을 비비고 연신 허리를 굽혀 장부인의 접령(接靈)을 기원하는 사람들 가운데에는 호륵걸의 모습도 있었다.

청춘이 시작될 무렵부터 지켜온 여인이었다. 어린 시절, 철없는 소녀로 천방지축 초원을 누빌 때는 해맑아 눈부셨다. 소녀의 티가 조심씩 벗겨질 무렵부터 눈빛이 달라졌다. 해맑고 선한 기운은 잃지 않았지만 배우거나 관심이 가는 것에는 서늘한 기운이 돌도록 눈빛이 매서웠다. 어쩌면 한때 호륵걸의 마음에 그녀는 여인일 수도 있었을 것이다. 그러나 날 선, 서늘한 그 눈빛을 보면서 소녀도 여인도 아닌 소칸의 딸, 아니 그 자신의 칸으로 자리 잡았다. 초원을 떠나 정처 없는 그 먼 길을 오는 동안, 감문의 백성이 되어 오늘에 이르기까지 한순간의 흔들림 없이 그녀를 지키고 보필하고 복종해 온 마음은 그것이었다. 만약 티끌만 한 사정(私情)이나 연모의 마음이 있었더라면 아마 그의 심장은 갈가리 찢기거나 한순간 터져버려 결코 살아남지 못했을 것이었다.

벌써 매우 지쳐 보였다. 하룻밤의 기도로 지칠 정신과 육신이 아니었으니, 그만큼 마음 무거웠고 혼신을 다하여 정령을 접하려 했음이리라. 그러나 지쳐도 쉽사리 쓰러지지는 않을 것이었다. 빛이 찾아들면 하루의 제를 접고 계곡 맑은 물에 몸을 담가 다시 심신을 정결히 하며 달을 기다릴 것이다.

동쪽 산등성이로 해의 기운이 차오르기 시작했다. 호륵걸은 장부인에게서 눈을 들어 시선을 넓혔다. 이 땅의 대부분은 산이 날카로웠다. 초원의 남쪽과 동쪽에도 높고 가파른 산들이 있었지만 이 땅의 산들은 높낮이와 상관없이 날카롭고 억셌다. 감문을 에워싼 산들도 다르지 않았다. 그 날카로움과 억셈의 기운이 어쩌면 이 작은 땅 사람들의 강한 의지의 원천인지 모른다는 생각을 진작 했었다. 호륵걸이 찾아내고 장부인이 정한 접신의 터는 초원의 그곳과 참으로 유사했다. 사방이 탁 트인 완만한 등성이, 에워싼 산들에 둘러싸인 것이 아니라 사방의 산들에게 널찍한 품을 활짝 열어놓은 듯한. 그녀의 신도 그런 마음의 신일 까…….

형솔

장부인은 결국 제를 접었다. 달이 그믐으로 이지러졌지만 끝내 신령을 접하지 못해서였다. 결코 정성이 부족하지는 않았다. 날마다 해가 오를 무렵이면 그대로 쓰러질 듯 모든 기운을 잃었다. 왕과 신하들 모두가 장부인의 육신을 걱정했지만 맑은 물에 몸을 담그면 새록새록 기운이 차올라 다시 달을 맞이할 수 있었다. 그럼에도 찾아오지 않은 것 또한 신의 뜻일 테니 어쩔 수 없는 일이었다.

계곡의 맑은 물로 기력을 되살린 장부인이 궁으로 돌아오자 원룡이 돌아와 있었다.

"어찌 되었습니까?"

"예. 문무, 어모, 주조마, 배산 등의 나라는 모두 크게 기뻐하며 저들도 기꺼이 농악 경연에 참가하겠다고 약속했습니다. 다만 아포만은 경연에는 참가하지 않고 축하 사절만 보내겠다고 하였습니다."

딱히 이것이다 집어 말할 수는 없지만 뭔가 고분고분하지 않은 아포는 금효왕도 마음에 걸렸다. 그렇지만 자신이 괘씸한 기색을 드러내면 당장 군사를 일으키자는 주장이 또 나올 것이기에 왕은 무심한 듯 고개를 끄덕였다.

"축하 사절이 온다면 그것도 참가에 다름없으니 됐구나."

뭔가 입을 떼려던 원룡이 장부인에게 눈길을 돌리자 부인은 보일 듯 말 듯 고개를 가로저었다.

"경연 결과는 어떤 기준으로 순위를 정하는 것이 좋을는지요?"

"으흠……."

잠시 생각한 왕이 물었다.

"장군이 생각하는 이번 경연의 가장 큰 목적은 무엇인가?"

"그야 당연히 감문의 힘을 보여줘 스스로 귀부토록 하는 것입니다."

"그렇다면 농악 본래의 목적인 흥겨움을 기준으로 삼아 정하고 우리는 순위에 개의치 않는 것이 어떠한가?"

"그 말씀에도 일리는 있습니다만 농악에는 단결과 질서도 중요한 요소이니 단순히 흥겨움만으로 정하는 건 논란이 있을 듯합니다."

"그도 그렇군. 그럼 어떤 기준으로 하면 좋겠는가?"

"왕께서는 우리 감문이 장원이 되는 것을 피하려는 뜻인 듯한데, 그러하십니까?"

"맞다. 사실 우리의 힘을 과시하려는 것만으로도 부끄러운 일인데 장원까지 차지한다면 너무 염치없지 않겠는가. 어쨌거나 그들은 모두 우리의 손님이기도 한 일이고."

원룡보다 앞서 장부인이 나섰다.

"참으로 지당한 말씀입니다. 마음을 용(勇)으로 제압할 수 있고, 지(知)로 빼앗을 수도 있겠지만, 덕(德)으로 얻는 것에는 미치지 못할 것이니 고귀한 뜻이기도 합니다."

무장인 원룡이나 호륵걸은 귀부라 할지라도 처음부터 강한 힘을 보여줘야 후로도 딴마음을 품지 않으리라 생각하는 것이었다. 고만고만한 규모의 나라들 중에서 감문이 다소 세가 크다고는 하나 압도적이라 할 수는 없으니 장부인 역시 다르지 않은 생각이었다. 하지만 금효왕은 힘보다 덕을 중시하는 성품이었으니 옳고 그름의 문제가 아니라면 굳이 거스르는 뜻을 드러낼 일은 아니라 생각한 것이었다.

"내 뜻을 알아주니 참으로 고맙습니다, 부인."

"흥겨움과 더불어 놀이의 조화와 아름다움까지 반영해 순위를 정한다면 크게 논란은 없을 듯합니다."

"오호, 참으로 그럴듯합니다. 장군의 생각은 어떠한가?"

"예, 그리 준비하겠습니다."

원룡의 새삼스러운 군례에 왕은 흡족했다. 부인은 자신의 부족한 부분을 완성시켜주기도 하지만 신하들에게 신뢰와 위엄이 높아 결정을 내리면 마음으로부터 따르게 했다. 지위가 주는 권위만으로 받아내는 복종과 지극한 존경의 마음으로 따르는 차이는 눈에 드러나지 않는 경우라도 이내 알 수 있었으니 결과의 내실이었다. 왕은 원룡이 장부인에게 할 군사에 관한 보고가 따로 있을 것임을 알기에 먼저 자리를 떴다.

왕을 배웅하고 돌아온 장부인은 원룡과 호륵걸에게 자리를 권하고 앉았다.

"지시하신 대로 저들의 군사 상태도 면밀히 살펴보았습니다."

"어떠했습니까?"

"문무나 어모 같은 곳은 군사의 수와 무기 등에서 우려할 바 되지 못하는 미약한 정도였습니다. 주조마 또한 들이 넓어 가구 수가 많으니 군사로 쓸 재원은 제법 되는 편이었으나 특별히 군사력에 신경을 쓰는 것 같지 않았습니다. 병장기의 수가 적은 데다 있는 것마저 오래된 낡은 것이었기 때문입니다."

"다행입니다."

"다만 아포는 위험해 보였습니다."

"어느 정도였습니까?"

"가구 수는 우리 감문의 절반을 조금 넘는 정도이지만 남자는 노소를 불문하고 모두 군사 훈련을 받는 듯 보였습니다. 병장기는 제가 직접 눈으로 확인할 수 있는 숫자는 그리 많지 않았지만 모두 날카롭게 벼려져 있어 언제라도 출진할 수 있는 상태였습니다. 그런데 그 병장기의 대부분이 만든 지 꽤 오래된 것들인데 반해 대장간의 움직임은 매우 활발했습니다. 아마 새로이 제작한 병장기는 눈에 띄지 않는 곳에 은밀히 보관해 두었을 것입니다."

"군사력을 감춘다는 것은 은밀히 도모하는 바가 있다는 뜻일 테니 우려할 일이군요."

"그까짓 놈들, 이참에 확 쓸어버립시다!"

성미 급한 호륵걸이 또 불거졌으나 장부인은 고개를 저었다.

"그렇게 단순하게 생각할 일은 아닙니다. 원룡 장군, 아포의 수령과 그 아들은 만나 보았습니까?"

"예, 수령은 병이 깊었고 그로 인해 아들인 아물이 모든 일을 관장하고 있었습니다."

"그 아물이라는 놈은 지난번에도 보니 아주 시건방지고 야심을 감추지 않던데, 뭔가 흉계를 꾸미고 있을 게 분명해요. 박살을 내 싹을 자릅시다!"

"허, 부장은 좀 자중하세요. 원룡 장군, 경연에 참가하지 못하는 이유

105

는 뭐라고 하던가요?"

"자신들은 풍물놀이를 한 지 오래된 데다 농번기에 새삼스레 연습을 하기도 어렵다는 이유였습니다."

"주민들의 사는 형편은 어때 보이던가요?"

장부인의 물음에 원룡은 깊은 한숨부터 내쉬었다.

"정말 보기에 안타까웠습니다. 들도 너른 편이고 강을 끼고 있어 물도 풍부하여 농사에 어려움이 없을 텐데도 대부분 사람들이 굶주린 듯 보였습니다. 더군다나 외지인을 보면 눈치를 살피며 가까이하려 하지 않았는데 그게 낯가림이 아니라 말을 조심하도록 어떤 위압이 있는 듯했습니다."

"그게 무슨 소리요? 위압이라니."

"구체적으로 말할 수는 없지만 저희를 안내하는 아포 관리의 허락이나 지시가 아니면 모두 멀찍이 물러가거나 뭘 물어도 답을 하지 않았습니다. 반면 관리가 대답하라고 지시한 사람은 하나같이 같은 답변이라 듣는 귀가 놀라울 정도였습니다."

장부인의 두 눈이 커졌다. 들어본 바 없는 어이없는 일이기 때문이었다.

"설마 사람의 입까지……."

"저도 하도 기이하여 해가 저문 뒤 혼자 밖으로 나가 사람들을 만나보려 했습니다만 문밖을 나가면 어디에 있었던 것인지 금세 관리가 나타나 안내를 자처하는 통에 그러지 못하였습니다."

"도대체 사람들을 어떻게 억압했으면 그토록……. 살던 곳을 버리고, 심지어는 핏줄까지 버리고 도망쳐 온 것에 대해 의혹이 아주 없지는 않았는데 비로소 알겠습니다."

106

"거 희한한 놈들이네. 제깟 것들이 뭘 감출 게 있다고 사람들 입까지 막는다는 거야!"

"때를 기다리는 것일 수 있습니다."

"허, 참, 장부인. 설령 제 놈들에게 무슨 속셈이 있다 해도 이미 머릿수에서 우리 감문과는 비교할 바가 못 되는데 때는 무슨 때이겠습니까."

호륵걸의 말이 틀린 것은 아니었다. 나라의 힘은 땅만이 아니라 백성의 숫자에서도 나오는 것이었다. 아니, 땅이 아무리 넓더라도 그것을 지키고 경작할 백성이 없으면 온전한 내 땅이라 할 수 없으니 백성이 더 중하다 할 것이었다.

아포가 감문에 미치지 못하는 것은 땅의 넓이가 아니었다. 대부분 소국들의 영역에는 아직 개간할 땅은 지천이었다. 백성이 터를 잡고 개간하여 경작하면 그만큼 나라의 힘도 커지는 것이었다. 그럼에도 아포는 제 백성이 땅을 경작하고 자식을 낳아 기르게 하는 데 힘쓰기보다 억압하여 두려움으로 다스리니 도망치는 백성까지 나오는 것이었다. 게다가 그런 사정은 발 없는 말로 소문이 번져 이주를 원해 찾아오는 사람도 없게 하니 나라의 힘은 줄어들 뿐 결코 커질 수 없었다. 그들이 군사력에 매달리고 집중하는 까닭도 필경은 그 때문일 테니 참으로 어리석은 노릇이었다.

"그 아물이라는 자는 지난번에 보니 우매하지는 않았습니다. 분명 뭔가 다른 속셈이 있을 테니 장군이 좀 더 알아보세요."

"예, 소장이 보기에도 여간 영악한 자가 아니었습니다."

원룡은 이제 아포는 영원히 끌어안을 수 없는 이웃이 되어버렸다는 생각이 들었다.

아침 무렵 마을로 들어온 상인이 미적거리다가 하룻밤 유숙을 청해 머무르고 있다는 보고가 들어왔다. 이미 낮에 잠깐 그와 마주친 적이 있었는데 온전한 상인으로 보이지 않았다. 물건을 지고 온 짐꾼이 절반도 못 미치게 풀어놓은 물건조차 모두 작은 나라에는 가당치 않은 값비싼 것들인 데다 상인은 물론 짐꾼조차 매매에는 크게 관심두지 않는 눈치였다. 먹고 먹히는 약육강식이 동물이나 사람을 넘어 나라 간에서도 기승을 부리는 시대이니 정탐꾼은 흔했고, 추방하거나 죽이면 그만이었다. 그런데 달랐다. 상인이 위장한 신분이라면 정탐꾼 이상의 눈빛이었고 염탐을 넘은 무엇인가를 찾는 듯했다. 감시를 붙여두고 유숙을 받아들이게 한 이유였다.

"저녁상은 일러둔 대로 준비하고 있나?"

"예, 곧바로 들여갈 수 있습니다."

"좋아, 그럼 가자."

아물은 준비해둔 술병을 챙기게 하고 자리에서 일어섰다.

집주인이 준비해둔 밥상을 방안으로 들이자 상인과 함께 있던 짐꾼의 눈이 휘둥그레졌다.

"아니, 뭔 밥상이 이렇게 거창합니까, 주인장?"

밥상은 닭, 꿩, 토끼 등의 육류는 물론 강에서 잡은 생선과 여러 나물 요리들이 가득했고 술잔까지 놓여 있었다. 짐꾼의 탄성에 고개를 들었던 상인이 설핏 웃음을 흘렸다.

"손님이 오실 모양이다."

"예?"

짐꾼이 뭐라 더 물을 틈도 없이 아물이 방안으로 들어섰다. 수행한 군사는 상 위에 술병을 올려놓고 짐꾼에게 나가자는 눈짓을 했다.

"그래, 자네는 나가 있게."

상인의 말을 따라 짐꾼과 군사가 방밖으로 나가자 두 사람은 마주앉았다.

"나는 이곳 아포 군주의 아들 아물이라 합니다. 아버님이 병환 중이라 대신하고 있습니다."

제법 정중한 인사에도 상인은 그저 고개만 가볍게 숙여 보였다.

"그런데 저 같은 장사꾼을 무슨 까닭으로 이처럼 환대해 주시는 건지요?"

"사로에서 오셨나요?"

기존의 정탐에 따르면 아물은 날카로운 만큼 포악한 인물로 보고되어 있었다. 그러나 야심에 비해서는 현실에 대한 냉정한 판단도 갖춘 인물이라는 정탐 보고도 있었다.

상인의 대꾸가 없자 아물이 다시 물었다.

"그렇다고 백제에서 여기까지 사람을 보내지는 않을 테니 사벌이나 가라에서 오신 겁니까?"

"장사꾼이야 거래를 찾아 어디든 다니는 사람인데 그까짓 어느 나라 사람인지가 뭐 그리 중요하겠소."

아물의 눈빛이 차가워졌다.

"아무리 상인이라도 나라는 밝히는 것이 도리, 정탐꾼이라 생각되면 당장이라도 목을 벨 수 있소."

"정탐꾼인지 아닌지는 오직 그쪽의 판단일 테고."

비슷하거나 많아야 한두 살 위일 것 같은 나이임에도 처음부터 거슬리는 말투이더니 이제는 숫제 반말투다. 아물은 끓어오르는 화를 식히지 못했다.

"이자가! 정녕 죽고 싶은 것인가!"

방바닥을 내려치는 아물의 분노에도 상인은 눈썹 한 올 꿈쩍 않고 오히려 비웃는 듯 웃음까지 머금었다.

"인근 소국의 정탐꾼으로 여겼다면 애초 주리부터 틀었을 텐데, 이렇게 말이 길어지는 것을 보니 대국의 누군가를 기다리기라도 한 모양이군."

"뭐, 뭐? 당신, 누구요?"

상인이 술병을 들어 두 사람의 잔을 채우고 술잔을 들었다.

"마시자고 가져온 술이 아닌가?"

입가에는 웃음을 머금었지만 눈빛에는 범접하지 못할 위엄이 서려 있었다. 아물은 엉거주춤 잔을 들고 더듬거렸다.

"누, 누구신지……?"

상인은 단숨에 잔을 비우고 내려놓았다.

"난 사로국 우로 대장군님의 부장 형솔이라 한다."

아물은 얼른 잔을 내려놓고 무릎을 꿇었다.

"뵙게 되어 영광입니다, 장군!"

"군사를 제법 단련한 것으로 보이던데 병장기도 충분히 준비해 두었겠지?"

"무슨 그런 말씀을……."

입은 부인하고 있었지만 번들거리는 눈빛은 다음 말을 기다리고 있었다. 형솔은 아물의 행태가 비위 상했지만 잔을 건네고 술잔을 채워주었다.

"뭐 상관없네. 어차피 이 지역 전체를 관장할 누군가는 필요하다는 것이 우리 사로의 생각인데 군사와 병장기까지 제대로 갖추는 편이

110

낫지."

"감사합니다, 장군!"

장군이라는 호칭에 형솔은 역겨움이 치밀었지만 내색하지 않았다.

"감문에서 열리는 농악 경연에 축하 사절을 보낸다지?"

"예, 그렇습니다."

"그 사절단에 나도 같이 따라갈 테니 전부터 알던 장사꾼 정도로 해주게."

"거긴 왜……?"

의심과 욕심이 그대로 드러났다. 형솔은 아물의 그 욕심에 불을 질렀다.

"감문은 이 근방에서는 가장 큰 나라라 자처하지 않는가. 아무래도 큰놈은 다른 소국처럼 고분고분하지는 않을 테니 일거에 쓸어버리려면 내가 제대로 파악해 두어야 하지 않겠나."

"아, 예에……."

감문을 쓸어버리겠다는 확고한 의지를 드러내자 아물은 안도하며 두 눈이 번들거렸다.

"자, 재미없는 이야기는 이쯤하고 오늘 저녁은 술이나 취해보지."

욕심은 사람의 마음을 초조하고 급하게 만들고, 그런 초조와 다급함에는 느긋한 대응이 불에 기름을 끼얹는 격이 되기도 했다.

빗내 농악

왕궁을 나와 동북방을 향하면 감천을 끼고 기름진 들판이 길게 이어졌다. 들에는 감문의 백성들이 이른 봄부터 일구고 뿌린 여러 곡식의 씨가 파릇하게 싹을 돋워 생명의 기운이 충만하니 그저 두 눈을 들어 바라보는 것만으로도 배부르고 행복했다.

경연일로 잡은 날은 하늘이 축복을 내리는 듯 구름 한 점 없이 푸르렀고 음력으로 5월 하순이니 무더위가 기승을 부릴 계절임에도 감천을 거쳐 온 동풍은 가을바람처럼 선선했다. 푸른 생명이 자라는 빗내들 뒤 야트막한 산자락 아래에는 장막이 쳐져 금효왕을 위시한 인근 소국의 군주와 신하들이 자리를 잡았고, 그 앞 고르게 다진 놀이터에는 경연에 출전한 여러 농악패들이 도열했다. 감문은 물론이고 인근 소국에서도 많은 응원꾼과 구경꾼이 찾아와 놀이터를 빙 둘러싸니 그야말로 사람의 숲이었고 군데군데 장터까지 열리니 아마 감문의 땅에 사람이 터를 잡은 후 가장 큰 잔치일 것이었다.

경연장의 질서가 갖춰지고 시간이 이르자 금효왕이 장막 밖으로 나와 우렁찬 목소리를 토해냈다.

"오늘 이 감문의 땅을 찾아와 주신 주변 나라의 고귀한 손님들이시여, 감문의 모든 백성을 대신하여 마음을 다해 환영하는 바입니다! 아끼고 사랑하는 감문의 백성들이여, 오늘 이 땅에서 펼쳐질 가장 성대한 잔치를 위해 아끼지 않은 그간의 노고에 깊이 감사하며 치하하노라! 우리 모두 이 경사스러운 날에 성스러운 하늘과 은혜로운 대지의 신에게 경배합시다!"

왕이 먼저 크게 절하자 모두가 무릎 꿇어 천지신명에게 절을 드렸다. 왕이 다시 말을 이었다.

"감문뿐 아니라 주변 모든 나라 사람들이 이른 봄부터 씨 뿌리고 가꾸어서 저기 보이는 것처럼 들마다 생명의 초록빛으로 가득합니다. 이만큼의 노고도 컸지만 가을에 풍성한 수확을 하기까지는 또 그만한 노고가 더해져야 합니다. 우리는 예로부터 수확 뒤에 큰 축제를 열어 하늘과 땅의 신에게 감사하고 수고에 대한 위로와 희망의 약속으로 화합을 도모해 왔습니다. 내가 오늘 이 경연의 자리를 마련한 것은 오늘까지의 수고를 서로 위로하고, 앞으로의 수고를 더해 풍성한 결실을 얻을 수 있도록 하늘과 땅에 기원하고 서로를 격려하자는 뜻에서입니다. 예로부터 농악은 농사의 고된 노동에 피로한 심신을 흥겨운 신명으로 위로하고 힘을 북돋우는 놀이입니다. 그에 따라 오늘 경연은 흥겨움과 조화, 그리고 아름다움을 기준으로 평가하여 우수한 놀이패에게는 합당한 상이 주어질 것입니다. 더불어 이미 얼마 전부터 우리 감문에서는 여러 지역과 나라의 사람들이 자유롭게 드나들며 서로 교역하고 우호를 쌓아갈 수 있도록 시장을 넓히고 있음을 알려드리는 바이니……."

금효왕의 말씀이 끝나자 경연의 시작을 알리는 북이 울렸다. 경연은 어모, 배산, 주조마, 문무 등의 순서였고 주최하는 감문은 맨 마지막으로 정해졌다.

왕은 임석한 인국 소국의 군주 신하들과 더불어 농악놀이를 관람하면서도 아포의 아물에게 자꾸 눈길이 갔다. 경연 시작 전 아포의 불참에 대해 공손히 사과하고 다른 소국의 군주들에게도 예를 갖추었으나 눈빛에서 진심이 읽히지는 않았다. 그렇지만 경연이 시작된 후에는 시종 유쾌한 얼굴로 관람하며 박수를 치고 탄성을 터트리기도 하니 원룡 등의 우려가 괜한 것인가 싶기도 했다.

공주 소명은 진작 경연장을 빠져나왔다. 모든 사람이 이어지는 농악놀이에 환호하며 즐거워했지만 소명은 그 시끌벅적함이 싫었다, 아니 딱히 싫다고까지 할 것은 아니었지만 귀가 얼얼할 정도의 징이며 꽹과리 소리, 사람들의 환성은 정신을 빼놓는 것 같았다. 게다가 아버지나 어머니도 경연 관람에 흠뻑 빠져 자신이 장막에서 빠져나오는 것에 신경을 쓰지 않았고 감문의 백성들도 온통 경연에 정신을 빼앗겨 바로 곁을 스쳐도 알아보지 못했다. 언제나 보호라는 명목으로 멀리서 가까이서 지켜보는 군사의 눈길, 마주치는 백성들의 깍듯함이 부담스러워 얼굴을 가리고 고개를 돌려도 여지없는 공손한 인사……. 그래도 시녀 꽃님은 그림자처럼 따라 붙었지만 그마저 멀찍이 떨어지게 하고 나니 그야말로 무거운 짐을 내려놓은 듯 홀가분했고 무엇에도 걸리지 않는 바람이라도 된 듯 자유로웠다.

언제나 거닐던 길이었는데 자유가 주는 편안함이 발걸음을 가볍게 한 것인지 어느새 왕궁 앞 연당에 이르렀다. 연당은 감천 곁에 있기는 했으나 그 물을 끌어들인 것이 아니라 저절로 생겨난 제법 큰 연못으로 주변에는 봄여름 가을마다 계절의 꽃이 밭을 이루었고 겨울이 끝날 무렵이면 매화가 곧 봄이 찾아올 것임을 맨 먼저 알려주었다.

연못 안에는 연꽃 봉우리가 금방이라도 꽃잎을 벌릴 듯 가득했고, 못 주변에는 하얀색의 잠자리난초, 긴입별꽃, 개망초, 옥잠화, 노란색의 금불초에 여러 원추리, 붉은색의 솔나리, 석잠풀, 타래난초, 무릇 층층이 꽃들이 여기저기 흩뿌려진 듯 피어 눈이 다 어지러울 지경이었다. 꽃 세상 속 소명은 어린 아이처럼 해맑은 미소를 머금은 채 그 아름다움에 취해 넋이 나간 듯 주변조차 의식하지 못하였다.

형솔은 장막을 빠져나오는 소명을 보는 순간 영문도 모르게 얼굴이 달아올랐다. 미색이라면 사로에도 널려 있었다. 타고난 용모에 가히 마술이라 할 화장, 갖은 치장까지 더하면 때로 누가 누구인지 구분 안 되기까지 하는 여인들. 더군다나 대장군 우로의 여식 예영은 그중에서도 손꼽혔다. 그런 예영을 눈앞에 두고도 얼굴이 달아오르거나 가슴이 뛰어본 적은 없었다. 그런데 저절로 발걸음은 여인의 뒤를 따랐고 꽃 세상 속 여인의 자태에는 어느새 가슴까지 뛰는 듯했다.

햇볕을 다 가리지 않아 조금 그슬린 듯 연한 갈색 빛의 얼굴은 사로 여인의 하얀 얼굴빛과는 다른 싱싱하게 살아 숨 쉬는 아름다움이었다. 한 듯 아니 한 듯 그저 이목구비의 윤곽이나 살린 옅은 화장, 화려하지는 않으나 색깔의 조화로 아름다움을 빚은 정결한 의복, 작은 금 귀걸이나 눈에 띄는 정도의 과하지 않은 몇 가지 치장으로 여인의 마음을 표현한 그 고졸함의 조합은 번성이 만들어내는 아름다움에 조금도 뒤지지 않았다. 아니, 번성으로 만든 아름다움에는 지속하지 않으면 금세 허물이 벗겨지듯 무언가가 드러날 것 같은 조마조마함이 느껴지는데 고졸함은 더하지 않아도 그대로 유지되거나 오히려 그것을 넘어 품격의 빛이 될 것 같았다.

"에구머니!"

느닷없는 비명소리와 함께 소명이 허물어지듯 꽃밭 위로 주저앉았다.

"공주님!"

꽃님이 고함치며 종종걸음을 쳤지만 멀찍이서 지켜보고 있던 형솔의 날랜 걸음이 더 빨랐다.

"무슨 일이……?"

단숨에 다가간 형솔이 말을 얼버무렸다. 여인의 발 앞, 꽃 풀들 사이에 날갯죽지 한쪽이 잘려나간 작은 새 한 마리가 늘어져 있었던 것이다.

"고양이가 이랬나, 살쾡이 짓일까……."

아직 가는 숨결이 남아 있는 새에서 눈을 떼지 못한 채 소명은 혼잣말처럼 중얼거렸다.

"공주님, 무슨 일이세요?"

뒤늦게 다가온 꽃님이 묻자 고개를 드는 소명의 두 눈에는 눈물이 그렁했다.

"금방 죽을 것 같아, 잘 묻어줘야겠어."

"아휴, 깜짝이야. 전 뱀이라도 나온 줄 알았어요. 그런데 댁은 누구세요?"

한숨을 돌린 꽃님이 형솔을 돌아봤다. 그제야 먼저 들린 목소리의 주인이 낯선 남자라는 것을 깨우친 소명의 눈도 동그래졌다.

"아, 공주님이셨습니까? 저는 오늘 농악 경연도 구경할 겸 장사를 하러 온 형솔이라 합니다."

허리 굽혀 인사하는 사내의 태도가 자못 정중하고 발랐다.

"구경하러 왔다면서 여기까지는 왜 온 거요?"

꽃님이 경계하는 빛을 띠며 공주를 돌아봤다.

"공주님, 병사들을 부를까요?"

"허, 참. 장사하는 사람이 어디 넋 놓고 농악만 구경할 수 있나요. 더군다나 왕께서 시장을 크게 연다는 말씀도 하셨는데, 필요한 건 무엇이고 어떤 물건으로 거래를 할 수 있을지 알아보려면 두루 돌아봐야지요."

"그렇다고 공주님 뒤를 따른 거요?"

꽃님이 날카롭게 쏘아붙이자 형솔은 너털웃음을 터트렸다.

"하하하! 뒤를 따르다니요. 저는 진작 이 근처에 와서 저 연못에 빛깔 좋은 물고기를 풀어놓으면 좋겠구나 생각하고 있었는데요. 여기 아름다운 분이 공주님이란 것도 몰랐고요."

소명의 눈빛이 환하게 밝아졌지만 또 꽃님이 나섰다.

"물고기요?"

"예, 저기가 왕궁인 것 같으니 여긴 왕실의 연못일 텐데 연꽃만 보이고 물고기는 없는 것 같더군요. 사로나 가락 같은 큰 나라의 왕궁 연못에는 빨갛고 노란 빛의 제법 큰 물고기들을 풀어놓는데 연꽃과 어울린 그 모습이 참으로 아름답답니다."

"그냥 연못이 아니고 연당이오, 연당."

"아, 연당. 예, 허허."

"치, 세상에 그렇게 예쁜 물고기가 어디 있다고……."

"하하, 어디 그뿐입니까. 그놈들은 자라면 크기가 팔뚝만 하게 되는데 온 몸뚱이의 비늘이 여러 색깔로 반짝거리면 눈이 다 부실 지경이죠."

"에이, 설마······. 허풍이죠?"

"꽃님아, 어서 이 새나 묻어주지 않고 손님과 무슨 수다냐."

"아, 참. 얼른 가서 호미라도 가져올게요."

두 사람의 하는 양을 지켜보던 소명의 말에 꽃님은 화들짝 놀란 시늉을 하며 얼른 왕궁으로 향했다.

"아, 제가 결례를 했습니다. 다시 인사드리겠습니다. 저는 남쪽에서 온 상인 형솔이라 합니다."

"예에······."

상대의 정중한 인사에 목례로 답한 공주는 갑자기 심장이 크게 두근거리는 느낌이었다.

"괜찮으시다면 기다렸다가 제가 이 새를 묻어주고 가도 될까요?"

"아닙니다, 우리 꽃님이가 할 수 있습니다."

"예, 그럼 저는 이만 물러가겠습니다."

형솔은 공주의 대답도 듣지 않고 등을 돌려 성큼성큼 멀어졌다.

왕궁에도 가끔씩 들르는 장사꾼이 있었지만 그들과는 격이 달라 보였다. 이익을 좇는 교활한 눈빛도 없었고 공주니 왕궁이니 하는 권위에 주눅드는 기색도 없었다. 스스로 '상인'이라 말하는 것으로 짐작하자면 거래도 보통의 장사꾼과는 다른 규모인 듯했다. 게다가 꽃님의 말을 받아주는 느긋한 여유와 호쾌한 웃음은 번성함이 뒷받침한 자신감이겠지만 교만한 기색이 없어 호감이 가게 했다.

이제 경연의 마지막을 장식할 감문의 순서였다.

농악패는 모두 흰색 저고리와 바지에 검은 조끼를 덧입었고 머리에는 고깔을 쓴 이도 있었고 흰색 끈으로 동여맨 이도 있었다. 그들은 저마다 쇠(꽹과리), 징, 소고(작은북) 등의 악기나 영기(令旗), 농기(農旗) 등을 들었는데 모두 40여 명에 달했다.

지휘자인 상쇠는 호륵걸과 함께 감문에 들어온 마흔 살을 갓 넘은 에트얼(譽擄臬)로 그의 등에는 장군을 상징하는 새(鳥) 문양이 금빛으로 수놓아져 있었고, 질끈 동여맨 흰색 머리띠의 이마 부분에는 하늘을 향한 나뭇가지가 그려져 있었다.

대오를 갖춰 정렬한 농악패 앞에 선 에트얼이 5색 천으로 장식된 채를 하늘을 향해 들었다가 힘차게 내렸다. 크게 징소리가 울리고, 그것을 신호로 여러 악기의 흥겨운 소리와 함께 대오(隊伍)가 움직이기 시작했다.

첫 마당, 꽹과리를 위시로 모든 놀이꾼이 저마다의 악기를 두드리고 춤추며 행진하니, 이는 나라와 마을의 안녕과 평화를 기원하는 것이며 놀이의 문을 여는 것이었다.

두 마당, 놀이꾼들이 원진을 갖춘 판을 벌이니, 이는 놀이의 준비이자 훈련의 장(場)을 펼치는 것이었고 출전을 환송하는 뜻이기도 했다.

세 마당, 악기의 가락이 점점 빨라지고 상쇠와 부지휘자인 종쇠가 서로의 위치를 바꾸어 이동하면 놀이꾼도 무리를 나눠 각각의 뒤를 따르는 것을 반복하니, 이는 군사로서의 훈련이었다.

네 마당, 오(伍)의 지휘자 격인 쇠잡이들이 놀던 원진 안에서 원의 선두로 들어가니 상쇠가 신호를 내렸고, 놀이군의 오는 쇠잡이를 따라 전후좌우로 전진하고 회복하기를 반복하는데 그 변화가 실로 무쌍하였다.

"진법이다!"

아물은 하마터면 입 밖으로 터져 나오려는 소리를 손바닥으로 입을 가려 막았다. 단순한 농악 경연만은 아닐 것이라 짐작되어 웃음과 박수로 위장하며 지루함을 견뎠는데 마침내 실체를 보게 되는 것이었다.

금효왕은 호륵걸의 지휘 아래 열흘 혹은 닷새에 한 번씩 장정들을 모아 열심히 준비해온 결실을 보며 내심 감탄했다. 그저 즐기는 놀이에도 질서와 조화가 있어야 하는 일이지만 군진이라면 당장 그대로 누구와도 대적할 수 있을 위세였다. 아마 오늘 놀이에 참가한 마흔 명이 아니라 이미 천에 가까운 감문의 장정 모두가 군진을 따라 일사분란하게 움직이는 용맹한 장졸이 되어 있을 것이었다. 언제라도 참화는 피하고 싶지만 대비하지 않으면 더욱 피할 수 없는 법이니 마음 든든하면서도 한편 강함이 강함을 부를 수 있다는 생각에 불안도 일었다.

다섯 마당, 상쇠와 종쇠의 소리에 맞추어 모든 놀이꾼이 자신의 악기와 장비를 과시하며 신나게 뛰어노니 이는 병장기의 강함과 튼튼함을 확인하고 과시하는 것이었다.

여섯 마당, 놀이꾼 모두가 기러기 모양으로 팔을 벌려 덩실덩실 춤을 추는데 이는 장졸이 서로의 이상 유무를 확인하며 우의와 전의를 다지는 의미였다.

일곱 마당, 상쇠가 '허허허' 소리하면 모든 놀이꾼들이 '허허허' 대답하는데 이는 병장기와 우의, 전의를 서로 확인하며 더욱 강하게 하는 것이었다.

여덟 마당, 놀이꾼들이 큰 원을 그리며 놀다가 상쇠의 지시에 따라 두 명씩 짝을 지어 작은 원을 그리며 춤을 추는데 이는 군진을 유지하며 조(組)로서 적을 상대하는 것이었다.

아홉 마당, 놀이꾼이 양쪽으로 갈라선 가운데 쇠, 북 등 악기별로 놀이를 펼치다가 상쇠가 신호를 하면 소고잡이가 중앙으로 나와 덩실덩실 춤을 추고, 점점 가락이 빨라지면 수박(手搏)치기로 용맹을 과시하는 것이었다.

열 마당, 악기와 소고가 두 패로 나누어 서로 밀고 당기며 격렬하게 노는데 이는 전쟁에서의 치열한 전투가 생생하여 놀이에서 가장 어려운 마당이다.

"강……하다……."

감문의 놀이가 시작되면서부터 주위의 눈치 따위는 까맣게 잊은 채 몰입하던 아물이 기어이 신음처럼 웅얼거렸다. 금효왕도 이제는 아물은 잊고 오직 놀이에만 몰두하는데 장막 한쪽의 원룡과 호륵걸은 여전히 아물을 주시하며 귓속말을 나누었다.

열한 마당, 상쇠와 종쇠가 두 패로 나뉘어 진을 치고 노는데 이는 격전으로 적을 포위해 섬멸하는 것을 나타내는 것이며, 마침내 상쇠가 진을 풀면 모든 놀이꾼은 전쟁의 승리를 기뻐하며 한데 어우러져 흥을 돋우고 신나게 춤을 췄다.

열두 마당, 장단이 느려지고 그에 따라 춤을 추는데 이는 승리로 전쟁을 끝내고 각자 헤어져 기쁜 마음으로 집으로 돌아가는 귀환을 의미하며, 상쇠가 '얼룰루 상사디야' 선창하면 놀이꾼들은 뒷소리를 따라한다. 또한 이 마당은 상사굿으로 죽은 사람의 장례 의식이기도 하니 전장에서 살아오지 못한 사람들에 대한 애도와 추모이기도 했다.

갈증

경연의 결과는 주조마의 놀이패가 장원으로 정해졌고 상으로는 황소 한 마리가 하사되었다. 모두들 뜻밖이라는 반응이었지만 감문의 놀이패가 더욱 그러했다. 하지만 심사를 맡았던 총신 부영이 그 기준인 흥겨움, 조화, 아름다움 중에서 주조마의 놀이패가 흥겨움과 아름다움 두 부분에서 월등히 앞섰다고 설명하자 감문의 놀이패부터 선선히 수긍했다.

거의 모든 사람들이 여태껏 듣거나 보지 못한 엄청난 축제가 끝났으니 이제 그만한 잔치가 뒤따라야 했다. 돼지와 염소를 잡고 토끼, 개, 닭, 오리, 꿩 등의 육고기와 감천 맑은 물속에서 자란 물고기, 감문의 모든 산과 들에서 채취한 온갖 나물이 상마다 그득하게 차려졌다. 어른은 술잔을 돌리고 아이들은 모처럼 만에 원 없이 단물을 들이켰으며 아낙들은 끓이고 삶고 지지고 볶고 튀기는 틈틈이 배를 불리고 부족하던 기름기를 채웠다. 흥겹고, 기쁘고, 웃음소리가 멈추지 않는, 날마다 오늘만 같았으면…….

인근 나라 군주들과 자리를 함께한 금효왕이 웃음기를 거두고 무겁게 입을 열었다.

"내가 오늘의 축제 자리를 마련한 것은 이미 말씀드린 것과 같이 우리 소국들의 우호를 두텁게 하려는 뜻이지만 그에 덧붙일 말이 있소이다."

다른 군주들이 술잔을 내려놓고 금효왕에게 시선을 모았다.

"작금, 이 땅의 정세가 여간 위중한 것이 아닙니다. 다들 아시는 바와 같이 큰 나라들이 저마다 국세를 키우기 위해 주변 소국들의 병합에 나서고 있으니 우리 같은 소국은 그야말로 풍전등화의 신세입니다."

"그러게 말입니다. 하지만 뻔히 알면서면 도무지 대책을 마련할 수 없으니, 휴……."

경연에서의 장원으로 한껏 밝은 얼굴이던 주조마 군주의 한숨이 깊었다.

"예, 저희 문무도 요즘은 어디서 작은 함성만 들려도 화들짝 놀랄 만큼 좌불안석입니다."

"하루 앞을 알 수 없는 처지이니 참으로 어찌해야 할지, 쯧쯧……."

기다렸다는 듯 모두가 말을 거들었지만 겨우 넋두리나 이을 뿐이었다. 금효왕은 입을 다물고 있는 아물에게 눈길을 돌렸다.

"그대의 생각은 어떠한가?"

"저희 같은 소국에 무슨 생각이랄 게 있겠습니까. 더군다나 아버님의 병환이 깊으시니 오직 하루하루 연명이나 할 뿐입니다."

한껏 자세를 낮추며 역시 아무런 대책도 없다는 아물의 능청에 다른 소국의 군주들은 동정의 기색이었으나 금효왕은 믿지 않았다.

"그럼 이제 내 생각을 말해 보겠소."

개중 가장 큰 나라인 감문의 금효왕이 무겁게 말하자 모두가 말을 멈추고 눈길을 모았다.

"아무래도 다가오는 위기가 점점 급하고 무거운 것 같아 근자에 이 땅의 정세를 좀 살펴보았소. 먼저 가장 가까이에 있는 가라와 그 남쪽의 가락 등 여섯 나라는 저마다 작지 않은 힘을 가지고 있지만 사로나 백제의 힘에는 미치지 못하니 목전의 우려가 되지는 않소이다. 그러나 사로는 우리 북쪽 지역에서 백제의 침공을 받아 서로 힘을 겨룬 지 오래되었소. 그것은 더 북쪽의 고구려와 뿌리의 인연이 있는 백제가 당장은 가락 6국과 우호를 유지하며 사로를 도모하려는 생각 때문일 것이오. 물론 사로 역시 국세를 넓히려는 의지는 다르지 않고, 시급한 것은 백제의 침공으로부터 북쪽을 지키는 것이니 그 길목이 되는 우리의 형세가 실로 위중하게 되는 것이오."

"그럼 사로가 곧 군사를 일으킬 징조라도 있는 것입니까?"

"당장 그럴 만한 징조가 있는 것은 아니지만 대비는 해야 하지 않겠소."

"마땅한 계책이 있으십니까?"

군주들의 질문에 금효왕은 먼저 아물에게 눈길을 돌렸다. 그러나 아물은 눈길을 피해 고개를 숙였다.

"가락의 예를 한번 생각해 봅시다. 가락 6국은 모든 한 뿌리로 형제라는 것은 모두가 알 것이오."

"예, 그걸 누가 모르겠습니까."

"더군다나 남쪽의 가락은 그 국력이 상당한 정도이고 우리 가까이의 가라 역시 하루가 다르게 힘이 강해지고 있습니다. 사로와 백제 가운데서 우호 관계를 유지하며 나라를 지켜낼 수 있는 것도 그런 힘이 있어서입니다. 하지만 달리 생각하면 형제인 6국이 하나가 된다면 그 힘은

124

사로와 백제, 그 어느 쪽에도 뒤지지 않을 만하니 더욱 당당할 수 있을 것인데 지금 그들 우호의 실상은 머리를 숙여 얻는 것이니 안타까운 교훈입니다."

군주 모두가 고개를 끄덕였지만 아물은 그저 눈빛만 번뜩였다.

"그럼 이제 우리의 처지를 생각해봅시다. 사로가 백제의 침공으로부터 북쪽의 성과 땅을 지켜내려면 결국 우리에게 어떤 행동을 취하게 될 것은 불을 보듯 환한 일입니다. 내가 생각하건대 우리가 계속 이 상태라면 군사로 도모하는 것이 가장 쉬운 방법이라 여길 것입니다."

"휴우……, 그러게 말입니다."

"어떻소, 사로가 군사를 일으키면 죽음을 면할 방도를 가진 군주가 여기 있소이까?"

금효왕의 물음에 모두 두려운 낯빛으로 한숨만 내쉴 뿐이었다.

"어떻게 하면 좋겠습니까?"

"가락 6국을 교훈으로 삼아 방도를 찾는 것은 어떻겠소?"

"아……."

한숨인지 탄성인지 모를 신음을 내뱉은 군주들의 낯빛에 두려움이 가득했다. 먼 사로가 아닌 눈앞 금효왕에 대한 두려움이었다. 그들도 경연에서 보인 감문의 농악이 단순한 놀이가 아니라 군사 훈련의 연장임을 눈치챌 수 있었고 그 강함에 두려움을 느낀 바였으니 은근한 위협에 다름 아니었다.

"그렇지만 우리가 하나가 된들 사로에 대적할 수 있겠습니까?"

"왜 대적만 생각하시오. 사로에 힘이 되는 우방으로 자리할 수도 있지 않겠소?"

말귀를 알아듣지 못할 그들이 아니었다. 군사의 무력에 굴복해 나라를 잃기보다는 힘을 합쳐 살아남자는 제안, 다만 그 하나 되는 나라의 군주는 그나마 가장 강한 힘을 가진 자가 되어야 하지 않겠느냐는 위협. 고민이 깊어지는 자리였다.

낮의 평상복을 벗고 비단옷을 차려입은 형솔은 잔치마당 밖에서 공주가 나오기를 기다리고 있었다. 이미 군주들의 술자리에서 잠깐 나온 아물로부터 감문왕의 저의를 전해들은 터였지만 왠지 공주와의 인연을 더 미루고 싶지 않았다.

사람의 마음, 특히 연모하는 마음이란 참으로 알 수 없는 것이었다. 사로에서 태어나 무장으로 수많은 전장을 누비며 몸과 마음이 지칠 때면 유람이라 생각하며 피로를 달랬다. 적의 목을 베며 목욕이라도 한 듯 피를 뒤집어쓰면 문득 회의(懷疑)하는 마음이 들기도 하지만 전장의 뒤편에서 공포에 질린 노인과 아이와 여인을 생각하며 스스로를 위로했다. 그럼에도 그들은 그저 백성이고 사람일 뿐 노인과 아이, 여인으로 구분되지 않았다. 그러다가 사로로 돌아오면 그 무심하던 마음의 실체를 알았으니 다름 아닌 부의 힘이었다.

전장에 나가지 않으면 사로에 머물렀으니 마주치는 사람은 모두 구분이 되었다. 사는 집, 거느리는 하인, 복색, 치장 등으로 한눈에 가려지는 신분의 구분. 여인 또한 크게 다르지 않으니 화장, 옷차림, 장신구로 가려지는 신분은 대부분의 미색의 상징이 되었다. 어느 것이 진짜 모습인지 알 수 없는, 부의 신분으로 나눠지는 그 아름다움에 잠깐 젖어본 적도 있기는 했다. 그러나 말을 나누고, 웃음을 선사받고, 때론 살을 부딪치고도 간절함을 느끼지는 못 하였다. 하여 혹시 자신의 욕망이 저 높은 곳에 있는 것인가 싶기도 했지만 결국은 그도 아니었다. 그런데

126

뜻밖에도 부라면 저 아래라 할 감문 땅에서 목이 마르는 것이었다.

공주라는 여인에게서 돌아선 뒤 빨라진 심장의 박동을 겨우 가라앉히자 이번에는 목이 말라왔다. 더위 때문인가 물을 마셔 보았지만 갈증은 가라앉지 않았고 여인이 떠오르면 더욱 심해졌다. 이내 그 갈증이 간절함이라는 것을 깨우친 순간 헛웃음이 나왔지만 맑은 아름다움에 대한 오래된 간절함이었음을 깨달으며 우선은 다가가 보자 마음먹었다.

바람은 선선하고 별빛은 찬란했다. 달빛도 밝아 연모하는 여인과 산책이라도 하고픈 마음이 요동쳤지만 잔치는 여전했고 여인의 모습은 보이지 않았다.

형솔은 짐꾼으로 위장한 군관을 불러 감문왕에게 줄 예물을 준비하도록 일렀다. 마냥 여인을 기다리며 임무를 소홀히 할 수는 없었다. 다행히 지난번 감문 사절들과는 얼굴을 마주친 적이 없으니 상인 행세만 잘하면 의심을 사지는 않을 것이었다.

예물이 준비되자 형솔은 감문의 관리에게 말을 넣어 달라 부탁했다.

"상인이?"

"예, 그렇습니다."

"들어오라 해라."

이미 술기운도 있었던 터라 금효왕은 선선히 허락했다.

"왕을 뵙습니다. 소인은 세상을 넓게 다니며 장사를 하는 형솔이라 합니다."

"그래, 무슨 일로 나를 보자 했는가?"

"왕께서 감문에 큰 시장을 연다시기에 오늘 경사스러운 축제도 구경할 겸 찾아왔습니다. 농악 경연을 구경하며 감문 놀이패의 질서정연함과 힘찬 기세에 크게 감탄하였으며, 이처럼 큰 잔치를 베푸시는 왕의 자애로움과 배포에 더욱 감동이 깊었습니다. 또한 앞으로 저의 상단이 감문 시장에 자리 잡을 수 있도록 허락하여 주시길 바라며 작은 예물을 올릴까 합니다."

"허허, 기특한 마음이구나. 그렇지 않아도 시장은 열었으나 아직 크게 번성하지 않아 마음이 쓰였는데 잘되었다, 내 허락하고말고."

"참으로 감사드립니다."

형솔이 준비한 예물을 올리자 금효왕은 다른 군주들도 볼 수 있도록 그 자리에서 풀었다.

"이런, 어찌 이리 귀한 것들을⋯⋯."

왕을 위한 금제 장신구와 비(妃)를 위한 옥 등의 여러 보석 장신구에 은 덩어리들까지, 감문의 왕으로서는 상상하지 못한 예물이었다. 더군다나 다른 소국의 군주들에게는 그만한 예물을 받는 모습만으로도 더욱 위엄이 설 것이었다.

"아직은 약소하옵니다. 본디 장사라는 것이 재화를 유통시켜 더욱 큰 재화를 만들어내는 것이니 앞으로 감문의 창고는 더욱 가득 차게 될 것입니다."

금효왕은 제법 거만한 기색까지 띠며 다른 군주들을 돌아봤다. 역시 모두 잔뜩 기가 죽어 눈길이 마주치면 비굴한 웃음을 지어 보였다. 아물도 더욱 고개를 숙였으나 그의 속은 부글부글 끓어올라 금방이라도 터질 것 같았다.

형솔이 다시 밖으로 나오자 어디에 있었는지 공주가 다가와 먼저 인사를 건넸다.

"왜 아버님에게 귀한 예물을?"

"저는 장사하는 사람이라고 말씀드리지 않았습니까, 공주님. 큰 장사를 하려면 어디서나 나라의 허락을 받아서 하는 것이 이롭기 때문입니다. 또한 이익을 남기면 당연히 나라에 세금을 바쳐야 하는 법이니 앞으로도 왕궁에 예를 다할 것입니다."

"아, 그런 것이군요."

소명 역시 알 수 없는 관심에 말은 붙였지만 막상 더는 할 말이 떠오르지 않았다.

다행히 형솔이 말을 이어 주었다.

"이번에는 공주님은 미처 생각지 못해 따로 예물을 준비하지 못했습니다. 다음에는 꼭 마련하겠으니 특별히 원하시는 것이 있는지요?"

"아, 아닙니다. 제가 무슨……."

"큰 나라의 공주님들은 몸단장에 신경을 쓰시던데 공주님도 필요하시겠지요?"

"아닙니다, 저는 단장보다는……."

어느새 볼이 발개진 소명이었다. 형솔은 또 목이 말랐다.

"단장……이 아니라면……?"

"낮에 연당에서……."

"아, 색깔 고운 물고기 말입니까?"

"예, 혹시 감문까지 살려올 수 있으시면……."

소명의 얼굴은 더욱 빨개졌고 그 모습에 형솔은 심장이 다 뻐근했다.

"예, 그렇게 하겠습니다. 꼭 가져오겠습니다."

욕망의 꿈, 희망의 꿈

아포로 돌아온 아물은 형솔을 기다리며 속을 끓이고 있었다.

감문의 왕이 인근 소국들을 병합하거나 최소한 맹주가 되어 사로에 맞서려 하는 뜻은 이제 명백했다. 그러니 당연히 형솔이 자신과의 협력을 굳게 하리라 생각했다. 그런데 어이없게도 감문 왕에게 예물을 바치며 시장에서 장사를 하겠다니, 도무지 그 속셈을 알 수 없었다. 감문이 농악 경연에서 제법 그럴싸한 군사적 위세를 보였다고는 하지만 사로로서는 콧방귀나 뀔 정도일 것이었다. 또한 감문 왕의 뜻대로 인근 소국이 모두 하나로 뭉친다 해도 군사적으로 결코 사로에 대적할 수 없었다. 그런데 왜……?

마침내 형솔이 돌아왔다는 보고가 들어오자 아물은 단걸음에 달려갔다.

"장군, 왜 이제야 오신 겁니까?"

흥분과 의혹을 감추지 못하는 아물의 표정에도 형솔은 느긋했다.

"장사를 하려면 이것저것 살펴봐야 하지 않는가."

"예? 아니, 사로의 장군이 무슨 장사를 하신다는 겁니까?"

"그럼 사로의 부장이 헛소리를 할까."

태연한 형솔의 대답에 아물은 숫제 말문이 막혔다.

"아포가 소국이라지만 그래도 명색 군주를 대신한다는 사람이 어찌 그리 급하고 속이 좁아."

"예에?"

"자네는 어차피 공격군의 선봉이야. 감문의 군사가 제법 의젓하고 인근 소국이 모두 힘을 합친다 한들 사로에 대적할 수 있겠나? 그러니 사로의 수천 군사가 뒷받침하고 자네가 선봉에 서면 전투라 할 것도 없을 테고, 그 공은 응당 자네의 것이지."

질책에 달콤한 유혹까지. 헷갈린 아물의 눈이 휘둥그레졌다.

"아, 그러니까요. 그런데 왜 감문에 그처럼 유화적인가 말입니다."

"어허, 자네는 이 지역이 평정되고 군주로 정해지면 어떻게 다스릴 건가?"

"예? 그거야 뭐, 지금 아포도 잘 다스리고 있으니⋯⋯."

"이런 어리석은! 다스릴 땅이 커지고 백성이 늘어나면 지금처럼 억압으로만 다스려서는 원만하지 못해."

"그럼 어떻게⋯⋯?"

"자네는 우리 사로가 어떻게 백성의 복종과 충성을 이끌어낸다고 보는가?"

"그건⋯⋯."

형솔은 아물의 한심함에 속으로 혀를 찼다. 적으로 맞섰을 때 상대를 제압하기 위해서는 당연히 강력한 힘을 보여야 하지만 다음에는 그 힘의 권위와 더불어 적절한 당근을 내놓아야 진정한 복종을 이끌어낼 수 있음에도 아물은 오직 억압과 공포만 생각하는 것이었다.

"단순해. 이전보다 더 잘살게 해주는 것. 백성은 배부르면 충성하고 복종해, 이전에 없던 것까지 생기면 더욱 좋아하고. 장사는 바로 그런 부와 새로운 재화를 주는 방법이지. 감문을 군사로 제압하는 일은 가볍지만 그다음은 미리 준비해 두지 않으면 비용도 많이 들고 혼란을 겪을 수도 있기 때문이야."

"아……."

아물은 감탄하며 넙죽 절하는 시늉을 했지만 속으로는 비웃었다. 그까짓 백성이야 채찍질이면 고분고분 다스려질 텐데 굳이 무슨 당근과 부까지…….

"그렇게까지 생각해 주실 줄은 몰랐습니다, 장군. 충성을 다하겠습니다!"

"어허, 이 사람. 난 장군이 아니라 부장이야. 혹여 사로 사람이 들으면 내가 장군을 사칭이라도 하는 줄 알겠네. 입조심하게."

"아, 예."

형솔은 이미 마음속에서 아물을 지우고 있었다. 백성을 힘으로 억눌러 끌어내는 복종은 결코 진정한 충성이 될 수 없음을 모르는 자는 다스리는 자가 될 수 없었다. 또한 그런 어리석은 자는 힘을 가지게 되면 더 큰 욕심을 꿈꾸고, 끝내는 반심도 망설이지 않는 법이었다.

"이번 경연에서 얻은 가장 큰 소득은 형솔이라는 상인이 아닌가 싶소이다."

그동안 시장에서 별다른 성과가 없어 내심 초조하던 금효왕에게 형솔의 제안은 실로 천군만마에 다름없었다. 또한 왕은 비로소 시장이 제

역할을 해 재화가 늘어나는 길을 어렴풋이나마 알 것 같았다. 고만고만한 나라끼리 비슷한 물건들로 시장을 꾸려서는 금방 한계에 부딪힐 수밖에 없었다. 그럼에도 다른 방법을 알지 못하니 그저 우두커니 지켜보며 속만 태웠는데 길은 큰 상인을 유치하는 것이었다. 분명 그는 인근에서 보지 못한 새로운 상품을 가져올 것이고, 이미 다른 군주들도 이야기를 들은 터이니 금세 소문이 번져 여기저기에서 다른 상인들도 몰려올 것이었다. 거래할 물품이 다양하고, 점점 관심이 커진다면 특별히 생산하는 물품이 없더라도 시장은 커질 수 있을 테고, 그런 도중에 사람의 손과 기술로 생산할 만한 것을 찾아낸다면 더할 나위 없을 일이었다. 왕은 희망의 불빛을 본 것이라 생각했다.

"정말 그렇습니다. 형솔이라는 상인을 위해서 뭔가 준비를 해야 하지 않을까요?"

총신 부영의 맞장구에 왕은 반색했다.

"맞소. 무얼 준비하면 좋겠소?"

"우선은 그가 가져온 물품을 보관할 창고와 점포부터 지어야 할 것 같습니다."

"오, 맞소. 그의 물품이 호응을 얻어 다른 상인들이 모여든다면 그들도 창고가 필요할 테니 기왕이면 좀 여러 채를 짓도록 하시오. 또 창고가 지어지면 그곳을 지키는 사람도 필요할 테니 그에 대한 준비도 미리 하고 말이오."

"예, 상인들이 먹고 자는 곳도 필요할 테니 여각을 할 만한 사람도 찾아보겠습니다."

길을 찾자 시급한 준비가 하나둘이 아니었다. 문득 생각하니 그것은 새로운 직업이 생기는 것이고 농사에만 매달리던 백성의 일거리가 다

135

양해지는 것이었다. 어쩌면 그로 인해 소득이 늘어나고, 소득에서 걷는 세금은 나라의 살림을 든든하게 해줄 테니 그동안 꿈꾸지 못했던 것을 찾게 할지도 몰랐다.

희망에 찬 왕과 신하들의 이야기는 끝나지 않을 것같이 이어졌다. 지켜보는 원룡과 호륵걸 등의 무장들도 지루하지 않았다. 그들에게도 어슴푸레하나마 희망은 느껴졌고 더구나 장부인의 얼굴에 미소가 가득하니 덩달아 설레었다.

문신들과의 이야기가 대략 마무리되자 왕은 원룡에게 눈길을 돌렸다.

"허허, 내가 새로운 일에 기대하는 바가 커 잠시 군사의 일을 잊었구나."

"아닙니다, 저희도 즐거웠습니다."

"그런가? 허허, 다행이다. 그래, 장군이 지켜본 군주들, 특히 아물은 어떠하던가?"

원룡은 호륵걸에게 고개를 끄덕여 먼저 보고하도록 했다.

"우리 감문의 놀이가 시작되고 조금 지나자 인근 소국 놀이패들이 먼저 술렁거렸습니다. 놀이하는 사람들이니 그게 일반적인 놀이가 아니라는 것을 금방 알아챈 것이지요. 그리고 중반이 되자 술렁거림은 멈추고 질린 듯 굳어졌습니다. 그저 구경 온 사람들은 중간이 지나고 나서야 고개를 갸웃거렸지만 흥겨움으로 금세 잊는 듯했습니다."

"그럼 지금쯤이면 군주들뿐 아니라 백성들에게도 소문이 퍼졌겠구나. 잘 되었다. 언제쯤 누가 먼저 움직일 것 같은가, 장군?"

원룡은 보일 듯 말 듯 고개부터 가로저었다.

"쉽지는 않을 것입니다. 형솔이라는 자의 예물이 왕의 위엄을 높여

주는 효과는 있었습니다만 시장에 대한 왕의 관심이 깊으셔서 아직 시간이 있다 생각할 것입니다."

왕은 자신의 실수였는가, 되짚어 보았다. 반반이었다. 시장의 번성은 분명 나라의 힘을 크게 하고 그 중심이 감문이 되는 셈이니 두려움은 더욱 커질 것이었다. 그렇지만 시장으로 얻는 부에 관심이 치우치면 군사에 대해서는 소홀하거나 미루게 될 것이라 생각할 수도 있었다. 자신이 좀 더 신중하게 처신해야 했는데 술기운이기도 했겠지만 너무 안타까운 목마름으로 절제하지 못한 것이었다.

원룡이 말을 이었다.

"아포의 아물은 다른 군주들과 달리 처음부터 매우 놀라고 집중해 지켜보았습니다. 분명 어떤 대책을 강구할 것입니다. 허니 우선은 달포 정도 기다려 보시다가 다른 군주들에게서 아무런 반응이 없으면 날을 잡아 아포를 치는 것이 옳을 듯합니다. 어차피 아물은 끝까지 버티거나 다른 마음을 먹을 수도 있는 자이니 그를 쳐서 아포를 병합하면 다른 군주들에게 크게 교훈이 될 것입니다. 그런 연후 형솔이 약속대로 시장을 주도한다면 군주들이 결심하게 될 것입니다."

"반드시 군사를 일으켜야겠는가?"

왕은 또 망설이는 기색이었지만 원룡은 더는 망설이고 미룰 수 없는 일이라 생각했다.

"왕의 자애로움을 모르지 않습니다만 미루다가 아물이 사로와 결탁이라도 한다면 돌이킬 수 없는 위험이 됩니다. 또한 아물에게 핍박당하고 있는 그 백성을 구하는 일이기도 합니다."

"그렇더라도 백성들이 피를 흘리게 되지 않겠는가."

"백성의 피를 줄일 수 있는 방법을 찾아보겠습니다."

"예, 미루면 그만큼 더 많은 피를 흘리게 됩니다."

호륵걸을 비롯한 다른 무장들까지 강한 결의를 드러내자 왕은 마침내 결심했다.

"알겠다, 그리 준비하라. 그럼 부인께서는 아포를 도모할 수 있는 길일을 받아 주십시오."

"예, 그리하겠습니다. 그동안 장군은 아포는 물론이고 다른 소국들의 정세도 잘 살펴 변수가 없도록 대비해 주세요."

"명을 받들겠습니다!"

원룡과 함께 군례를 올리는 무장들의 얼굴에 자신감과 활력이 가득했다.

하늘이 외면하다

감문은 전쟁을 준비하는 팽팽한 긴장 속에서도 활기가 넘쳤다. 원룡은 인근 소국으로 파견한 세작들의 보고를 바탕으로 작전에 골몰했고, 호륵걸은 정예군으로 선발한 군사들을 조련하는 한편 농악 경연 준비 때와 같이 각 마을을 돌며 장정들을 모아 단위별 훈련도 병행했다.

한편 부영을 비롯한 문신들은 나라의 재정으로 창고를 짓고 시장을 정비하는 일에 나섰다. 여각은 재력이 있는 중신 몇이 농사일에 힘이 부칠 만한 노인과 부녀자 중에서 음식과 접객(接客)에 합당한 사람을 앞세워 운영하기로 하고 기존의 주막을 넓히는 공사부터 시작했다.

열흘 뒤 각 소국에 나갔던 세작들이 모두 돌아오자 원룡은 그들의 보고를 취합해 왕을 찾아갔다.

"농악 경연에서 보인 우리의 군세가 사람들의 입을 거치며 더욱 부풀려져 모든 소국의 백성들이 드러내 말하지는 않아도 전전긍긍하고 있다 합니다. 각 군주들도 그런 사실을 모르지 않으나 공론화가 되면 결정이 급하게 될 것을 우려해 모르는 척하고 있는 듯합니다. 이미 결정하신 대로 아포를 치면 일은 쉽게 이루어질 것 같습니다.”

“아포는 어떻다던가?”

“오래전부터 통제를 받아오던 백성들이라 입 밖에 거론하는 것을 들을 수는 없었으나 알고는 있는 눈치들이라 합니다.”

“아물은?”

“관아에 틀어박혀 있을 뿐 특별한 대비책을 마련하고 있지는 않다 합니다. 하여 그들의 군사들이 위축되어 있는 이번이 절호의 기회가 될 것입니다.”

“아포 백성들의 피를 흘리지 않을 방법은 생각해 보았는가?”

“예, 많은 군사를 동원하지 않고 30여 명의 정예를 선발하여 기습하면 백성의 피를 최소화할 수 있을 것입니다.”

“30명도 적지 않은 군사인데.”

“세작의 보고에 따르면 관아를 지키는 군사의 수가 적지 않다 하니 반드시 아물을 포박하거나 죽이려면 그만한 군사는 있어야 합니다.”

죽인다는 소리에 왕은 인상을 찌푸렸다. 의심은 충분하지만 구체적인 행동은 없는 자를, 그것도 명색 군주를 대신하는 자인데 죽이기까지 한다면 자신이 오히려 무도한 왕이 되는 것이 아닌가 하는 염려 때문이었다. 그러나 무장들의 의지가 완강하고 자신 또한 이미 허락한 일이니까닭 없이 번복할 수는 없는 노릇이었다.

“구체적인 계획은 세워졌는가?”

왕의 음성에 내키지 않다는 기색이 역력했지만 원륭은 모르는 척했다.

“예, 부인께서 날을 잡아주시면 해가 떨어지는 즉시 감천을 건너 은신해 있다가 모두 잠이 든 한밤에 기습할 것입니다. 아물의 숙소와 진입로의 경계 군사 위치도 모두 파악해 두었습니다."

"돌아올 때 추적하는 군사를 막을 방법은?"

"이미 소문으로 위축되어 있는 그들이니 아물을 호송할 군사를 제외하고, 몇 군데로 나누어 흩어져 북을 울리고 함성을 외쳐 겁을 주면 수장을 잃은 군사들은 추적을 망설이게 될 것입니다."

그럴듯했다. 하지만 왕은 이번에는 감문의 군사들이 상하면 어쩌나 또 염려되었다.

"장군이 직접 출정할 것인가?"

"당연한 일입니다."

"그러다가 장군이 상하기라도 하면 어쩌려고?"

"호륵걸 부장이 초원의 군사들을 인솔해 곁을 지킬 것이니 염려 놓으십시오. 그들의 용맹은 왕께서도 잘 아시지 않습니까."

"나이들이 있어서……."

"그들이 들으면 서운해할까 걱정됩니다."

왕은 그제야 어쩔 수 없다는 듯 의자에 등을 대며 고개를 끄덕였다.

그들은 타고난 전사였다. 처음 감문에 들어설 때는 끓는 피처럼 이글거리는 눈빛의 젊은 전사였고, 머리가 희끗해진 지금은 그만큼 부드러운 웃음을 짓지만 여전히 억센 어깨와 우람한 근육으로 눈을 부라리며 칼을 잡으면 일당백의 기개가 번뜩였다.

처음 그들과 마주했을 때 오직 전장의 용사인 줄로만 알았다. 그러나 마상에서 내려 땅에 두 발을 디디자 먼저는 타고 온 말을 들일 마구간을 지었다. 자신들이 머물 집을 짓기 시작하자 먹을 양식을 재배할 땅을 갈았다. 사냥을 나가 짐승을 잡아오고, 그 새끼는 가두어 기르며 강에서는 물고기를 잡았다. 대부분 사내였던 그들은 짝을 짓기 전까지 그들끼리 모여 살았는데 감문 사람들과 달리 사내도 음식을 만들고 빨래를 하며 말을 배우고 풍습을 따랐다.

무엇이든 가리거나 망설이지 않았고 기백이 넘쳤다. 괭이를 휘둘러 땅을 갈 때 펄떡거리는 근육을 보면 전장에서 적을 내려치는가 싶었다. 노루나 멧돼지라도 잡아 잔치를 열고 고기를 뜯을 때는 저러다 볼이 터지지 않을까 싶도록 게걸스러웠다. 술이라면 항아리로 들이켜야 직성이 풀렸고 웃음을 터트리면 동네가 들썩거릴 정도여서 모두가 덩달아 웃을 수밖에 없었다. 매사에 씩씩했다. 호쾌했다.

말도 통하지 않는 그들이 잘 어우러질 수 있을까 싶던 우려는 기우였다. 오히려 감문의 백성이 그들의 유쾌함과 씩씩함에 젖어 활발해지자 희망이 번지기 시작했고, 그들은 감문의 백성에게서 부드러운 호미질을 배우고 흙냄새에 정을 붙이며 하나가 되었다.

그렇다고 그들이 전사의 기백을 망각하거나 아주 버린 것은 아니었다. 농사일로는 몸뚱이가 근질거리는 듯 수시로 사냥에 나섰고, 어쩌다 이웃과 마찰이 벌어지거나 도둑이 들면 가장 먼저 나서서 칼을 잡고 몽둥이를 휘두르니 나약했던 감문의 백성들도 용감해지기 시작했다. 오늘 감문이 인근 소국들 중에서 맹주의 역할을 할 수 있는 바탕은 그런 용맹과 이주민을 더해 늘어난 백성의 수였다.

오늘도 해가 넘어가고 달이 떠오르자 장부인은 제상 앞에 무릎을 꿇고 향불을 피웠다. 날마다 계곡 맑은 물로 목욕재계하고 아무것도 담지 않은 맑은 마음이 되고자 종일토록 눈과 귀를 막고 오직 하늘과 땅의 신만을 생각하다가 해가 지면 피우는 향이었다. 그러나 벌써 이레째, 하늘과 땅은 아무런 감응이 없었고 시간이 흐를수록 마음은 산만해지기만 하는 것이었다. 그녀는 이를 악물고 피를 토하는 심정으로 하늘을 우러르며 기원했다.

"하늘의 신이시여, 땅의 정령이시여! 이 감문과 그 군주, 백성과 군사는 진실로 남의 것을 빼앗아 영달을 꾀하고 배를 불리려 함이 아니옵니다. 이 땅 곳곳에 무도한 기운이 가득하여 저마다 영토를 넓히고 힘을 키우고자 무고한 인명을 풀잎처럼 가벼이 베어 사방에 피와 눈물이 넘쳐납니다. 감문산을 중심으로 사방에 뿌리내린 문무, 어모, 아포, 주조마, 배산 등의 나라는 모두 우리 감문과 한 핏줄에 진배없습니다. 하여 우리는 지금껏 서로 침략하지 않고 정을 나누며 화평하게 살아왔습니다. 그런데 이제 동남서북 사방의 힘 있는 나라들이 이 땅을 호시탐탐 노리고 있으니 백성의 생명이 바람 앞의 등불이 되었습니다. 이에 미약하나마 우리 감문이 앞장서 모두의 힘을 하나로 모아 피와 눈물을 흘리는 백성이 없게 하려는 뜻입니다.

하늘의 신이시여, 땅의 정령이시여! 다른 소국들은 모두 하나가 되는 길에 손을 내밀려 하나 오직 아포만은 딴 뜻을 품고 있습니다. 더군다나 아직 아비가 살아있음에도 그 병을 핑계로 자식이 공공연히 군주의 행세를 하며 백성을 억압해 벙어리가 되고 귀머거리가 된 지 오래입니다. 남몰래 군사의 힘을 키우겠다고 백성을 쥐어짜니 웃음이 사라진 지도 오래고 배를 주리다 못해 가엾게도 부모형제까지 버리고 도망치는 자들까지 적지 않은 실정입니다. 짐작건대 그 모두가 자신의 영달만을 위해 힘 있는 나라에 빌붙어 한 핏줄과 진배없는 이웃을 배신하고 피바람의 선봉을 자청하려는 뜻입니다.

피바람을 일으키려는 것이 아니옵니다. 오직 탐욕스럽고 무도한 그 자만을 도려내어 그들 백성에게 눈과 귀와 웃음을 찾아주고, 헤어진 부모형제가 다시 한 지붕 아래에서 정을 나누게 하려는 뜻입니다.

하늘의 신이시여, 땅의 정령이시여! 감문의 정예 군사가 어느 날 어느 시에 출정해야 피 흘리지 않고 무도한 자만을 도려낼 수 있을지 뜻을 보여 주소서……!"

장부인의 진실하고 간곡한 기원이 별빛이 가물거릴 때까지 이어졌지만 여전히 신령의 감응은 없는 모양이었다. 그녀의 이마에서 진땀이 배어나고 음성이 점점 가늘어지더니 부윰한 여명이 밀려드는 순간 마침내 맥을 놓고 허물어졌다.

"부인! 이보시오, 부인……!"

제단을 지키던 왕과 신하들이 달려가 의식 잃은 장부인을 궁으로 옮겼다. 의원이 들고, 왕의 애달픔과 공주의 눈물 속에 한참의 시간이 지나 해가 중천에 가까워질 무렵에야 장부인은 눈을 떴다.

"부인, 이제 정신이 드십니까?"

"아…… 예, 송구하옵니다."

"아닙니다, 이제 되었습니다. 의원의 말이 피로가 누적되어 그런 것일 뿐이라니 이제 그만 제를 중단하고 몸을 보살피세요."

"제 정성이 부족하여 여태도 감응이 없으니 어찌해야 할지 모르겠습니다."

장부인의 두 눈에 눈물이 그렁했다. 정령을 부르지 못한 자책, 날을 받지 못해 왕과 군사의 마음을 안심시키지 못하는 안타까움, 무엇보다 감문의 앞날에 드리운 짙은 먹구름을 본 것도 같기에 강인한 그녀의 눈에 눈물까지 맺히는 것이었다.

"괜찮습니다, 날은 장군과 상의해 내가 정하겠습니다."

"그렇더라도 어찌 하늘과 땅의 감응 없이……"

"염려 마세요, 지성이면 감천이라는 말도 있지 않습니까. 우리가 조심하며 최선을 다하면 하늘이 보살피실 겁니다."

안타깝지만 모든 것을 신의 뜻에 의존할 수만은 없었다. 신이 언제라도 곁에 있어 매사에 감응해 준다면 더없이 좋은 일이지만 신은 때로 얼음장보다 더 차갑고 냉정했다. 그러니 왕의 말씀대로 인간이 먼저 최선을 다해 하늘의 감응을 기다리는 것은 또 다른 길이기도 했다. 어쩌면 신은 그런 냉정함으로 인간의 교만과 욕심을 겸허와 성찰로 바꾸어 스스로 화평의 질서를 가꾸도록 함인지도 몰랐다. 그렇지만 신의 감응이 멀어지면 인간의 어리석음은 신의 부재로 인식해 더욱 교만하고 탐욕의 길로 들어설 수 있음이니 여차 파멸의 길이 될 수도 있었다.

장부인은 아물을 벌하려는 것은 결단코 교만이나 탐욕이 아닌 선의이니 그럴 리는 없으리라 믿으면서도 점점 두려움이 깊어졌다.

드디어 출전의 날이었다. 장마가 시작될 무렵이니 더는 미룰 수 없는 데다 무장들의 결의도 확고했기에 왕도 용기를 내 정한 날이었다.

선발된 군사는 30명이었고 원룡이 총군장수로, 호륵걸과 에트얼을 좌우 부장으로 삼았다. 원룡과 젊은 군사 9명이 중군으로 아물의 포박을 맡았고, 에트얼 등 8명의 우군은 원룡의 뒤를 받치기로 했으며, 호륵걸 등 12명의 군사는 좌군으로 중군과 우군이 무사히 배에 오를 때까지 추적군을 막기로 했다.

왕궁에서 아침상을 준비한다고 했지만 모두가 제 어머니와 아내가 차린 밥상에서 가족의 기운까지 더해 든든하게 배를 채우고 형솔을 위해 마련한 창고로 하나둘 모여들었다. 변변한 갑옷은 없었지만 그래도 엷은 칼날이라면 살갗을 지킬 수 있는 두터운 조끼를 덧입었고, 달음박

질치고 뒹굴 때 거치적거리지 않도록 허리며 소매며 바지춤 등을 단단히 묶었다.

모두가 모이자 호륵걸이 앞으로 나섰다.

"다들 아침은 든든히 먹었겠지?"

"예, 그저 잠깐 강을 건넜다가 오는 건데 마누라 얼굴이 얼마나 비장한지 하마터면 체할 뻔했습니다. 하하하."

"넌 혼례 치른 지 얼마 안 되는 신혼이니 그렇지. 속살 만져준 지 오래된 우리 마누라는 그저 밥만 고봉으로 퍼주더라, 하하하."

"그러게 말입니다. 강 건너기 전에 뒷간에 가 제대로 일부터 봐야겠습니다."

"저런 미련한 놈, 얼마나 그러넣었기에. 하하하!"

긴장하거나 기죽은 기색은 한 사람도 없이 모두가 펄펄 끓는 기백으로 자신감을 드러냈다. 호륵걸은 흐뭇했다. 농악을 빌미로 틈나는 대로 시켜둔 훈련의 결과였고 왕의 자애로움에 대한 답이었으니.

"자, 용기는 가상하다만 실전이니 한 치의 소홀함도 있어서는 안 된다! 장군이 오시면 세밀한 지시가 다시 있을 테니 그 전에 각자의 병장기를 철저히 점검하라!"

"예, 부장!"

호륵걸의 명에 따라 군사들은 칼, 창, 도끼 등 저마다의 무기를 내려 날은 벼리고 손잡이는 흔들리거나 빠지지 않도록 꼼꼼히 매만졌다.

사시(巳時: 오전 9시~11시)가 다 갈 무렵 왕을 알현한 원룡 장군이 창고로 왔다.

"해가 진 뒤인 술시(戌時: 오후 7시~9시)경 감천을 건넌다. 우리가 강을 건너면 세작으로 나가 있던 군사가 아물이 있는 곳으로 안내할 것이다.

중군이 그곳으로 잠입하는 동안 우군은 뒤를 따르며 다른 아포 군사를 경계하고, 좌군은 퇴로를 확보한다. 만약 도중에 발각되거나 차질이 생겨 아포 군사의 수가 많아지면 좌우군이 함께 대적하고 중군은 예정대로 아물에게 간다. 생포하여 감문으로 데려오는 것이 최선이지만 여의치 않을 경우 현장에서 목을 벤다. 또한 단 한 사람도 상하거나 목숨을 잃는 경우가 없어야 하겠지만 야밤의 기습에서 안전을 장담할 수만은 없다. 전장에서는 나 자신보다 동료를 먼저 생각하며 각 부장의 지휘를 따라야 피해를 최소화할 수 있다. 만약 상하는 자가 나오면 부장은 귀환을 책임져야 할 것이며, 혹여 목숨을 잃는 자가 나오면 일단 포기한다. 그렇지만 염려하지 말라. 수일 내로 반드시 그 시신을 수습해 후하게 장사 치르고 가족은 왕의 이름으로 보살필 것이다. 모두 숙지했는가!"

"예, 장군! 죽기를 두려워하지 않을 것입니다!"

"우르르 쾅……."

서쪽인지 남쪽인지에서 요란한 천둥소리가 밀려오고 있었다. 장마가 시작된 모양이었다.

"비가 내릴 모양이구먼."

"날이 너무 가물다 싶었는데 다행 아닌가."

군사들이 수군거리자 원룡은 더욱 태연하게 말했다.

"왕께서 술과 고기를 내린다 하셨다. 술은 돌아와서 마시도록 하고 모두 배를 든든히 채우며 해가 지기를 기다려라. 부장, 나는 왕궁에 다녀 올 것이니 군사들을 잘 챙겨 주십시오."

"염려 마시오."

원룡이 문을 열자 벌써 후드득 빗방울이 떨어지고 있었다.

하늘에 구멍이라도 난 모양이었다. 동이로 들이붓는 듯이 쏟아지는 비는 잠시도 쉬지 않았다. 채 한 시진이 지나지 않아 창고 바닥에 물이 흥건했고 집집마다 비 피해가 시작되더니 두 시진이 지나자 비는 그쳤지만 감문 전체가 물바다였다. 군사들은 모두 감천 둑으로 달려가 타고 건널 배를 끌어올려 물이 새는 곳이 없는지 점검했다. 다행히 배에는 아무런 이상이 없어 한숨을 돌리려는데 이번에는 수위(水位)가 문제였다.

사방이 산으로 둘러싸인 땅이었고 산천의 모든 물줄기는 감천으로 모여 있었다. 시시각각 물이 불어나더니 어느새 둑을 넘칠 듯 넘실거리는 데다 물살도 점점 거칠어졌다. 모두가 입 밖으로 말을 꺼내지는 않았지만 배를 띄우기는 어려울 것 같았다.

한순간 원룡과 호륵걸의 눈길이 마주 닿았다.

"까짓, 배를 띄웁시다."

"예, 아직 해가 지지 않았지만 지금 배를 띄워 물살을 타면 당초 예정보다 더 아래쪽에 닿더라도 건널 수는 있습니다. 그럼 남은 시간 동안 둑을 타고 약속 장소로 향하면 됩니다."

"맞소, 장군. 건넙시다."

두 장수는 그렇게 의기투합했지만 왕의 뜻은 달랐다.

"아니 된다. 선발된 장수와 군사들은 모두 우리 감문의 기둥이다. 설령 그대들의 생각대로 무사히 아물을 잡거나 죽인다 해도 돌아오려면 다시 배가 있는 곳까지 내려가야 할 텐데 결코 전원이 무사할 수는 없는 일 아닌가."

"설령 다소의 희생이 있더라도 지금 시행해야 합니다. 미루면 어떻게든 아포에도 소문이 들어갈 테고, 그리되면 아물의 교활함으로 보아

다시 도모하기 쉽지 않을 것입니다."

"그렇더라도 경계하는 그들의 피로 또한 클 테니 오래가지는 못할 것이다. 장군, 나는 그대들 어느 누구 한 사람도 잃을 수 없다. 불가하다."

왕의 뜻도 완고했지만 그 사이 불어난 물은 금방이라도 군데군데 둑을 터트릴 기세였다. 결국 그들 군사가 앞장서 둑이 터지지 않도록 경계하고 보강하는 일에 나서니 아물을 도모하려던 계획은 기약 없이 미뤄지고 말았다.

시장이 가져온 새바람

"배가 들어온다!"

장마로 인한 거친 물살이 가라앉자 감천의 풍부해진 수량을 타고 소금 등을 실어오던 나룻배와는 견줄 수 없는 번듯한 배 두 척이 강을 거슬러 올라오고 있었다. 뱃전에는 새로 만든 듯 말끔한 깃발이 펄럭이고 있었는데 그 가운데에 '형솔'이라는 글자가 있었다.

배가 들어온다는 소식을 듣고 단걸음에 빗내 나루로 달려온 금효왕의 입가에는 함박웃음이 가득 피어올랐다.

"오는구면, 정말로 오는구면. 허허, 형솔이라는 그 상인이 약속을 지켰어."

강둑에 배가 닿자 작은 포구가 무색해지도록 온갖 진귀한 물건들이 쏟아져 나왔다. 형형색색의 매끄러운 비단이며 포목, 서쪽 바다 건너 대륙에서 건너온 어여쁜 장신구들, 여자들을 위한 꽃신, 남자들 가죽신, 감문 일원에서는 나지 않는 말린 약재, 윤기 나는 다양한 도기(陶器)와 목기(木器)…… 무엇보다 먹을거리가 많았는데 차(茶)와 함께 내륙에서는 접하지 못하는 바닷고기가 관심을 끌었다. 그것은 민물고기와는 다른 비린내였고 모두 소금에 절여져 있었다.

"이쪽은 바다에서 나는 생선을 소금에 절인 것들입니다. 요즘처럼 무더운 여름에는 소금에 절여도 아주 오래 보관하지는 못 합니다만 이것들은 그저께 출항하기 전, 갓 잡아온 싱싱한 것들을 절였으니 응달에 두면 열흘쯤은 탈없이 먹을 수 있을 겁니다. 가을이 와 날이 선선해지면 더 오래 보관할 수 있으니 그때는 물량을 늘릴 계획입니다."

"그렇구나, 그런데 저기 나무둥치만 한 것도 바닷고기냐?"

"예, 저것은 상어라는 놈입니다. 이빨이 아주 날카롭고 사납기는 합니다만 육질이 단단하고 기름기가 많아 사람의 몸에 이롭습니다. 겨울에 소금을 뿌려 얼려 두면 봄까지도 먹을 수 있으니 그 무렵 부족한 영양을 보충하는 데 요긴할 것입니다."

"좋구나. 이 같은 산골에서는 겨울에 그저 말린 나물이 찬거리이고 토끼나 꿩 같은 것이 아니면 고기를 구하기 어려운데 말이다. 사냥은 또 어디 말처럼 쉬운가, 하하하,"

왕은 백성들의 기름진 밥상을 생각하니 기분이 좋아져 연신 너털웃음을 터트렸다. 형솔은 그런 왕의 태도를 세심하게 살피며 설명을 계속했다.

"그리고 저쪽 항아리 안의 것은 서쪽 백제의 바닷가 사람들이 만든 것인데 작은 새우나 생선의 내장 따위를 소금에 절여 발효시킨 것으로 한여름에도 상하지 않아 사시사철 찬으로 삼을 수도 있고 여러 음식에 양념이 되기도 합니다."

"생선 내장을 말이냐?"

"예, 본디 바닷물에는 소금기가 있는지라 거기서 자란 물고기와 민물고기의 다른 점인지도 모르겠습니다."

"바다라는 것이 끝이 보이지 않는다고 듣기는 했지만 정말 기이하구나. 저기 상어라는 놈처럼 큰 생선이라면 수십 사람이 먹을 수 있겠고 말이다."

"그보다 더 큰, 집채만 한 고래라는 놈도 있는데 그것은 날이 선선해지면 가져오겠습니다. 아, 그리고 지금 저기 내리고 있는 항아리의 것은 사로에서 구입한 돼지고기를 소금에 절인 것입니다."

"돼지를 말이냐?"

"예, 사로도 여름에는 날이 더우니 왕실에서 돼지를 잡으면 당일 사용하고 남은 것은 소금에 절여 서늘한 곳에 두고 오래 먹는데 '해'(醢)라고 합니다. 어디 돼지뿐이겠습니까."

"사로가 부유하다더니 왕실의 사치가 대단한 모양이구나."

노여운 듯 낯빛까지 붉어지는 금효왕의 그것은 분명 비난이었다.

"그렇지 않습니다."

"어찌 아니라는 것이냐. 돼지를 잡으면 백성들과 나누면 될 것을 소금에 절여서까지 왕실에서만 먹는다면 백성들의 삶은 어찌 되겠느냐."

형솔은 흐뭇한 웃음을 지었다. 지난 농악 경연 뒤의 잔치 때 왕은 백성들에게도 고기가 골고루 돌아가는지 세심히 살폈었다. 형솔의 마음에 변화가 인 것도 그런 왕의 자애로움 때문이었다.

"아무래도 왕실의 찬간(饌間)에서는 음식에 많은 신경을 쓸 수밖에 없는 일이지요. 그렇지만 왕실의 조리법은 오래지 않아 백성들에게 전해지니 그들도 따라 하여 먹을거리가 다양해지고, 또한 민간에서 만든 음식이 그럴듯하면 왕실에 진상하기도 하니 왕실만의 사치가 아니라

만백성의 풍성함이 되는 것입니다."

왕은 의아한 눈빛이었다.

"민간의 백성도 같은 음식을 먹는다는 말이냐?"

"예, 왕실에서 해로 만드는 방법을 찾아내니 백성들도 따라 해 오래 보관하며 상시 먹게 되는 것이 아니겠습니까. 혹은 민간에서 찾아내 왕실이 따라 하는 것도 있고요."

"그렇게 모든 것이 풍족하다는 말이냐?"

"항상 풍족하다 말할 수는 없겠지요. 하지만 같은 양의 생산을 하더라도 오래 보관할 수 있으면 그만큼 지속되는 것이라 할 수 있지 않겠습니까. 또한 그에 따른 강건함과 기운은 더욱 생산에 힘을 기울이게도 할 것이고요. 더불어 남는 물건을 시장에서 거래하다 보면 생산도 점점 늘어나 더욱 풍성하게 되는 것이고요."

말로는 들은 적이 있었지만 실제 진귀한 물품들의 풍성한 모습을 두 눈으로 보자 왕은 정신이 번쩍 들고 가슴이 벅찼다.

"오! 내 오늘 너와 밤을 새우며 이야기를 나누고 싶구나. 그런데 이 많은 물건들을 언제 누구에게 다 판다는 말이냐, 그게 걱정이구나."

"걱정 놓으십시오. 상하지 않는 물건은 창고에 보관하며 천천히 팔고, 상할 만한 물건들은 우선으로 거래하면 됩니다."

"글쎄, 그렇기는 하지만 감문 백성들에게 무엇이 있어 저것들을 살 수 있겠느냐. 그저 바라보며 속만 태우게 될 테지……."

왕은 진정으로 안타까웠다. 이미 대륙에서는 화폐가 통용되고 있었지만 삼한에서는 곡물이나 포목 등을 거래의 수단으로 삼고 있었다. 그러니 이제 배곯음이나 면한 형편에 쌓아둔 곡물이 있을 리 없었고, 포목 또한 같은 형편이었으니 모든 것이 그림의 떡에 불과한

것이었다.

"염려 마십시오. 곡물이나 생선이나 같은 먹을거리이니 바꾸려 할 것이고, 비단이나 장신구 등은 인근 소국의 군주들이 먼저 구하러 올 겁니다."

형솔의 장담에 왕은 고개를 갸웃거렸다.

"그리고 앞으로 창고를 지키며 장사를 주관할 제 식구를 인사시키겠습니다. 무실!"

형솔이 소리치자 하역을 주관하고 있던 청년 하나가 재빠르게 달려왔다.

"감문국의 금효왕이시다, 인사 올려라."

"소생 무실이라 합니다!"

"그래, 장사는 오래하였느냐?"

"어릴 적부터 배를 타고 여러 나라를 다니며 장사를 해온 녀석입니다. 제가 없을 때는 이놈에게 무엇이든 하명하십시오."

왕은 흡족한 낯빛으로 고개를 끄덕였다.

공주 소명에게 형솔의 전갈이 온 것은 정오가 다가올 무렵이었다. 연당에서 기다리고 있다는 것이었다. 지난밤 왕께서 총신 등과 더불어 그와 늦도록 이야기꽃을 피웠다는 것은 공주도 알고 있었다. 그렇더라도 이처럼 자신에게 불쑥 전갈을 넣는다는 것이 한편 뜨악했지만 싫은 마음보다는 전날의 기억이 새로웠다.

초면에 그것도 공주라는 신분을 알고서도 스스럼없이 말을 건네던 감문에서는 보지 못한 당당함. 그날 설핏 낯을 붉혔던 기억도 떠올랐다. 예쁜 빛깔의 물고기라는 말에 염치없이 불쑥 말하고서 낯이 뜨겁지 않았던가. 그래도 소명은 혹시 하는 마음에 서둘러 침소를 나섰다.

연당 연못에는 이제 연꽃이 꽃잎을 활짝 벌려 그 고아함으로 사람들의 마음을 기쁘고 경건하게 했다. 형솔은 그 만개한 연꽃 밭에 무연한 눈길을 둔 채 생각에 잠겨 있는 듯 보였다. 가까이 다가간 소명이 인기척을 내자 형솔은 흠칫 놀라는 기색으로 고개를 돌렸다.

"아, 공주님."

"떨어져 기다릴 것을, 방해가 된 것 같습니다."

"아닙니다, 연꽃에 취해 있었습니다. 오랜만에 뵙습니다."

"예, 오셨다는 말씀은 들었습니다. 그런데 저는 무슨 일로……?"

"하하, 약속한 바가 있지 않습니까."

"예, 무슨……?"

소명이 모르는 척 시침을 떼자 형솔은 멀찍이 떨어져 있는 무실을 불렀다.

"가져 오거라."

무실과 짐꾼이 아름드리 항아리 두 개를 들고 오자 형솔은 뚜껑을 열고 소명을 돌아보았다.

"이리 오셔서 보십시오. 말씀드렸던 색깔 예쁜 물고기입니다."

항아리 안을 들여다 본 소명의 두 눈이 휘둥그레졌다. 정말로 색깔 있는 물고기였다, 빨강, 노랑, 하양, 금빛이 두 가지 혹은 세 가지씩 섞인 생전 들어 본 적조차 없는 신기하고 어여쁜. 어떤 것은 팔뚝만 하고, 아직 다 자라지 않은 것은 손바닥만 하기도 한…….

"세상에! 세상에 이런 물고기가 다 있었습니까?"

펄쩍펄쩍 뛰기라도 할 것 같은 공주의 모습에 형솔도 함박웃음을 터트렸다.

"하하하, 눈으로 보고 계시지 않습니까. 손으로 만져도 사라지지 않고, 하늘에서 뚝 떨어진 것도 아닙니다."

"고맙습니다, 정말 고맙습니다. 그런데 이걸 어떻게 기르죠?"

"그냥 이 연당에 넣어두면 저절로 잘 자랄 겁니다. 연꽃이 가득 핀 연못은 영양이 풍부해 물고기가 자라기에 아주 좋습니다."

"겨울에는 어떡하죠, 혹시 얼어 죽지는 않을까요?"

"염려 마십시오. 이 정도 깊이의 연못이면 한겨울에도 밑바닥까지 꽁꽁 얼지는 않을 테니 다시 봄을 맞을 수 있을 겁니다."

무실과 짐꾼이 항아리에서 물고기를 꺼내 한 마리씩 연못에 풀어놓자 소명은 연신 감탄을 터트렸다. 초록색 연잎과 긴 꽃줄기에 매달린 빨강, 분홍, 하양, 노랑 등의 연꽃과 같은 빛깔의 물고기는 마치 처음부터 그곳에서 어울려 살았던 것처럼 낯설지 않다. 연꽃의 소담함과 손바닥 크기를 넘는 물고기, 문득 어느 것이 꽃이고 물고기인지 헷갈리기도 하니 과연 그대로 천생의 짝이라 할 만한 조화였다.

"우리 연당이 천상의 그것이 된 것 같습니다."

"공주님이 그처럼 말씀하시니 저는 그저 기쁘고 행복할 따름입니다."

"이 고마움을 무엇으로 갚죠?"

"이처럼 작은 것에 무슨 보답을 말씀하십니까."

"아닙니다. 저만 기쁜 것이 아니라 부왕과 어머니, 우리 감문의 백성 모두가 놀라고 기뻐할 텐데요."

"하하, 그러시면 언제 달구경이나 함께 하시지요."

"예에……?"

놀란 듯 부끄러운 듯 소명은 두 눈이 휘둥그레지며 양볼이 금세 발그스름하게 달아올랐다.

"아까 오후에 형솔이라는 상인이 여러 빛깔의 물고기들을 가져와 연당에 넣어주었습니다. 한번 가 보십시오. 어찌나 예쁜지 저도 발길을 돌리기 싫을 지경이었습니다."

"그러냐? 그 상인의 마음씀씀이가 참으로 자상한 모양이구나. 얼마나 예쁜지 내일이라도 날이 밝으면 함께 가보자꾸나."

어린 딸의 들뜬 모습에 장부인은 그저 흐뭇했으나 금효왕은 한편 걱정하는 마음이 일었다.

"번성하다는 것이 좋은 일이기는 하다만 그것에 사람의 마음까지 휘둘려서는 아니 될 일이다. 본디 사람은 좋은 것을 알게 되면 금방 그보다 더 좋은 것을 원하게 되니 욕심은 바로 거기에서 비롯된다. 그러니 흡족하면 할수록 경계하여 마음을 다스려야 할 것이다."

시장을 크게 열어 나라의 번성을 기하려는 왕이 딸에게 경계를 말하는 것은 얼핏 앞뒤가 맞지 않는 말장난도 같았다. 그러나 장부인은 왕의 그 마음을 알았으니 나라의 번성을 꾀하는 것은 백성의 삶을 윤택하게 하려는 뜻이지 왕실을 비롯한 가진 자들의 사치가 되게 하려는 것이 아니었다. 사치는 사치로서 그 자신을 비롯한 나라까지 망치게 하는 일이기도 하지만 그에 앞서 사치의 욕망이 일면 번성이 백성에게 미치지 않는 것에 그치지 않고 오히려 그들이 가진 것마저 빼앗는 수탈이 될 수도 있었기에 스스로 먼저 경계하는 것이었다.

"연당은 왕실의 연못이지만 또한 감문 백성 모두의 연못이기도 하지 않습니까. 저 혼자의 기쁨이면 사치라 할 수 있지만 부왕의 백성 모두의 기쁨이니 사치라 여기지 말아 주십시오."

제법 의연한 공주의 말에 장부인이 거들고 나섰다.

"예, 형솔이라는 상인이 어떤 뜻이었는지 모르지만 공주의 말에 일리가 있습니다."

"그렇기도 합니다. 헌데 형솔이 공주에게 지극한 것이 고맙기는 하지만 염려도 됩니다. 어서 공주의 혼사를 서둘러야겠습니다."

"아버님, 갑자기 왜 또 혼사를 거론하십니까. 저는 아직 혼사에는 생각이 없습니다."

이번에도 소명은 여지없이 제 뜻을 밝히고 나섰다. 왕은 노기가 일었지만 서두르면 어린 딸의 마음이 더욱 닫힐 것도 같아 목소리를 누그러트렸다.

"네 나이 이미 열다섯을 넘지 않았느냐. 더군다나 나라의 기둥인 원룡 장군이 이미 혼기를 넘긴 지 오래이니 마땅히 서둘러야지."

"아버님, 저는 장군과의 혼례는 싫다고 이미 말씀드렸습니다."

"어허, 나라의 혼사에 어찌 싫다 좋다 말하느냐."

"그래도 저는 싫습니다. 절대 장군에게 시집가지 않을 겁니다."

기어이 소명이 자리를 박차고 뛰쳐나가자 왕은 노기에 앞서 말문부터 막혔다. 언제나 고분고분하고 목소리조차 높이지 않던 공주였다. 도대체 마음속에 무엇이 찾아들었기에 갑작스레 이리 변한 것인지…….

"혹시 공주가 다른 사람을 마음에 품은 것은 아닌지 모르겠습니다."

"그럴 리가요."

그러나 장부인은 자신이 없었다. 아무도, 그녀 자신조차 알아채지 못했지만 새바람이 불고 있는 것이었다. 배를 타고 들어온 물건들, 언젠가 얼핏 들어본 것 같기는 하지만 직접 보지 못했던 그것들은 그녀에게조차 경이로움이었다. 모두가 탄성을 터트리며 좋아하니 당연한 일인 줄 무심히 여겼지만 사람들 마음속에는 새바람이 일으킨 다른 꿈이 일렁거리게 된 것이었다. 더군다나 아직 성숙하지 못하고 여린 마음의 공주라면 뚜렷하지 않은, 아니 오히려 뚜렷하지 않아서 더욱 동경하게 될 수도 있는 일이었다. 그리고 그 동경의 간절함은 억누름에 대한 반발의 용기도 불러일으킬 테고…….

부국(富國)의 길

정말 사람이 몰려들기 시작했다. 배가 들어오고, 진귀한 물건들이 그득하다는 소문이 번져나가자 감문 사람들뿐 아니라 인근 소국에서도 발길이 몰려 시장은 그야말로 문전성시였다. 형솔의 말대로 과연 사람들은 다른 곡물이며, 채소, 닭, 오리 등 사고팔 수 있는 것이면 무엇이건 들고 나왔다. 자연스레 배로 실어온 진귀한 물건뿐 아니라 온갖 물건들이 그득히 쌓였고, 여기저기에서 거래가 이루어지니 모두의 얼굴에 활기가 가득했다.

희한했다. 모두가 넉넉지 않은 형편이니 시장에서 제대로 거래가 이루어질까 하던 염려는 그야말로 기우였다. 어디에 감추어 두지는 않았을 것이 분명한데도 온갖 물품이 쏟아지듯 나왔다. 물론 다른 소국의 군주나 나름 재력을 가진 토호들이 비단이며 장신구 등 배로 들여온 물건을 거래하며 시장을 주도했지만 그저 구경이나 하려니 생각했던 이들도 저들끼리 작은 거래나마 이루고 있었다.

"아니, 저기 비단을 무더기로 사고 있는 자들은 어디에서 온 건가?"

"아마 어모 군주가 보낸 자들이라지."

"뭐, 어모 같은 나라의 군주에게도 저만한 재물이 있었어?"

"어쨌거나 군주 아닌가."

"허, 백성들의 주리를 틀었겠군."

"앞으로가 더 문제지. 비단에 눈이 뒤집어지면 다음에는 금은 장신구에 혼이 뺏기지 않겠나. 그러면 백성들을 더 쥐어짜야 할 테고."

"그럼 우리 왕실이 제일 가난한 거야? 우리 감문이 주변에서는 제일 강한 나란데?"

"그 덕분에 백성들이 배곯지 않는 건데 감사해야지, 가난이라니 무슨 소리야!"

"누가 그걸 모르나. 저치들이 하도 한심해 보여서 하는 소리지."

"군주라는 자가 저 모양이면 백성들도 따라 하다가 모두 거덜이 나고 말겠는걸."

"그러게 우리 감문 백성들은 그러지 말아야 할 텐데……."

번성한 시장이 못마땅한 그들은 무장이었다. 아끼고 모아서 나라의 힘을 키워도 모자랄 터에 소비와 사치의 헛바람이 들까 염려하는 것이었다.

"허허, 괜한 염려들을 하는구나."

불쑥 나타난 금효왕의 모습에 무장들은 허리를 굽혔다. 시장이 활기를 띠자 왕은 하루 한 번은 직접 들러 돌아가는 바를 꼼꼼히 살피고 있었다.

"저 보아라. 가진 자들이 사치품을 사려고 곡물과 포목을 가져오니 백성들은 채소라도 가져와 곡물과 포목을 구하지 않느냐. 그뿐이냐. 저기 가난한 백성들은 주로 씨앗이며 가축의 새끼를 사지 않느냐. 팔 수 있는 시장이 있으니 채소와 가축을 더 열심히 길러 내다 팔 요량일 것이다. 그렇게 팔고 사는 일이 지속되면 사는 형편은 점점 나아질 것이니 그것이 곧 나라의 힘이 아니겠느냐."

"예, 왕의 말씀을 듣고 보니 그런 것도 같습니다."

"그래, 너희도 저기 주막에 가서 국밥을 한번 먹어 보거라. 지금까지 먹던 것과는 비교할 수 없는 맛일 테니."

"배가 들어오는 날 먹어보았는데 이전과 다르지 않던 것을요."

"그래, 첫날에는 그랬지. 하지만 그다음 날이 다르고 또 그다음 날이 다르더니 이제는 아주 맛나더구나. 아마 첫날에는 몇 그릇 팔리지 않을 것으로 생각해 만들던 대로 만들었겠지만 사람들이 많아 금방 팔아치우게 되자 점점 정성을 기울이고, 맛이 좋아지니 찾는 사람이 더욱 많아지는 효과의 중첩인 듯싶더구나. 그게 바로 시장의 힘인 것이다."

왕의 눈에는 부국(富國)이 보였다. 진작 이런 생각을 했더라면 다른 강한 나라의 눈치를 보며 전전긍긍하지는 않았을 텐데 하는 아쉬움도 깊었다. 그렇지만 이제라도 늦지 않았다는 각오로 사치와 낭비를 삼가며 부를 쌓으면 머지않아 그리되리라 생각도 했다.

아물로부터 아포를 치려다 중단된 감문의 움직임을 들은 형솔은 잠시 생각을 정리했다. 어쨌거나 왕의 명이 있기는 했겠지만 직접 주도하지는 않았을 것이고 장수들의 강력한 주장이 있었을 것이었다. 이제 시장의 성과가 보이기 시작했으나 금효왕은 그로부터 파생된 부를 당장 군사적 힘을 기르는 데 사용할 생각은 하지 않을 성품이었다. 그렇지만 장수들은 그 반대일 것이고 왕의 반대에도 멈추려 들지 않을 테니 큰 그림에서의 대비가 필요했다.

사로로서는 호시탐탐 기회를 엿보는 백제로부터 북쪽 국경을 안정시키기 위해서는 감문과 인근 소국을 병합해야 하는 것은 불가피한 일이었다. 물론 군사를 동원하면 당장이라도 어렵지 않은 일이지만 그 후가 문제였다. 힘으로 병합하면 그 갈등의 골을 백제가 파고들 수 있었고 다른 소국들은 사로에 대한 경계심을 높이게 될 것이었다. 특히 지금 우호 관계를 유지하고 있는 가락 6국이 마음을 돌려 백제와 협력하게 된다면 감당하기 어려울 수도 있었다. 그렇더라도 병합을 위해서는 어차피 군사를 일으키기는 해야 했다. 그러나 가능한 피를 줄여야 하고 불가피한 경우라면 다른 손을 빌리는 것이 옳을 일이었다. 또한 일정 부분 감문의 장수들을 자극해 부에 들뜬 백성들과 사이를 벌리는 것도 필요할 듯싶었다.

"장군, 어찌하면 좋겠습니까? 당장은 군사들로 경계를 강화하고 있지만 감문이 대병을 일으키면 현재 우리 아포의 군사력으로는 감당하기 어렵습니다."

그날 이후 강화한 경계로 군사들의 피로도 누적되고 있었으니 아물은 속이 탔다.

"북쪽 국경을 경계하는 사로의 군사들이 협력을 요청한다고 소문을 내."

"사로 군사를 보내주실 겁니까?"

"실제 군사를 상주시켜서는 감문 등의 경계가 높아질 테니 그리하지는 않을 것이다. 하지만 정기적으로 국경 순찰 군사가 들르도록 할 테니 그것만으로도 감문이 아포를 도모하려 나서지는 못 할 것이다."

"그럼 감문은 언제 치시는 겁니까, 장군."

아물이 성급한 속내를 드러냈지만 형솔은 냉정했다.

"그건 내가 알 수 있는 일도 아니지만 알아도 함부로 발설할 수는 없는 일이다."

아물은 서운했지만 힘이 없는 자가 내색할 수는 없는 노릇이었다.

"그럼 저희는 어떻게 해야 합니까?"

"정예병을 길러."

"그건 지금도 하고 있는 일입니다."

"백성 전부를 정예병으로 만들겠다는 건 어리석고 불가능한 욕심이야. 자질이 되는 군사만 선발해서 집중적으로 훈련시켜. 그들이 선봉군으로서 역할만 잘하면 자네의 공로는 충분할 테니."

"공로라시면……?"

"우리 사로는 병합한 소국에 관리를 파견해 직접 다스리기도 하지만 현지에서 마땅한 사람을 골라서 맡기기도 한다. 물론 그 판단은 대장군께서 하실 일이지만."

아물은 귀가 솔깃했다.

"그거야 장군님께서 이 지역 일을 잘 아시니……."

"아무튼 나는 감문에 들렀다가 곧 사로로 갈 것이다. 다녀와서 다시 보도록 하자."

형솔을 배웅한 아물은 속웃음을 지었다. 강한 군사력에 정예군이 필요하다는 것은 미처 생각하지 못한 부분이었다. 또한 사로가 필요로 하는 정예군이니 그에 대한 지원도 받을 수 있을 것이었다. 그렇다고 아포 백성의 군사화를 멈출 생각은 없었다. 정예군이 선봉군으로서의 역할을 잘해내 관리권을 넘겨받을 수 있다면 군사화된 아포의 백성으로 감문을 비롯한 인근 소국을 완전하게 장악할 수 있을 것이

166

니 말이다.

백성은 억누르면 복종하게 되어 있다. 더군다나 나약한 군주 아래에서 나태한 백성일수록 두려움의 효과는 더욱 클 터이니 단련된 아포의 백성으로 감시하며 군사로 만들 수 있었다. 그런다고 감히 사로에 직접 대적하지는 못 하겠지만 가락과 연맹을 맺으면 직접적인 군사적 위협은 피할 수 있을 것이었다. 가락과의 연맹이 여의치 않으면 백제와 손을 잡을 수도 있었다. 사로와 대적하는 그들이니 한동안 안전할 것이고 그사이 군사력을 더욱 키운다면 독립적인 나라를 만들고 왕이 되는 것도 가능할 일이었다. 오랫동안 꾸어 온 꿈이었다.

"아포의 움직임이 수상합니다. 사로의 국경 순찰군이 아포를 주둔지로 삼겠다는 소문이 파다합니다."

"뭐야! 이놈들이 사로의 앞잡이가 된 거야?"

세작의 보고에 호륵걸은 핏대부터 세웠지만 원룡은 침착했다.

"오직 소문이냐?"

"아닙니다. 실제 국경 순찰 군사들이 정기적으로 아포에 들르고 있고, 사로에서 비밀리에 장군이 다녀갔다는 소문도 있는데 직접 확인하지는 못 했지만 그것도 사실인 것 같았습니다."

"이런 개자식들! 그때 쳤어야 했는데, 아니지 지금 당장이라도 군사를 일으켜 칩시다! 아포가 사로의 발판이 된다면 우리 감문은 위험을 코앞에 두는 일이오!"

"부장, 모르는 바는 아닙니다만 아포와의 일에 사로가 개입할 빌미를 주게 됩니다. 왕께서도 허락하지 않으실 테고요."

"장부인께서 나서시도록 해야지요!"

"장부인을 모르십니까. 누구보다 냉정하고 치밀하신 분입니다. 절대 부장의 생각에 동의하지 않으실 겁니다."

"젠장!"

우려했던 일이었다. 그렇지만 사실이라면 이제 아포를 치는 것은 가능치 않은 일이 되었다. 침착해야 했다. 원룡은 왕에게 보고를 올리기 전 대책을 마련하는 것이 우선이라 생각했다.

"다른 소국들에 다시 세작을 보내야겠습니다."

"아니, 지금 아포가 문제를 일으켰는데 다른 소국을 왜 정탐한다는 것이오?"

"냉정하게 생각하십시오, 부장. 아무리 아포가 괘씸해도 사로가 개입한다면 대적은 불가능하고 감분은 사라지게 됩니다."

"설령 그렇더라도 무장으로서 죽음을 불사해야지요!"

"죽는 건 쉽습니다. 그렇지만 왕과 장부인, 나라는 지켜야 하지 않습니까."

"그렇다고 다른 소국을 정탐하는 것과 나라를 지키는 것이 무슨 상관이란 것이오?"

"조금이라도 힘을 키워야 합니다. 그들을 모두 병합하지는 못 하더라도 우리를 따르도록 만들어야 합니다."

"그러니까 어떻게 말이오?"

"빗내에 시장이 열린 뒤 주변이 모두 들썩이고 있습니다. 어쩌면 자신들도 시장을 열겠다고 나서는 소국이 있을 지도 모릅니다. 그렇게 중구난방이 되면 서로 경쟁하게 되고, 그런 경쟁의 갈등은 힘이 갈라지는 것이 되니 강한 나라의 먹잇감이 되기 십상입니다. 어쩔 수 없지만 빌미를 잡아 어느 한 나라는 군사로 응징하는 힘을 보여야 합

니다."

"그거 좋군. 실제적인 무력을 목격하면 다른 놈들은 저절로 머리를
숙일 테고, 그러면 감문이 주동이 되어 한 힘으로 모을 수 있다, 그런 말
씀인 것이지요?"

"그렇습니다, 부장."

"좋소이다. 당장 왕께 보고를 올립시다."

"아닙니다. 일단 장부인과만 상의하고 왕께는 정탐이 끝난 다음 보
고합시다."

"그건 또 왜요?"

"왕의 성품에 빌미를 잡으려는 정탐은 내키지 않아 하실 것이고, 아
포의 일을 아시면 두려워하시며 사신을 보내려 하실 텐데 그렇게 되면
기회를 아주 잃을 수 있습니다."

호륵걸이 고개를 끄덕였지만 원룡은 여전히 눈앞이 아득했다.

언젠가는 닥쳐올 일이라는 생각을 거둔 적이 없었다. 서쪽 대륙에서
는 끝이 보이지 않는 땅을 하나로 통일하고도 다시 갈라지고 또 하나가
되려는 전쟁이 끊이지 않는다고 들었다. 이 땅이라고 그런 일이 벌어지
지 않을 리 없다. 아니, 점점 목전의 일이 되고 있다.

진작 탁월한 군주가 있어 백성에게 꿈을 심어주고 하나로 뭉쳐 주변
국을 복속시켜 나갔더라면 백제와 사로에 미치지 못할 리 없었고, 그랬
더라면 외교도 힘이 될 수 있었을 터인데 이제는 말만 외교이지 비루한
사정과 눈치나 보는 꼴이었다. 그렇다고 선량한 금효왕을 원망하는 마
음은 조금도 없었다. 세상 무엇보다 백성을 가장 먼저 생각하는 자애로
운 마음은 진정한 군주의 자격이라 할 것이었다. 다만 시대가 그 선량
함을 무능으로 몰아가니 안타깝고, 왕과 나라를 보존하는 데 목숨을 걸

리라는 비장한 결의만 더욱 다질 뿐.

어차피 달리 길도 없기도 했다. 사로의 편이 되건 백제의 편이 되건, 어차피 대치하는 그들 전쟁의 최전선이 될 뿐이겠지만 그래도 나라의 힘이 조금이라도 크면 그만큼 버티고 나은 조건으로 왕실을 보존할 수 있을 테니 최선을 다할밖에.

소문

뵙고 싶다는 청에 공주는 해가 진 다음 왕궁과 떨어진 감천 둑 근처에서 만나겠다는 전갈을 보내왔다.

밤하늘 가득 촘촘히 박힌 별들은 보석이라도 흩뿌려 놓은 듯 영롱했고, 그 아래 세상일은 아무것도 모르겠다고 시침이라도 떼는 듯 무연한 달빛은 교교했다. 감천의 강물은 어린아이의 자박 걸음처럼 뒤뚱거리며 흐르니 그 소리는 부드럽고 감미로웠다.

공주를 기다리며 뒷짐을 진 채 둑 위를 거니는 형솔의 눈길에 초점이 없었다. 무슨 생각인지 점점 자신이 불안했다. 당초 계획에 여인은 있을 리 없었다. 그런데 어느 결에 끼어든 여인은 점점 그 자리를 넓혀가고 있었으니 참으로 무서운 마음의 조화였다.

사로의 여인과는 다른 맑은 순수 같은 것에 마음이 두근거리기는 했지만 그리움이 되리라고는 생각하지 못했다. 사로에서 배에 실을 물건을 준비하면서도 까닭 없이 서둘러졌는데 잠시 아포에 머물며 마침내 그리움이라는 것을 알게 되었다. 연모하는 마음 역시 지나가는 바람이 아니라 이미 가슴 깊이 박힌 화살같이 되었으니 그것을 빼낸다면 고통 끝의 죽음이나 될 것 같았다. 어쩌다 이 지경이 되었는지, 어떻게 해야 사로의 장수로서 나라에 해가 되지 않으며 자신을 지킬 수 있을지 아득했다.

등불을 든 시녀를 앞세운 공주의 모습이 보이자 형솔은 저도 모르게 후다닥 둑 아래로 뛰어 내려갔다.

"공주님, 밤길에 왜 이곳까지 나오라 하셨습니까?"

"아무래도 사람들의 보는 눈이……."

말끝을 흐리는 공주의 수줍어하는 낯빛이 어둠 속에서도 보이는 것 같았다.

"아……."

형솔도 말끝을 흐리며 얼굴이 달아오르는 것을 느꼈다.

"꽃님은 좀 떨어져 있어라."

소명의 말에 꽃님이 물러나자 형솔이 말을 꺼냈다.

"이제 또 남쪽 나라로 장사를 떠나야 하기에 몇 말씀 여쭐 것도 있고 해서 뵙자고 했습니다."

"예, 언제 떠나시는데요?"

"이삼일 뒤에 떠나게 될 것 같습니다."

"이번 장사에서 이익은 좀 보셨습니까?"

"허허, 매번 이익을 보려는 마음으로는 큰 장사를 할 수 없는 일이기에 일일이 따져 보지 않았습니다."

"그래도 손해를 보시면 안 되는 일이잖습니까."

"당장 이익을 챙겨 가는 것이 아닐 뿐 거래한 다른 물건들은 여기서 또 거래될 것이니 손해라 할 수는 없는 일입니다. 자본은 넉넉하니 다음에는 어떤 물건을 가져올까 고민 중입니다, 하하."

어색한 웃음을 끝으로 더 주고받을 말이 없었다. 상인과 공주. 색깔 물고기를 가져다 준 것은 호의이기는 했지만 왕궁의 연당이었으니 상인의 그것이라 할 수 있었다. 서로의 마음에 파문이 일었다 해도 그에 대해 서로가 말 한 마디 나눈 바 없으니 시작을 하면 몰라도 이을 말은 없었다. 형솔은 엉겁결에 한 '여쭐 말씀' 생각을 했다.

"왕은 어떤 분이십니까?"

"예? 그건 무슨 뜻인지요?"

"장사를 하러 여러 나라를 다녔습니다만 어떤 왕보다도 자애로우신 것 같아서 여쭙는 겁니다."

"그럼요. 아버님뿐 아니라 할아버님도 아주 자비로우셨다, 들었습니다. 비록 넓은 땅은 아니지만 아주 오랜 옛날부터 모여 살아온 터라 감문 사람들에게 배타적인 면이 있었던 것이 사실입니다. 그러나 할아버님께서 우리라고 어느 날 하늘에서 뚝 떨어져 이곳에 살게 된 것이 아니라 어딘가에서 흘러왔을 것이니 뒤늦게 찾아오는 사람 역시 우리가 아주 오래전 살았던 곳에서 온 것일 수 있다며 모두 아끼고 사랑하라 하셨답니다. 그때부터 누구라도 이 땅에서 살기를 원하면 개간할 땅을 내주고 첫 수확을 할 때까지 나라에서 보살폈습니다. 처음에는 자신들도 먹고살기 힘든데, 하며 거북해하던 사람들도 그들이 수확해 고마움의 뜻으로 이웃에 성의를 표하자 점점 하나가 되었고 이제는 모두가 왕의 뜻에 마음으로 따릅니다."

"홍수나 가뭄 같은 재해 때는 어떻게 합니까?"

"평소 나라 곳간을 채워두었다가 그걸로 최소한 굶어 죽는 일은 없도록 하니 백성들은 더욱 나라를 믿게 됩니다."

"그것이 여간한 마음으로는 안 되는 일일 텐데요."

"물론입니다. 그래서 왕께서는 사치를 멀리하고 검소와 절약을 앞서 실천하시며 백성 한 사람 한 사람을 일일이 살피려 애쓰십니다. 이번에도 시장에 나온 곡물을 상당량 사들였고 좋은 씨앗도 구매하였는데 그것은 아마 내년 봄에 백성들을 보살피고 나누어 심게 할 요량이실 것입니다."

"백성들의 살림과 농사를 나라에서 미리 준비한다는 것이군요."

"예, 그렇습니다."

"다 좋은데 그럼 군사는 어떻게 합니까?"

"20여 년 전쯤 저 멀리 북쪽에서 말을 타고 온 사람들이 있는데 모두 매우 용맹합니다. 그들이 각각 지휘자가 되어 농사일 하는 틈틈이 장정들을 훈련시켜 이제는 언제라도 무기를 들고 나설 수 있을 정도입니다. 다만 왕께서 군사를 일으키는 일은 백성을 힘들게 한다 하여 삼가고 있습니다."

"그럼 이기지 못할 싸움에 군사를 일으키지는 않겠군요."

"이길 수 있는 싸움도 외교로 풀려 하십니다. 저는 그런 아버님이 정말 자랑스럽고 존경스럽습니다."

할 수 있는, 더군다나 자랑스럽게 여기는 일을 물으니 공주는 신명이 나 대답했고 저절로 두 사람의 어색함도 풀려갔다. 물론 형솔은 혈육으로부터 왕의 머리와 심장을 들여다보는 것이기도 했다.

"다음에는 무엇을 가져다 드리면 좋아하시겠습니까?"

소명은 기다렸다는 듯 반색했다.

"가축 새끼들을 많이 가져오셨으면 합니다."

"예? 물고기 다음에는 가축 새끼입니까? 그럼 그다음에는 집채만큼

174

크게 자랄 고래 새끼를 가져와야 하는 겁니까?"

"고래라는 바닷고기도 새끼를 기를 수 있습니까?"

기대에 부푼 공주의 질문에 형솔은 그만 폭소를 터트렸다.

"하하하, 농입니다. 바다에는 소금기가 있는데 감문에 그런 물이 있습니까? 그리고 고래는 정말로 집채만 해서 감천에서는 아마 다 자라기도 전에 질식해 죽고 말 겁니다."

형솔의 설명과 소명의 부끄러운 웃음이 이어지며 서먹함은 사라지고 두 사람은 오래된 동무라도 된 듯 서로가 편안했다.

"가축 새끼는 물론 가져오겠습니다만, 저는 여인이신 공주님으로서 갖고 싶은 것이 무엇인지 여쭌 것입니다."

"저는 그런 것에 대해서는 잘 알지 못합니다. 그리고 저는 지금도 부족하다는 생각은 없습니다."

형솔은 스스럼없는 공주의 대답이 기뻤다. 연모의 정을 담은 물음임에도 답을 망설이지 않음이 그랬고 진귀한 사치품을 눈으로 보았음에도 무심한 마음은 더욱 그랬다.

누가 보았던 것인지 소명과 형솔의 한밤중 만남은 금세 소문으로 번졌다. 좁은 나라이기도 했지만 신하들에게 귀를 열어두고 있는 왕인지라 형솔이 돌아가자 이내 소문이 전해졌다. 왕은 당황스럽고 노여웠지만 침착하려 애썼다.

소명이 원룡과의 혼사에 강하게 반발한 까닭이 형솔에게 있었다면 한번 움직인 사람의 마음을, 그것도 여인의 마음을 돌리는 건 쉽지 않은 일이니 그저 밀어붙이기만 해서 될 바는 아니었다. 무엇보다 걱정인 것은 원룡이었다. 본디 소문의 당사자는 맨 마지막에나 들을 수 있다고 하지만 원룡의 주변에는 직언과 진심을 다하는 사람이 많다. 어쩌면 벌써 소문을 전해 듣고 실망과 고민에 빠져 있을지 몰랐다. 아니 될 일이었다. 원룡은 감문의 장군이며 왕실의 기둥이 될 유일한 인사였다.

"부인, 원룡의 실망이 클 텐데 그게 더 걱정입니다."

"그릇이 큰 사람입니다. 밤이기는 하지만 잠시 만나 이야기 나눈 정도 아닙니까, 꽃님이도 같이 있었고요."

"그렇기는 하지만……."

안절부절못하는 왕의 모습에 장부인은 죄책감이 일었다. 왕이 원룡을 반드시 사위로 삼으려는 것은 갖지 못한 아들을 대신해 왕위를 물려주려는 생각 때문이었다.

"송구합니다, 모든 것이 제 부족함 때문입니다."

"아닙니다, 부인. 그런 말씀 마세요. 부인이 있어 나라를 이만큼 보존해 온 것이나 진배없는데 어찌 그런 말씀을……."

"당치 않은 말씀입니다. 소첩이 소명을 한번 달래보겠습니다. 마음을 바꾼다는 것이 쉬운 일은 아니니 혼사를 너무 서둘러 하지는 마십시오."

"알겠습니다. 그리하지요."

"그리고 소명으로 하여금 멀지 않은 가라라도 둘러보게 하면서 원룡에게 호위를 부탁하는 것은 어떨까 싶습니다."

장부인의 제안에 왕은 고개를 갸웃거렸다.

"일리는 있습니다만 그러다가 더욱 딴마음을 먹게 되는 건 아닐까 염려되는군요."

왕 자신이 감문을 벗어나 본 적 없으니 그리 생각할 수밖에 없을 것이었다. 장부인은 웃음을 머금었다.

"여인이라고 모두 화려하고 번성한 것에만 마음을 두지는 않습니다. 소명이 혹여 형솔을 마음에 둔 것이라면 그것은 색다른 것에 대한 동경에서 시작된 것일 수 있습니다. 태어나 지금까지 감문을 벗어나본 적 없는 아이 아닙니까. 다른 곳에서 조금 더 나은 번성과 부를 보면 처음에는 혹시 마음이 들뜰지 모르나 조금 익숙해지면 화려함보다는 사람이 더 소중하다는 것을 깨우칠 수 있을 것입니다."

"정말 그리될까요?"

"물론 사람 나름이기는 하겠지만 소명은 왕의 솔선수범을 보며 잘 자란 아이입니다. 공주라는 자부심과 책임감도 있을 테고요. 먼저 믿는 마음을 가져보십시오."

왕은 고개를 끄덕이면서도 한숨을 거두지 못하였다.

"허허, 우리 원룡 장군. 애가 타겠소이다그려, 하하하."

호록걸이 놀리듯 말을 꺼내고 호탕한 웃음을 터트렸다.

처음 소문을 듣고서는 모두 원룡의 귀에 들어갈까 먼저 걱정했다. 그러나 금세 듣게 되리라는 것을 잘 아는 터니 자신이라도 이야기를 전해 대책을 마련하라 권하고 싶었다. 하지만 집무실로 들어서니 원룡의 표정이 이미 알고 있음을 드러내고 있었기에 차라리 별일 아니라는 듯 가볍게 대하는 것이 나을 듯해서였다.

"뭘 말씀하시는 겁니까?"

역시 원룡은 모르는 척 시침을 뗐다.

"저런, 한 나라를 책임지는 장군이 그만한 정보력도 없단 말이오. 수족 같은 주변 놈들 모조리 엉덩이를 걷어차 줘야겠소."

"……."

"그러니 날마다 나라 걱정만 하지 말고 여인네 마음도 좀 생각해요. 지난번 가락 나라를 다녀올 때도 그렇고 사로에 다녀오면서도 선물 하나 가져오지 않았지요?"

원룡은 이제야 깨우친 듯 눈이 동그래지며 말을 더듬었다.

"그, 그건, 공무로 나간 사람이 무슨……."

"저런! 어쩐지 직속 부장인 나한테도 입을 싹 씻더니만. 아니, 사람이 어떻게 저렇게 꽉 막힐 수가 있지? 그럼 우리 같은 처지에 공무 아니면 어떻게 다른 나라를 돌아볼 수 있단 말이오. 에잇, 고소해. 암, 고소하지. 푸하하하!"

가뜩이나 큰 목소리에 과장까지 더하니 주변이 떠나갈 듯했다. 그 유쾌함이 어색함을 덜어 다른 이들도 따라 웃으니 정말 별일 아닌 듯 되어버렸고 원룡도 어둡던 표정을 지웠다.

"참 고소해 좋겠습니다. 저런 양반이 직속 부장이라니, 원."

"아니, 나이가 서른이 다 되도록 어찌 저렇게 여자를 모르지. 저러니 지난번 사로 사절 때도 치장한 여자들에게 한눈 한 번 못 팔았을 거야. 그렇지 않소, 장군!"

"그건 부장이 할 소리는 더구나 아니네요. 올해 몇이오? 아마 마흔도 넘었지요."

"아니, 여기서 남의 나이는 왜 들먹이는 거요!"

"저보다 부장님 앞날이 더 걱정이어서 드리는 말씀입니다."

"무슨 소리! 나는 지금이라도 말 잘 타는 씩씩한 여자 나오면 단번에 후려 챌 거요. 그러니 내 걱정일랑 거두쇼!"

"어느 천년에요."

주거니 받거니 농지거리가 이어질 때 서쪽 지역에 세작으로 나갔던 군사가 돌아왔다.

"그래, 서쪽은 어떠하더냐?"

"어모의 움직임이 불경합니다."

"뭐라, 어모가!"

"어떻게 불경하더냐?"

"저들도 따로 시장을 열어 국부를 쌓겠다는 움직임입니다. 그를 위해 사벌국에 사신을 보낼 것이라는 소문도 있었습니다."

"저런 우라질 놈들을 보았나!"

"부장, 잠깐. 어쩌면 좋은 기회로 삼을 수 있을 것 같습니다."

원룡의 말에 호륵걸은 귀가 솔깃했다.

"기회? 무슨……?"

"어모는 사벌에서 가라로 연결되는 길목입니다. 당연히 욕심을 낼 만합니다."

"아니, 기회라더니 무슨 소리요?"

"더 들어보세요. 그런데 사벌은 나름 나라의 규모가 큰 데다 백제와 경계이니 사로와의 사이에서 양쪽의 눈치를 보는 형국이지 않습니까?"

"그건 그렇지."

"만약 어모에서 직접 시장을 열어 사벌과의 관계가 돈독해지면 사벌의 형국에 따라 백제의 징검다리가 될 수도 있는 일입니다."

호륵걸의 두 눈이 휘둥그레졌다.

"오, 정말 그렇군. 그럼 큰 일이 아니오?"

"마침 아포에 사로의 순찰군이 들른다 하니 우리는 그걸 이용하는 겁니다."

"어떻게?"

"어모가 사벌의 꾐에 넘어가 시장을 열려고 하는데 그것은 아무래도 후일 백제와의 관계를 염두에 둔 포석인 것 같다. 감문으로서는 그런 근심거리를 묵과할 수 없어서 군사를 일으킨다. 그렇게 되면 사로는 자신들에게 이익이 되는 일이니 속으로 응원할 것이고, 우리 군사가 빈 사이에 아포나 다른 소국들도 딴마음을 품지 못하게 될 것입니다. 또한 우리가 어모를 확실히 제압하고 그 군주의 항복을 받아내면 농악 경연 이후에도 여전히 망설이고 있는 다른 소국들에게 우리 위세를 보여주는 것이 되니 아마 달라질 것입니다."

호륵걸은 무릎을 쳤다.

"카, 거 좋군! 그렇다고 사벌이 군사를 일으키지 않겠지? 뭐, 군사를 일으키면 이참에 그쪽도 확 쓸어버리는 거고!"

호륵걸의 괄괄함에 원룡은 웃음을 지었지만 내심 든든했다.

"사벌이 군사를 일으켜 부장에게 빌미를 주지는 않을 겁니다. 요즘은 사로와 가까운 데다 어모가 우리의 속국임은 그들도 알고 있으니까요. 다만 백제 운운하는 소문은 아포에게 전해지면 될 일이니 너무 널리 퍼트릴 필요는 없습니다."

"아하, 그러니까 백제 이야기는 사실이 아니라 장군의 술책인 거군."

"예, 저는 무엇보다 이번 군사의 일은 왕께서도 무조건 막지는 않으실 것이라 생각하고, 그리되어야 합니다."

호륵걸은 크게 고개를 끄덕였다. 원룡의 나이는 어려도 역시 장군이라는 생각에서였다.

"이번 군사의 일이 잘 되면 그까짓 상인은 장군 앞에 아무것이 아니게 될 것이니 참으로 때맞춰 들어온 보고입니다, 하하!"

"어허, 그 일은 이제 다시 입에 담지 마세요, 부장!"

"허, 뭐 그럽시다. 하하하!"

전광석화의 감문 군사

단순히 소국 하나를 힘으로 병합하는 것이 아니라 나라 간의 관계에서 존립의 기반을 단단히 하려는 일이니 금효왕도 군사를 일으키는 것을 허락하지 않을 수 없었다. 왕의 명이 떨어지자 준비는 일사천리로 진행되어 채 3일이 걸리지 않았다. 농악 경연 이후에도 틈틈이 훈련을 계속해 오고 있었으니 감문의 장정이라면 누구나 상비군이었다. 그들의 복장을 통일하고 병장기를 지급하니 구령 한 마디에 대와 오는 일사분란하고 군령의 깃발이 펄럭이면 비호같이 움직였다.

기병 10, 보병 30으로 편성된 출전군은 왕을 모신 예식이 끝나자 따로 모였다. 원룡은 그들에게 세부적인 군령을 하달했다.

"이번 출전의 요체는 전광석화(電光石火)다. 칼을 마주쳐 길게 다툴 것도 없고, 목을 베는 것으로 전공을 삼지도 않는다. 오직 빛처럼 달려들어 부싯돌이 불을 일으키듯 단숨에 제압해 어모 군주를 포박하는 것이다. 이미 왕의 명을 직접 들은 바이지만 다시 한 번 강조한다. 어모는 우리의 속국으로 백성은 우리의 백성이고 재산 또한 감문의 재산이다.

죽이고 파괴하면 우리가 스스로를 베고 부수는 것이다. 군주를 포박하기까지 무기를 들어 항거하는 자는 깊지 않은 자상(刺傷)으로 무력화시키고 무기를 들지 않은 자는 누구도 베어서는 안 된다. 약탈은 말할 것도 없고 이유 없이 부수거나 부녀자를 희롱하는 자는 그 자리에서 참한다. 감문으로 압송할 자는 그곳 군주와 군사 책임자에 한하며 문신으로 하여금 백성을 안정시키며 다음 명을 기다리도록 할 뿐 우리 군사는 즉시 모두 철수한다."

"알겠습니다!"

"출전 시간은 오늘 밤 해시(亥時: 오후 9시~11시)이며 미리 파악한 외곽 경계병을 제압하며 어둠이 걷히기 전에 군주 궁 뒷산까지 진군한다. 다만 기병은 말(馬) 소리가 들리지 않는 외곽에서 대기하며, 날이 밝아 보군(步軍)이 진군하면 가장 빠른 속도로 달려 합류하여 군주 궁 진입에 앞장선다. 궁에 진입하면 나와 보군 1진은 군주 처소로 포박에 나서고, 보군 2진은 자녀와 시녀들을 제압한다. 호륵걸 부장이 지휘하는 기병 1진은 궁 내 군사를 제압한 뒤 경계하며, 에트얼의 기병 2진은 궁 진입과 동시에 보군 3진을 지휘, 군사 책임자의 집으로 진격, 그를 포박한다."

"명, 받습니다!"

"우리 군사의 피해는 즉시 보고하고, 어모의 인명 사상(死傷)은 군주의 포박이 끝나면 보고한다. 감문 군사에게 상해를 입힌 자는 그에 준하는 상해를 가하고 무조건 포박한다. 철수는 기병 2진이 선두에서 경계하고, 보군 1진이 군주를 호송하며 2진, 3진이 뒤를 따른다. 호륵걸 부장의 기병 1진은 후미를 경계한다."

명은 간명, 엄숙했고 받드는 답은 우렁차고 자신감 넘쳤다.

장부인과 함께 감문으로 들어와 아직 생존하고 있는 북방의 사내는 모두 열한 명으로 그들 모두는 출전군에 편성되었다. 기병으로 8명, 보군으로 3명. 호륵걸은 원룡을 따라 군사들의 어깨를 다독여 격려하는 중에 그들과는 주먹을 맞대는 전통도 행하며 전의를 다졌다.

산중턱의 경계병을 소리 없이 제압하고 어모 군주의 처소가 빤히 내려다보이는 위치에서 한 시진(두 시간)쯤 눈을 붙이고 나자 날이 밝아오기 시작했다. 아직 어모 어느 곳에서도 인기척은 없었고 궁 안의 군사도 조는 듯 움직임이 보이지 않았다.

마침내 원룡이 손을 들어 진격을 명하자 보군은 소리 없이 산 아래로 내려갔고 멀찍이서 대기하던 기병은 말을 달렸다. 보군이 산자락을 완전히 벗어나자 기병도 거의 가까워졌다. 원룡을 호위하던 군사 하나가 붉은 깃발을 높이 치켜들었다가 힘차게 내리자 출전군 모두가 우렁찬 함성을 지르며 궁을 향해 달렸다.

먼저 궁 앞에 도착한 기병 중 두 군사가 날쌔게 담을 넘어 대문의 빗장을 풀자 원룡과 호륵걸의 말이 힘차게 대문을 박찼다.

"와아!"

느닷없는 함성은 잠에 젖어 있던 이들에게 천둥소리가 되었고 떠오르는 햇살에 번쩍거리는 서슬 퍼런 칼날은 벼락처럼 여겨졌으리라. 밀려오는 졸음에 하품을 참지 못하던 궁의 군사들은 혼비백산 무릎 꿇기 바빴고, 지휘관 하나가 칼을 빼 휘두르다가 호륵걸의 칼날에 허벅지를 베여 붉은 피를 떨어트리며 고꾸라졌다.

에트얼의 기병 2진과 보군 3진이 다시 궁을 벗어날 때 이미 원룡은 군주 처소의 방문을 열어젖혔고, 함성에 놀라 겨우 속저고리만 걸친 군주는 하얗게 질린 얼굴로 두 손을 들고 무릎을 꿇었다. 채 일각(15분)의 시간이 걸리지 않았고, 다시 이각쯤이 흐르자 에트얼이 포박된 군사 책임자를 앞세워 돌아왔다. 그래도 군사 책임자는 대항을 하였던지 팔죽지와 어깨에서 피가 배어 나오고 있었지만 상처가 깊지는 않아 보였다.

포박당한 군주와 군사 책임자가 무릎을 꿇은 뒤쪽에는 궁을 지키던 군사 몇과 군주의 가솔이 꿇려져 있었다. 그 앞에 장군 원룡을 중심으로 호륵걸과 에트얼이 좌우를 지켰고, 사방으로 나뉘어 도열한 감문 군사의 위엄은 자못 엄중했다. 게다가 칼을 휘둘렀던 호륵걸과 에트얼의 얼굴과 가슴에는 어모의 두 군사가 뿜어낸 핏자국이 생생하니 살벌하게까지 보여 감히 눈을 맞추려 드는 이가 없었다.

"문신의 책임자가 거기 있는가!"

궁문 앞에서 잔뜩 움츠려 눈치를 살피고 있는 일군의 사람들을 향해 원룡이 소리치자 이내 머리가 희끗한 사내가 엉거주춤 손을 들며 앞으로 나섰다.

"가까이 오라!"

다가온 사내는 그래도 위엄을 지키려 눈에 힘을 주고는 있었지만 손과 발은 부들부들 떨었다.

"이름이 무엇인가?"

"수불이라 합니다."

"우리는 감문의 군사고 나는 장군 원룡이다."

수불이 허리를 굽혀 인사한 뒤 원룡 앞에 무릎을 꿇었다.

"감히 어모의 군주가 감문 왕께 보고나 상의 없이 불경한 일을 도모하기에 그 죄를 묻고자 명을 받았다. 우리는 너희 역시 감문의 백성으로 어여삐 여기시는 감문 왕의 뜻을 받들어 칼을 휘두른 두 사람 외에는 누구도 다치게 하지 않았다. 이제 너희 군주와 칼을 휘두른 두 군사

는 감문으로 압송할 것이다. 그 밖에는 군주의 식솔은 물론 누구도 압
송하지 않을 것이며 너희의 재물이나 그 어떤 것에도 손대지 않을 것이
다. 압송되는 군주에 대해서는 감문 왕께서 친히 죄와 변명을 들어 처
분을 결정할 것이지만 아는 바와 같이 자애로운 왕이시다. 수불!"

"예, 말씀하십시오."

"감문의 군사를 남겨 너희를 불안케 하지 말라는 감문 왕의 명이 있
으셨다. 그 자애로움을 받들어 이제부터는 그대가 백성을 이끌어 일상
의 안정을 찾도록 하라."

"참으로 감사하옵니다."

"너희 군주에 대한 처분과 이후의 일은 신속히 정해질 것이니 자숙
하고, 군사의 일을 염두에 둔다면 사정을 두지 않을 것임을 명심하라!"

"이를 말씀입니까. 오직 자숙하겠습니다."

"모두 철군한다!"

맞붙어 싸워서 이기는 승리는 힘과 용맹이면 되지만 등을 돌리고도
위엄을 지키는 일은 그것만으로 되지 않았다. 어모가 아무리 작은 나라
라 해도 모든 군사를 모으면 기병 열을 포함한 40의 군사에 맞서지 못
할 바는 아니었다. 물론 군주가 압송되는 마당이니 어모군도 함부로 나
설 수는 없겠지만 이미 백성의 신망을 잃은 군주이기에 가능성을 완전
히 배제할 수는 없었다. 그래서 더욱 당당히 등을 보이고 철군의 진을
엄숙히 했지만 원룡은 아무래도 마음이 놓이지 않았다.

진의 후미가 궁문을 나서자 원룡은 행렬을 멈추고 호륵걸을 불렀다.

"장군, 무슨 일이십니까?"

진중(陣中)이었기에 호륵걸은 평소와 달리 부장으로서 장군에게 엄
숙한 예를 다했다.

"칼에 베인 두 사람 모두 감문까지 목숨을 잃지 않고 갈 수 있겠습니까?"

잠시 자상을 입은 두 사람을 돌아본 호륵걸은 모두가 들을 수 있도록 우렁차게 대답했다.

"궁의 군사는 괜찮을 것 같습니다만 군사 책임자는 장담할 수 없습니다. 저 우둔한 에트얼이 또 칼에 힘을 준 모양입니다."

"송구합니다, 장군!"

에트얼도 깍듯한 군례로 사죄했다.

"군사 책임자라면 어디에서건 쉽게 얻을 수 없는 나라의 동량이다. 그가 목숨을 잃으면 어모뿐 아니라 감문으로서도 손실이다. 풀어 주어 우선 치료토록 하고 칼을 든 죄는 왕에게 뜻을 들어 후에 집행하리라."

지켜보던 사람들의 눈이 휘둥그레졌다. 이미 지혈을 했으니 감문까지 가는 동안 목숨을 잃지 않을 것은 누구나 알 수 있는 바였다.

호륵걸은 군사 책임자의 포박을 풀도록 하고 그가 일어서자 자못 은근하게 말했다.

"잘 치료하시고 나중에 다른 전장에서 함께 적을 물리칩시다."

군사 책임자는 말문이 막혔다. 그로서도 무슨 속셈인지 알 수 있었으나 이처럼 관대한 모습을 과시하니 과격한 성정의 몇몇 군사를 제외하고는 누구도 따르려 하지 않을 테고 명분도 막혀버린 것이었다.

승전군의 귀환에 들뜨고 환호하지 않을 백성은 없었다. 더군다나 소문으로 번진 명분도 정당했고, 단 한 명의 군사도 상하지 않았다니 실제 군사의 일과는 상관없이 대승이라 여겼다. 시장의 일로 나라가 들썩거리는데 전쟁에서 대승까지 거두었다니 금방 큰 나라가 될 것 같은 분

위기였다. 백성들은 모두 승전군이 귀환하는 길목으로 나가 열렬히 환호했다.

원룡이 군사를 도열하고 임무를 완수했음을 보고하자 왕은 그 공을 치하했다. 이어서 압송해 온 어모 군주에 대한 왕의 추국이 시작되었다.

"교역 시장을 열려고 했느냐?"

"예, 그렇습니다."

어모 군주는 그게 무슨 죄냐는 듯 의아한 낯빛이었다.

"그런데 어찌 나에게 한 마디 상의도 없었느냐?"

"그저 시장을 열려는 것이었기에 따로 생각하지 않았습니다."

"어허! 네가 진정 딴마음을 품은 것이로구나!"

"딴마음이라니, 그게 무슨 말씀이십니까?"

"너의 그것이 사벌과 우호를 돈독히 하였다가 훗날 백제의 앞잡이 노릇을 하려 한다는 소문이 이미 파다하다. 그런데도 발뺌을 할 것이냐!"

어모의 군주는 기함을 했다. 터무니가 없어도 너무 없으니 아예 말문이 막힐 지경이었다.

"아, 아, 아닙니다. 그, 그럴 리가요. 정말 저, 저는 모르는 일입니다."

"만백성이 아는 일을 어찌 당사자만 모른다는 말인가! 바른대로 고하라!"

"아, 아닙니다. 저는 단지 감문의 시장을 보고 어모는 사벌과 가라의 길목이니 시장을 열면 조금의 이익은 볼 수 있겠구나, 생각했을 뿐입니다."

"사벌의 사람들이 드나들었다는 정황도 있다!"

"그건 길목이니 일상 있는 일일 뿐 따로 뜻을 주고받은 바는 없습

니다."

"그런데 어찌 그런 소문이 파다하다는 것이냐?"

"누군가 모함을 하는 것이거나 소문이 번지는 과정에서 부풀려진 것이지 저는 모르는 일입니다. 정말입니다. 억울합니다."

그제야 금효왕도 뭔가 이상하다는 생각이 들었다. 왕도 직접 소문을 확인했으나 사실 믿기 어려웠는데 무장들의 강력한 주장에 문신들도 동의하니 따라 허락하지 않을 수 없었던 바였다. 왕은 문득 어쩌면 아포에 드나든다는 사로 군사들이 첩보를 오해하여 번진 소문이었을 수 있다는 생각이 들었다. 그나마 다행한 것은 감문 군사는 물론 어모에서도 크게 상한 사람은 없다는 것이었다.

왕의 주저하는 기색에 원룡이 나섰다.

"왕이시여, 어찌 되었거나 어모는 감문의 속국입니다. 당연히 교역 시장을 여는 것과 같은 중대사는 미리 왕과 상의하여 허가를 받아야 했음에도 그러지 않았으니 역모로 죄를 물어야 마땅할 것입니다."

역모가 거론되었으니 시시비비를 따질 때가 아니었다. 어모 군주는 사색이 되어 손이 발이 되어라 빌며 눈물을 쏟았다.

"여, 역모라니요. 아닙니다, 절대 아닙니다. 제발 살려주십시오, 제발 목숨만……."

금효왕도 난처했다. 속국이라고는 하나 문서로 맹약을 한 바도 없으니 역모 운운은 지나친 데다 사실에 대한 뚜렷한 증좌도 없었다. 그렇지만 이미 군사를 일으키고 군주까지 포박해 온 마당에 마땅한 처분이 없으면 다른 군주들에게 위엄을 잃게 될 것이었다. 또한 어모 군주는 억울하다 주장하고 있으니 그냥 풀려나게 되면 더욱 경계하며 정말 딴마음을 먹을 수도 있었다.

왕이 장부인에게 눈길을 주자 그녀가 나섰다.

"자애로운 왕이시여, 역모이기는 하나 어모 군주가 어리석어 일어난 일인 듯합니다. 목숨을 거두기보다는 군주의 직을 거두는 것을 벌로 하고 이후에는 관리를 선발해 다스리게 하면 어떨까 싶습니다."

"오, 그리하는 게 좋을 것 같습니다."

장부인이 눈길을 주자 원룡이 나섰다.

"왕께서 그리하시겠다면 이번 군사의 일을 마치고 돌아오며 수불이라는 자에게 군주를 대신해 백성을 안정시키도록 하였는데 그가 어떨까 합니다."

"수불? 어떤 자이던가?"

"나이는 지긋했고 문신의 직에 있다는데 옷차림이 검소했으며 탐욕의 빛이 없었습니다."

"오, 마땅하겠구나. 그럼 수불에게 감문의 관직을 주어 어모를 다스리도록 하라. 또한 잡혀온 병사는 궁을 지키는 자로서 마땅히 칼을 들 수밖에 없었을 테니 치료 중이라는 군사 책임자와 함께 장군이 알아서 너그럽게 처분하라."

"그리하겠습니다."

"어모의 군주는 따로 죄를 묻지는 않겠으나 이미 실덕하였으니 식솔과 함께 감문으로 이주해 농사를 지으며 살도록 하라."

이로써 어모는 완전한 감문의 땅이 되었으며 그 백성도 감문의 백성이 된 것이었다. 또한 왕은 너그러운 처분으로 자애로움을 잃지도 않은 데다 감문 군사의 용맹이 실증되었으니 위엄은 더욱 커지게 되었다.

공포와 온정

　형솔이 사로로 돌아오자 감문의 어모 정벌에 대한 소식이 기다리고
있었다. 형솔은 단번에 원룡을 떠올렸다. 용맹과 지략, 굳은 의지를 읽
을 수 있는 무장이었다. 자신도 용맹과 의지에서는 지금도 뒤지지 않는
다 생각하지만 그의 나이가 되었을 때 그만한 지략까지 갖추게 될지는
의문이었다. 실로 닮고 싶은 무장이지만 적일 수밖에 없는 현실이 씁쓸
했다.

　"왕이 아니라 원룡이라는 그 장군의 계책일 것이라는 말이지?"

　"예, 틀림없을 겁니다. 감문 왕은 그럴 인물이 못 됩니다."

　"그토록 무능한가?"

　"무능한 것이 아니라 아주 자애로운 성품이었습니다."

　"자애롭다……. 화평한 때라면 몰라도 요즘 같은 난세에는 무능이
되기 십상인 성품이군."

　대장군 우로는 입술을 비틀어 잔인한 미소를 지었다. 그 섬뜩함을
여러 전장에서 보아온 형솔은 처참한 도륙이 눈앞에 그려지는 듯했다.

"대장군, 감히 말씀드리고자 합니다."

"무엇인가?"

"소장의 짧은 식견입니다만 지금 감문 지역은 힘으로 억눌러서 될 일만은 아니라 여겨집니다."

노려보는 우로의 눈빛에 분노가 일었다. 감문의 어모 정벌 책략에 우로는 이미 마음을 바꾼 터였다. 백성은 몰라도 책략을 갖춘 장군과 군사라면 철저히 도륙하지 않으면 반드시 화근이 되는 법이었다. 우로는 다시 입을 비틀어 잔인한 미소를 지었지만 고개를 끄덕였다.

"그래? 어째서?"

"감문 북쪽에 사벌이 있기 때문입니다. 사벌의 힘은 감문 일원 전체보다 큽니다. 어모와 관련된 소문이 설령 감문의 책략이었다 해도 반드시 적으로 삼을 바는 아닐 것입니다. 그들이 사로에 반발한다면 기댈 곳이 어디이겠습니까? 사벌입니다. 또한 우리가 감문을 힘으로 정벌하고 다스린다면 사벌은 당연히 불안할 것이고 백제에 마음이 기울 것입니다."

"그래서 감문을 유화적으로 대해야 한다?"

"예, 포용하자는 것입니다. 제가 살펴본 감문 왕은 백성에 대한 자애로움이 깊었습니다. 그 일원에서 가장 큰 나라인 감문의 왕이 사로에 나라를 바치고, 사로의 이름으로 자애롭게 다스린다면 반발은 없지 않겠습니까. 그리되면 사벌도 선뜻 백제를 돌아보려 하지 않을 것이고, 우리가 군사를 일으키는 일이 있을 때 군주의 권한 보장을 조건으로 귀부를 권할 수도 있을 것입니다."

"누가 감문 왕이 나라를 바칠 것이라 하더냐?"

형솔은 잠시 망설였지만 보고를 이었다.

"감문의 공주에게서 들었습니다. 백성이 상하게 될 것 같으면 나라를 바치고 백성을 보존할 성품이라 했습니다."

뜻밖의 대답에 우로는 고개를 갸웃했다.

"왕의 딸이?"

"예, 분명히 그리 말했고 제 눈에도 그런 성품으로 보였습니다."

"그 공주를 마음에 두었느냐?"

"예? 아, 아니…… 예, 끌리고 있는 것은 사실입니다. 하지만 그 때문에 판단을 그르치는 일은 없습니다."

우로는 물끄러미 형솔을 들여다보았다. 흔들림 없는 눈빛, 흐트러지지 않는 의연함. 나이 스물이 넘었으니 연정에 빠질 나이이기는 하지만 그 때문에 일을 그르칠 무장은 아니었다.

"감문 왕에 대해 좀 더 자세히 말해보라."

"제가 상인으로 위장한 터였기에 시장과 나라의 부에 관해 말하자 감문 왕은 백성의 삶을 말하였습니다. 이미 보고 드려 아시는 바와 같이 사로 상단에 의뢰해 꾸려간 물건들은 모두 사치품이나 먹을거리와 같은 생필품들로 쇠와 같은 군사에 도움이 될 것들은 조금도 넣지 않았지만 감문 왕은 만족할 뿐이었습니다. 특히 그는 곡물과 그 씨앗, 가축 등에 관심이 많았으며 가져간 사치품에는 그저 고개나 끄덕일 뿐 구매는 다른 소국의 군주나 부유한 자들이 했습니다. 하여 감히 소장이 생각하기에 감문 일원을 정벌한 후 백성을 다스리는 데 가장 합당해 보였습니다. 또한 그날을 대비해 감문 왕의 마음을 움직일 수 있는 지근의 사람을 물색하는 과정에서 공주를 알게 되었으며 그의 마음을 얻고자 하는 중입니다."

"설령 네 말과 같다 하더라도 내가 지난번에 보니 원룡이라는 장군이 여간치 않은 자인 듯했고, 이번 어모 정벌도 아주 탁월했는데 그런 무장들이 순순히 왕의 뜻을 따르겠느냐?"

"쉽게 따르려 하지 않을 것입니다. 또한 전에 보고 드린 바와 같이 원룡은 농악 연습을 통해 장정들을 군사로 단련시킬 만큼 용의주도한 자이니 초전의 항거가 만만치 않을 것입니다. 20여 년 전 북방에서 이주해 온 자들도 있는데 대부분 나이 마흔을 넘기기는 했지만 여전히 지휘자로서 군사의 주축이 되고 있었습니다. 그들의 용맹은 대장군도 잘 아실 테고요."

"아쉽군. 그자들이 우리 사로에 왔더라면 크게 쓰였을 텐데 말이야."

사로 역시 건국 세력의 북방과의 인연은 입에서 입으로 전해오는 터였다. 또한 사방의 사람들이 드나들어 사로의 백성이 되는 자도 흔했는데 그중에서도 북방 출신의 용맹과 의리는 익히 아는 바였다.

"그들이 호위해 온 여자아이가 있었다는데 아마 소칸의 딸인 듯하며 지금은 감문 왕의 부인으로 무장들의 존경을 받고 있었습니다."

"그래, 피는 못 속이는 법이지. 아포의 아물이라는 자는?"

"선봉군으로 쓸 테니 정예병을 기르라 했습니다. 하지만 그자는 선봉에서 살아남더라도 중용할 인물은 못 됩니다."

"어째서?"

"포악하여 신망을 얻지 못하니 그가 원하는 대로 다스리는 권한을 주었다가는 백성의 원성이 커지고 이탈자가 많을 것입니다. 또한 탐욕스러워 큰 힘을 가지면 그만큼 딴 꿈을 꾸며 배신도 불사할 자입니다."

"그렇다면 반드시 선봉에 세우고, 감문의 군사가 그를 꼭 죽여줘야겠군. 안 그런가? 하하하!"

잔인함을 감추지 않는 섬뜩한 그의 웃음소리는 언제 들어도 소름이 돋았다. 형솔이 눈길을 돌리자 우로는 또 입술을 비틀었다.

"그대도 내가 포악하다고만 생각하는가?"

"아, 아니……."

"하하하! 나약한 놈들이라면 그리 여길 것이다. 하지만 나는 우리 사로에 해가 되는 자들에게만 잔인하다. 그 첫 번째는 왜구, 그놈들은 벌써 오래전부터 우리 땅을 침범해 살육과 도적질을 멈추지 않고 있다. 살려 돌려보낸다고 회개할 놈들이 아니고, 인정을 보이면 더욱 악랄해지니 야수의 잔인함으로 공포를 주려는 것이다. 두 번째는 삼한 땅의 사람일지라도 우리 사로의 적이 되는 자들이다. 복종하고 등을 돌리지 않을 자를 그리 대한 적은 없다. 그렇지 않으냐?"

듣고 보니 그랬다. 그를 따라 수많은 전장을 누비며 적을 대하는 잔인함에 눈살을 찌푸린 적이 한두 번이 아니었지만 휘하 장수에게 뒤처리를 맡기고 온정을 모르는 척 외면한 적도 적지 않았다. 멈추지 않는 도적, 정벌의 시대를 대하는 군사 책임자의 어쩌면 바른 계책인지도 몰랐다.

"예, 온정을 베풀 적과 그러지 않을 적에 대한 구분이 분명하셨습니다."

"그들을 끌어안아야 한다는 네 생각은 근본적으로 옳기는 하다만 자애로운 군주와 충성스러운 군사는 큰 장애가 될 수 있다. 그들이 모두 죽음을 각오해 항거한다면 나로서는……. 네가 감문의 시장 일에 나서는 것을 보며 나도 생각을 좀 해봤다. 자애로움에 대한 충성심을 넘을 수 있는 것은 자신이 가진 것이다. 사람은 아무것도 가진 것이 없어도 대개는 부모와 자식을 지키기 위해 목숨을 건다. 그런데 이제껏 꿈꾸지 못했던 재물이란 것도 맛보게 되면 부모 자식에 다르지 않게 목숨을 걸게 된다. 또한 감문 왕이 진정 자애로운 자라면 그런 백성의 마음을 모르지 않을 터, 마음을 결정하는 데 도움이 될 것이다."

"대장군, 탁월하신 혜안입니다. 저의 생각은 거기까지 미치지는 못했습니다."

"네가 시작했기에 생각할 수 있었던 것이다."

잠시 생각에 잠겼던 우로가 다시 입술을 뗐다.

"원룡이라는 장군 말이다."

"예."

"버리기에는 아까운 재목인데…… 끌어안을 수 없을까?"

"저 또한 같은 생각입니다만 쉽지 않을 것입니다."

우로는 안타까운 한숨을 토했다.

"알았다. 허나 성급히 포기하지는 마라."

"그리하겠습니다."

형솔이 물러나고도 한참 동안 우로는 원룡에 대한 생각을 거두지 못했다.

왕의 길

어모 정벌의 파급은 크고 빨랐다. 배산을 시작으로 주조마, 문무 등의 군주가 각각 감문으로 찾아와 무릎을 꿇었다. 그동안 그들 국가는 사실상 속국의 예를 취하고는 있었지만 따로 그에 대한 약속의 문서를 작성한 바는 없었다. 그런데 이제 또 그들이 찾아온 것은 복종의 문서를 작성해서라도 군주의 자리를 보존하려는 뜻일 것이었다.

감문국 신하들이 군신의 맹약에 관해 국서를 작성하고 그 예(禮)를 정하자고 주장하는 것은 당연한 일이었다. 하지만 금효왕은 또 망설였다.

"진작 이리되었어야 할 일인데 왕께서는 어찌 망설이십니까?"

"그렇습니다. 저들이 벌써 며칠째 기다리고 있습니다. 이제 윤허하여 주십시오."

여러 신하들이 간하고 재촉했지만 왕은 여전히 묵묵부답 생각에 잠겨 있었다.

다스린다는 것은 권력으로 백성을 눌러 왕의 권위를 높이는 것이 아니라 그들을 책임져 먹여 살리고 내일이라는 희망을 잃지 않게 하는 것이다. 비록 그동안 감문에서 굶어 죽는 백성은 없었다고 하나 내일의 희망을 품지는 못 하였다. 이제 시장이 번성하기 시작하여 그들의 가슴속에 어렴풋하나마 희망이라는 것이 자리 잡으려 하는데 소국을 모두 품어서는 또다시 하루하루의 삶에만 매달리게 될 것이었다. 더하여 품어 안은 소국의 백성들 역시 감문과 다르지 않은 삶을 원할 테니 그 바람을 충족시키지 못하면 원성이 이는 것은 물론 감문 백성과도 갈등이 생길 것이었다.

나눠진 여럿이 하나가 된다는 것은 말처럼 쉬운 일이 아니었다. 살림살이가 조금 더 낫고, 처음부터 감문의 백성이었다는 자긍심은 새로 감문 백성이 된 사람에게 우월감이 되어 그들을 얕보기 십상이었다. 반면 새로 감문의 백성이 된 사람은 가뜩이나 위축감이 들 터이니 사소한 말 한 마디에도 차별인가 생각하게 되는 것은 당연한 노릇이었다. 그렇다면 지금 시장이나 길가에서 마주쳐 서로 안부를 물을 때보다 오히려 못하게 될 터니 그게 무슨 하나이겠는가.

다행이며 희망할 수 있는 것은 시장이었다. 발길을 부를 수 있는 물건이 들어오고, 그로 인해 활기를 띠는 시장에서는 그간 대수롭지 않게 여기던 것들까지 거래의 대상이 된다는 것을 알게 했다. 자급자족의 한계를 시장의 거래가 넓힌 것이었다. 벌써 생각이 트인 사람들은 자신의 능력으로 가능한 것을 집중 생산해 거래하면 그 이문으로 수월하게, 그리고 더 다양하고 많이 살 수 있다는 것을 깨우쳐 전체적인 생산량은 눈에 띄게 늘어나고 있었다.

"이번 기회에 매듭짓지 않으면 훗날에는 군사를 일으켜야 할 것입니다."

문신들의 재촉이 이어지자 마침내 왕이 입을 열었다.

"모두들 신중하시오. 백성을 다스리는 일을 그리 쉽게만 생각해서는 아니 되오."

"예, 다스리는 일이 쉽지는 않기에 더욱 문서로써 확실히 해야 합니다."

"들으시오. 백성을 다스리는 일에서 가장 중요한 것은 그들의 삶을 보살피고 책임지는 일이오. 누가 권력을 가지느냐는 그다음의 일이오. 백성이 스스로 복종하고 마음으로 따르지 않는다면 권력은 억눌러야 할 것이고, 억눌러서는 반드시 터지게 마련이오. 설령 한동안 터지지 않는다 하더라도 억눌린 백성은 활력을 잃고 감시하는 권력은 딱딱해질 것이니 굳은 땅에서 싹이 트지 못하는 것처럼 새로운 것은 없으니 점점 늙어 기어이는 저절로 수명을 다하게 되는 것이오. 그들은 지금 우리를 두려워하는 마음이지 진심으로 복종하려는 것은 아니요. 그러니 그 뜻을 받아들인다 해도 활력은 없고 굳은 땅이나 마찬가지이니 우리가 온전히 책임지지 못한다면 함께 메마르게 될 뿐이오. 중요한 것은 모두가 내일을 기약할 수 있는 활력이오. 당장 복속시키는 것보다 저들이 감문의 시장을 자신의 것이라 여겨 무시로 드나들며 우리 백성들과 정을 쌓고, 서로의 좋고 나은 점을 배워 함께 발전하는 것이오. 그런 다음에는 저절로 감문을 우리를 것이니 그때 완전한 하나가 된다면 그로써 더욱 밝게 나아갈 수 있을 테니 그에 합당한 방안을 강구하시오."

문신들은 어느 정도 수긍하는 눈치였으나 무장들은 알아듣지 못해 고개를 갸웃거렸다.

장부인이 나섰다.

"참으로 높고 아름다우신 뜻입니다. 하오면 저들이 간청하고 있으니 먼저는 이후 각 군주는 저들의 땅에서도 왕으로 칭하는 일이 없도록 하고, 날을 정하여 일정하게 감문의 조회에 참석하여 왕의 뜻을 받들며, 시장을 여는 것과 같은 중요한 일은 왕의 허가를 받고, 백성의 죄를 묻거나 세금을 걷는 일 또한 왕의 허락을 먼저 받도록 하며, 군사에 관해서는 감문의 장군이 정하고 감독하는 약속을 받은 뒤 지금과 같이 저들이 계속 다스리도록 하면 어떻겠습니까?"

왕의 얼굴에 만족한 웃음이 피었고 문신들도 크게 밝아지며 탄복했다. 무장들 역시 고개를 끄덕이며 만족한 낯빛이었다.

"부인의 뜻이 참으로 그럴듯하오. 그대들의 생각은 어떠한가?"

총신 부영이 왕의 말을 받았다.

"왕과 부인의 뜻을 받들어 그와 같은 약조의 국서를 작성하겠습니다. 아마 저들도 크게 기뻐할 것입니다."

복속보다는 훨씬 느슨한 연합인 셈이었다. 소국의 군주로서는 자신들의 다스리는 권한이 유지되니 한숨을 돌리는 것이요, 감문으로서는 군사의 일을 관장하게 되었으니 단번에 힘을 키우면서도 백성의 삶에 대한 부담에는 시간을 번 것이니 곧 상생이었다.

술렁거리던 나라 일이 정리되자 금효왕은 원룡을 불러 뜻하지 않은 명을 내렸다. 공주가 세상물정에 어두워 견문을 넓혀주고 싶으니 가라 유람을 호위해 다녀오라는 것이었다. 왕의 감춘 속내를 모르지 않았지만 원룡은 모르는 척했다. 이미 공주의 마음속에 다른 사람이 들어서기 시작했고, 처음부터 자신은 남자가 될 수 없다는 것도 알았다. 이제 와서 유람 같은 것으로 달라질 일이 아니었다. 다만 걱정은 아들이 없는 금효왕으로서는 사위를 후사로 내세우는 길밖에 없는데 감문에 마땅한 사람이 없다는 것이었다.

소명은 가라로 유람을 다녀오라는 아버지와 어머니의 말씀에 기쁨을 감추지 못했다. 형솔의 상단이 가져온 물건들을 통해 어렴풋이 다른 세상을 느끼며 동경하고 있었는데 그 마음을 알아준 것이니 말이다. 소명은 유람 중에 가지고 싶은 것이 있으면 무엇이든 사라며 아버지가 내준 금붙이 은붙이를 소중히 갈무리했다.

"장군님, 이번은 정탐이 아니니 쓸데없이 한눈팔지 마시고 공주님에게만 집중하십시오."

"에트얼, 자네가 생각해도 그게 걱정되지. 나라도 같이 가면 장군님 말고삐를 공주님 말고삐와 나란히 묶어둘 텐데."

"아, 그거 좋은 생각입니다. 공주님께서는 이번에 말을 처음 타시는 거니 위험하기도 하고, 두 분 말고삐를 같이 묶어 출발시킵시다, 크크."

"말고삐만 가지고 되겠냐. 말에서 내린 다음에는 어쩌려고."

"그럼 아예 두 분의 손발도 묶어 보냅시다."

공주가 나오기를 기다리며 말 옆에 모여선 호륵걸을 비롯한 무장들이 원룡을 힐끔거리며 농지거리를 이어갔다.

"어허, 나이도 적지 않은 분들이 어찌 그런 시답잖은 말씀만 하시는 겁니까! 그만 돌아가십시오!"

"환송 나온 부하들에게 어인 호통이십니까? 얼굴은 또 왜 그리 벌게지시고요?"

"부장! 허, 참……."

원룡의 난처한 기색에 무장들은 폭소를 터트렸다.

"하하하, 두 분 정이 두터워져 오기를 바라는 마음이니 너무 노여워 마시오."

"그럴 일 없으니 군사들이나 잘 살펴 주십시오, 부장."

이윽고 왕과 장부인을 뒤따라 나온 공주가 말 위에 올랐다. 처음 말 위에 오르는 것이니 잔뜩 겁을 먹어 고삐를 움켜쥐고 앞만 보느라 원룡과 단둘이라는 사실도 잊은 듯했다. 원룡도 그런 공주의 말 고삐 한쪽을 단단히 잡고 살피느라 왕과 장부인에게 인사도 건성으로 했다.

"잘 다녀와야 할 텐데……."

"염려 마십시오, 원룡 장군이 옆에 있는데 무슨 일이 있겠습니까."

왕의 근심을 호륵걸이 위안하는데 장부인은 잔뜩 설레는 모습이었다.

"예, 저는 훌쩍 커져서 올 공주의 모습이 벌써 기대됩니다."

"그럴까요?"

"왕께서는 아무 근심 마십시오. 저희는 해 봐서 새로운 문물을 접하는 것이 사람을 얼마나 크게 하는지 아주 잘 아는 바입니다."

호륵걸의 말에 왕은 장부인을 돌아보며 고개를 끄덕였다.

말은 벌써 저쯤 멀어지고 있었지만 두 사람은 고개 한 번 돌리지 않았다. 멀리서 보기에도 공주는 여전히 긴장해 어깨가 굳었고 원룡도 그녀를 살피느라 앞과 옆을 돌아볼 뿐이었다.

과연 새로운 세상이었다. 드문드문 자리한 마을들을 지나서 가라 왕궁이 있다는 곳으로 들어서는 길목에서 원룡은 잠시 말을 멈추고 산등성이를 가리켰다.

"공주님, 저기 산등성이에 보이는 작은 언덕 같은 것들이 가라 왕과 왕족들의 무덤입니다.”

가리키는 곳을 바라본 소명은 두 눈이 휘둥그레지고 입이 떡 벌어졌다.

“어떻게 무덤이 저렇게 클 수 있습니까, 그것도 산등성이에요?”

“예, 저는 다른 무엇보다 저만큼 나라의 힘이 큰 것이구나, 생각했습니다. 우리 감문도 어서 저만한 힘을 가져야 할 텐데요.”

“그렇지만 죽은 사람을 위해 저렇게 큰 무덤을 만들어야 하는 것일까요? 제 생각에는 백성들이 너무 고단할 것 같습니다.”

“예, 어찌 고단하지 않았겠습니까. 하지만 왕의 무덤은 한편 나라의 위엄을 상징하는 것이니 꼭 그리만 생각할 일은 아닌 듯합니다. 또한 백성들도 자신들을 자애롭게 보살펴 준 왕께서 세상을 떠나시면 매우 슬프고, 하늘에서 고귀하게 사시라고 기쁜 마음으로 땀을 흘렸을 겁니다.”

“그럴 수도 있겠지만…….”

왕릉이 보이는 언덕을 넘어서자 가라 궁궐과 함께 넓은 고을이 펼쳐졌다. 감문과는 비교할 수 없는 넓이였고 기와를 인 이층집도 있었다. 아름답기도 했지만 그야말로 나라의 강성함을 보여주는 모습이었다.

“가라가 이 정도인데 더 남쪽의 가락이나 사로는 어느 정도입니까?”

“가락이 다섯 배쯤 크다면 사로는 열 배쯤 크다고 생각하시면 될 겁니다.”

“부와 강성함도 그렇고요?”

“그렇지 않겠습니까.”

“어떻게 그처럼 차이가 나는 것입니까?”

“제 생각에, 먼저는 백성의 수가 아닌가 합니다. 가락은 수천의 군사를 일으킬 수 있고, 사로는 일만이 넘는 군사도 가능하다니 그게 모두 인구의 힘이 아니겠습니까.”

“땅의 넓이가 먼저 아닙니까?”

“같습니다. 그러나 또 다르기도 합니다. 인구가 많으면 그만큼 땅을 개간할 수 있지만, 땅이 아무리 넓어도 백성의 수가 적으면 그저 황무지일 뿐이고 그 땅을 지키지도 못 할 테니까요.”

소명은 고개를 끄덕이면서도 또 갸웃거렸다.

“땅을 개간하면 모든 사람이 먹고살 수 있는 것입니까? 개간을 한다는 것이 여간 힘든 일이 아니라는데요.”

“쇠로 만든 농기구를 쓰면 힘을 덜 수 있다 합니다.”

“그 귀하다는 쇠로 농기구를 말입니까?”

“병장기로 쓸 만큼 강하지 않은 쇠로 만드는 듯했습니다.”

“그렇게 쇠가 많습니까?”

“가까운 곳에 쇠가 들어 있는 암석이 있고 무엇보다 쇠를 다루는 기술이 뛰어납니다.”

“그런 농기구는 어디에서 볼 수 있습니까?”

“대장간이나 시장에서 볼 수 있을 겁니다.”

“그럼 거기부터 가시죠.”

소명은 피로한 기색은커녕 눈빛이 살아 반짝거렸다.

“시장하실 텐데 요기부터 하시지요.”

“아닙니다, 괜찮습니다.”

“왕궁에 들러 인사부터 하는 것이 좋지 않을까요?”

“먼저 시장을 둘러보고 왕궁에 인사를 할지 말지 생각하겠습니다.”

“그러시지요. 마침 곧 한가위이니 시장이 풍성하여 여러 가지를 보실 수 있을 것입니다."

　원룡은 공주의 서두름과 재촉이 의아했고 뜻밖의 관심거리에 어리둥절했다. 여인이 더군다나 공주의 신분으로 곱고 예쁜 것이나 왕궁이 아니라 쇠나 농기구에 시장이라니…….

초원의 추억

　한가위, 혹은 가배(嘉俳)라 하는 8월 대보름은 삼한 사람 모두에게 가장 큰 축제였다. 덥지도 춥지도 않은 여름과 겨울 사이에 가장 풍성한 결실로 기쁨을 나눌 수 있으니 말이다. 감문에서도 마을마다 한가위를 즐기는 여러 놀이 행사가 열리고 있었는데 해질 무렵이 되자 호륵걸과 에트얼이 장부인의 제단 터로 향했다.

　그들이 도착하자 제단 아래 공터에는 북방에서 온 사람들이 벌써 무리지어 있었다. 나뭇가지가 그려진 머리띠, 짐승 가죽을 벗겨 만든 조끼 차림은 간략하나마 모두가 초원의 사람임을 나타냈다. 무리의 한가운데에는 모닥불이 크게 지펴졌고, 그 위에서는 이틀 전 사냥을 나가 잡아온 노루 한 마리가 쇠막대에 통째 끼워져 지글거리며 익고 있었다.

　그들이 처음 감문에 도착하고 며칠 뒤가 한가위였는데, 북방 초원에서 유목을 하던 그들과는 다른 농경족의 축제를 보고 매년 한가위 저녁에 그들만 따로 모여 먼 고향을 그리는 모임을 가져왔다. 물론 토착민들과의 위화감을 염려하지 않은 것은 아니었다. 그러나 선대왕은 기꺼

208

이 허락했고, 백성들도 세월이 흐를수록 그들의 향수를 이해하고 위로해 어느 날부터인가는 모임에서 나누도록 미리 술과 음식을 보내주고 해가 산등성이에 걸리기도 전에 가보라고 등을 떠밀었다.

"모두 모였나?"

걸걸한 호륵걸의 음성에 모두가 북방의 군례로 인사하고 크게 대답했다.

"예, 부장!"

"고기는 잘 익었고?"

"예, 양이 잘 익었습니다!"

양과 노루를 구분하지 못해서가 아니라 감문에는 양이 없었으니 노루로 양을 대신하는 마음인 것이었다.

"칸께서 곧 도착하실 것이다! 미리 잔에 술을 채우고 기다리자!"

"예, 가득 채우겠습니다!"

처음에는 이날마다 참 많이도 울었다. 헤어진 부모 형제, 드넓은 초원, 노릇한 양 냄새, 그 젖으로 담은 음료며 술……. 어느 것 하나 그립지 않은 것이 없었으니 저절로 눈시울이 젖었다. 그러나 세월의 약도 있었겠지만 어느새 이 땅과 정이 들고 농경이며 이곳 습속에 익숙해지며 점차 눈물은 말랐다. 그래도 한 해에 하루 저녁, 이렇게 만나면 감회는 새로웠고 그새 이 땅에서 눈감은 사람들을 추억하며 우정과 용맹을 다졌다.

"우리의 칸께서 오십니다!"

누군가 크게 소리치자 모두가 줄을 맞춰 북방의 군례로 그녀를 영접했다. 그녀 역시 오늘은 감문의 옷차림이 아닌 머리띠와 조끼를 덧입은 초원의 여인이었다.

"고기는 잘 익었습니까?"

"예, 칸!"

"술도 넉넉합니까?"

"밤새 마실 수 있습니다, 칸!"

"올해는 지난해 떠나보낸 사람 없이 모두 다시 만나니 더욱 기쁩니다!"

"칸의 영광입니다!"

"자, 이제 그만 다들 앉읍시다."

장부인이 먼저 앉자 다들 제 자리에 앉았고, 가장 젊은 수베크가 노릇노릇 잘 익은 노루 고기를 칼로 잘라 한가운데 넓은 토기 접시에 놓기 시작했다.

"자, 모두 잔을 듭시다!"

장부인이 크게 외치며 잔을 들자 모두 따라서 잔을 머리 위까지 치켜들었다.

"초원의 신을 그리며, 달의 신에 경배하며, 감문 산천의 신령에 감사하며! 모두 잔을 비워라!"

"신에게 영광을, 칸에게 영광을!"

우렁찬 합창의 기원과 함께 단숨에 모든 잔이 비워졌다.

누군가는 곰의 가죽을 말려 만든 북을 두드리고, 누군가는 사슴 머리로 만든 가면을 머리에 쓰고 장단에 맞춰 노래 부르고 춤을 추었다. 이제는 초원의 축제 때 무슨 노래를 부르고 어떤 춤을 추었는지도 가물거렸다. 그래도 생각나는 대로 누군가의 선창을 따라 하고 각자의 춤을 추면 부모 형제를 다시 만나는 것 같았고, 머리 위의 보름달이 초원에서처럼 눈높이로 내려오는 것 같았다.

"그래, 큰아들은 반드시 용맹한 군사로 만들겠다더니 그리하겠다고 하더냐?"

"젠장, 그놈의 마누라가 문제입니다. 용맹은 전쟁터에 나가면 먼저 죽는 지름길이라며 기어이 나무 깎는 놈을 만들겠다지 뭡니까."

"아니, 초원의 용사가 기껏 마누라를 못 이긴 거냐!"

"아이구, 제 아득한 기억에 초원에서도 아버지가 어머니를 못 이긴 것은 또렷하니 초원을 욕되게 하는 것처럼 구박하는 일은 그만두슈."

"인마, 우리 아버지는 안 그랬어!"

"쳇, 그래서 형님은 형수 눈치를 그리 보는 거요?"

"이 녀석아, 내가 언제! 우리 마누라는 내 말이라면 꼼짝도 못 해!"

"야, 야. 그거 허풍인 건 우리가 잘 안다!"

"그렇죠, 형님들. 우하하하!"

춤으로 한바탕 땀을 흘리고 취기가 오르자 이번에는 거친 사내들의 농지거리가 시작된 것이었다.

"야 이놈들아! 그러니 뭐하게 장가는 들어! 나처럼 혼자 살면 얼마나 편해, 푸하하하!"

"부장님이야 그 괄괄한 성격 때문에 여자들이 무서워해 장가를 못 든 것 아닙니까?"

"뭐야? 야 이놈아! 말 탄 여자가 나타나면 단번에 후려 챌 테니 두고 봐!"

또 예의 그 소리에 장부인이 술기운 오른 얼굴로 끼어들었다.

"말을 탄 여자가 아니라 여자를 만나 말 타는 걸 가르치면 될 거 아닙니까."

"칸, 모르시는 말씀입니다. 여자에게 말 타는 걸 가르치면 그게 전사입니까? 저는 전사를 아내로 맞고 싶은 겁니다."

"그건 아무리 들어도 받아들일 수 없는 억지입니다."

"칸은 칸이라서 여자를 모르는 겁니다, 푸하하하!"

"칸, 호륵걸 형님 억지는 죽을 때까지 여전할 테니 이제 저희가 포기해야 할 것 같습니다."

그렇게 모두가 웃고 떠드는 중에 장부인의 낯빛에 문득 쓸쓸함이 깃들었다.

"부장, 저는 이제 초원의 꿈도 꾸지 않습니다."

"저도 그건 마찬가지입니다요, 허허허."

스산한 웃음소리. 장부인은 설핏 눈자위가 뜨거워지려 해 얼른 술잔을 비우는 척 고개를 들어 눈길을 하늘로 향했다. 달은 여전히 머리 위에만 있었지, 초원에서처럼 눈높이로 내려오지는 않았다. 별도 초원에서의 그것처럼 쏟아질 듯 아주 가깝지는 않았다.

"초원의 은하수는 정말 고요히 흐르는 강물 같았는데요."

"칸, 우리가 그만큼 하늘에서 멀어진 모양입니다. 그렇지만 우리 평생의 절반 이상을 이 땅에서 살아왔으니 이제 여기서 죽어 하늘로 가야지요. 좀 더 먼 길이기는 하겠지만 그래도 별이 저처럼 밝은데 찾아가지 못하겠습니까."

"그렇습니다. 이 삼한 땅 곳곳에 초원에서 온 사람들이 뿌리를 내린지 오래라 하지 않습니까."

"예, 초원에서 왔다고 모두 한 덩어리가 되어야 하는 것도 아니고요. 저 하늘에 무수한 별자리가 있듯이 우리는 이제 감문 사람으로 우리의 별자리를 만든 것이겠지요."

"내년 한가위에도 오늘처럼 한 사람 빠짐없이 우리 모두가 다시 모였으면 좋겠습니다.”

“그래야지요. 반드시 그럴 겁니다!”

어느새 모두가 하늘의 달과 별을 보며 저마다의 생각에 젖어들었다. ‘우리’의 별자리를 찾는 사람도 있을 테고, 먼저 떠난 이의 별을 찾는 사람도 있을 것이었다. 또 초원에서 헤어진 누군가를 떠올리며 그 별을 찾는 이도 있을 테고……

“어찌 이리 조용한 것입니까?”

다가오는 발소리와 함께 금효왕의 목소리가 들려왔다. 고개를 돌리니 군사 한 사람이 따르고 있었다.

“왕께서 오신다!”

호륵걸의 호령에 모두 줄을 맞추고 초원의 군례를 올렸다.

“끼어들려는 것이 아니라 부족한 것이 없나 보러 왔습니다.”

“우리들의 왕이십니다!”

모두의 합창에 왕은 흐뭇한 웃음을 지었다.

“술은 부족하지 않습니까?”

군사가 짊어지고 온 것을 내려놓으니 술과 안주가 가득했다.

“왕께서 어찌 호위도 없이 직접 이렇게?”

“나의 호위가 전부 여기에 있지 않소, 하하하.”

“다른 군사들이 들으면 서운할까 염려됩니다.”

“하하하, 이만한 말에 마음 상할 군사가 우리 감문에 있겠소. 모두 호륵걸 부장의 군사이기도 한데.”

“영광스러운 말씀입니다.”

“아니오. 그대는 감문 군사 모두의 스승이고 원룡 장군의 스승이기도 하지 않소. 참으로 고맙소. 나이 어린 장군임에도 아무 불평 없이 따라들 주시고. 또한 매우 든든하오. 그대들이 없었으면 어찌 우리의 군사가 이만한 힘을 가질 수 있었겠소."

"왕이시여, 과한 말씀입니다."

"허허, 원룡이 있었으면 더욱 좋았을 텐데 아직 돌아오지 않았으니. 아무튼 즐기구려, 나는 이만 가보겠소."

왕이 발길을 돌리려 하자 전사들이 모두 앞을 가로막고 무릎을 꿇었다.

"함께하여 주소서!"

"예, 우리들의 왕이십니다. 감문의 백성입니다. 백성이 추억을 더듬는다고 어찌 왕을 모시지 못하겠습니까."

장부인이 간곡히 말하자 왕은 호쾌한 웃음을 터트렸다.

"하하하. 정말 그렇습니까? 나도 같이 술잔을 기울여도 좋다고 허락하시는 겁니까?"

장부인은 왕의 팔을 잡았고 호륵걸은 크게 목청을 높였다.

"우리의 왕에게 잔을 올려라! 모두의 잔을 채워라!"

별은 여전히 빛나고 달은 점점 더 높이 떠올랐다. 왕과 백성, 칸과 전사, 장군과 군사, 스승과 제자, 형과 동생이 한데 어우러지니 하늘의 별빛보다 더 빛나는 잔치가 되었다.

소명 공주, 눈을 뜨다

한가위가 지나고 며칠 뒤 소명과 원룡이 돌아왔다. 두 사람의 말 등에는 무엇인지 모를 짐들이 잔뜩 실려 있었다. 그런데 원룡은 일상의 모습 그대로였지만 소명에게서는 뭔가 다른 결기가 느껴졌다.

돌아온 두 사람을 맞은 왕과 장부인은 반가움보다 소명의 다른 결기에 조금 어리둥절했다.

"그래, 유람은 좋았느냐?"

"예, 세상을 돌아본다는 것이 그처럼 유익할지 몰랐습니다. 두 분의 배려에 정말 감사드립니다."

"제법 어른스러워졌구나. 그래, 무엇을 보았느냐?"

왕의 물음에 소명은 먼저 원룡에게 고갯짓을 했다. 원룡이 밖으로 나가자 소명이 답했다.

"잠시 기다리시어 장군이 가져오는 물건들을 먼저 보십시오."

"오, 그래. 짐이 많더구나. 그게 다 무엇이냐?"

나갔던 원룡이 말에 실렸던 짐꾸러미들을 군사들에게 들려와 풀었다. 공주의 유람이었으니 당연히 진귀한 물건일 것이라 생각했는데 뜻밖에도 쇠로 만든 농기구를 비롯한 일상의 물건들이었고 더러 낯선 것들도 있었다.

"이것들이 다 무엇이냐. 공주가 어째 이런 물건들을?"

"아버님, 먼저 농기구들을 살펴보십시오. 모두 쇠로 만든 것들입니다."

대수롭지 않게 여겼다가 농기구를 살펴본 왕과 장부인이 놀란 눈을 했다.

"정말이로구나. 쇠로 농기구를 만들다니, 가라의 것이더냐?"

"예, 저도 장군에게 그렇다는 이야기를 듣고 직접 대장간과 시장을 둘러보았는데 정말 쉽게 구할 수 있었습니다. 이런 쇠로 만든 농기구를 사용하면 개간하는 데 힘도 덜 들고, 훨씬 더 넓은 땅을 경작할 수 있다고 합니다. 그렇게 땅이 넓어지면 먹을거리가 넉넉해지고, 그에 따라 백성의 수도 늘어날 수 있고요."

"당연한 일이기는 하다만 어찌 귀한 쇠로 농기구를? 더군다나 가라는 군사를 확충하고 있으니 병장기를 만들어야 될 텐데 말이다."

"병장기를 만들 만큼 단단하지 못한 쇠로 농기구를 만든다는데 아무렇거나 나무 농기구에 비하겠습니까."

"그렇구나. 언제부터 그리했다더냐?"

듣고 있던 원룡이 나섰다.

"전에 가락과 가라를 돌아볼 때 들었는데 이미 오래전부터였다고 합니다."

"그런데 왜 그때 보고하지 않았느냐?"

"예? 아, 그게 저……."

원룡이 당황하여 말을 더듬자 장부인이 웃음을 지으며 나섰다.

"장군은 무장 아닙니까. 당연히 그에 관해 집중했을 테니 다른 것에는 소홀해질 수밖에요. 너그러이 용서하십시오."

"아, 그렇겠군요. 허허. 어쨌거나 가라는 근처에 쇠가 포함된 광석의 생산도 많고 멀지 않은 야로라는 곳을 중심으로 야철장도 크고 활발하다니 가능하겠지만 우리 감문으로서는 쉽지 않은 일이구나."

"하지만 아버님, 어려워도 반드시 필요한 일입니다. 제 소견으로는 형솔 상인을 통해 야철 기술을 익히고 덩이쇠를 수입하면 가능하지 않을까 싶습니다."

왕과 장부인은 소명의 생각이 너무도 기특했다. 하지만 현실은 그리 녹록하지 않은 일이었다.

"야철 기술은 군사와 관계되는 일이기에 상인이 쉽게 빼낼 수 있지도 않고, 덩이쇠 또한 군사 용품이고 값도 비싸 쉽지 않을 것이다."

"군사용 덩이쇠는 비싸겠지만 병장기를 만들기에 적합하지 않은 쇠라면 싸게 구할 수도 있을 겁니다. 그리고 앞날을 생각하면 우리 감문도 야철 기술을 높이고 시설도 늘려야 합니다."

"누가 그걸 모르느냐. 길이 없으니 안타까울 뿐이지."

"형솔을 이용하십시오. 이번에 그가 들어오면 흉금을 터놓아 보십시오, 아버님. 또한 지금처럼 일상에 유용한 물건만 가져오지 말고 실제 생산을 늘릴 수 있는 도구들을 가져오라 하십시오. 그래야 우리 힘으로 앞날을 열어갈 수 있습니다. 가라에서는 물고기를 잡는 그물도 감문 것과는 다른 질긴 줄을 이용하여 더 튼튼하고 크게 만들고 있었습니다."

소명의 생각과 이야기는 한참 더 이어졌다. 모두가 직접 견문하며 느낀, 백성의 살림살이를 넉넉하게 하고 나라의 힘을 키우는 데 유용한 것들이었다. 왕과 장부인은 연신 감탄했다. 천생 여자로 곱고 귀한 것들만 눈에 담으리라 생각했는데 저처럼 깊은 속이 숨어 있을 줄이야.

"가라 왕궁에는 들렀더냐?"

"시간도 없었고 그럴 필요도 느끼지 못해 장군의 권유를 뿌리쳤습니다."

"어째서냐?"

"그곳에서 볼 수 있는 것은 모두 좋고 화려한 것일 텐데 우리 감문으로서는 합당하지도, 가능하지도 않을 것이기 때문이었습니다."

"기특하구나. 그래서 앞으로는 어찌할 것이냐?"

"기회가 닿는다면 가락과 사로, 백제까지도 돌아보고 싶습니다."

"어허, 공주의 몸으로 어찌."

원룡과 맺어주기 위한 유람이었는데 공주의 생각은 완전히 다른 곳에 가 있으니 또 혼사는 그른 것이구나, 왕은 속으로 혀를 찼다. 그러나 짧은 시간에 훌쩍 커버린 공주의 모습은 참으로 든든하기도 해 위안이 되었다.

원룡이 집무실로 돌아오자 기다리고 있던 호특걸이 반가운 얼굴로 맞았다.

"유람은 좋았소?"

"예, 유익했습니다."

"공주님의 기운이 전과 다르던데 무슨 일이 있었던 것이오?"

"좀 있기는 했지만 부장님이 생각하시는 일은 아닙니다."

"허긴, 장군 성품에 그저 호위나 충실히 했겠지."

"보자말자 또 객쩍은 말씀입니까."

"허허, 그런데 무슨 선물을 했기에 짐이 그리도 많은 것이오?"

"선물은커녕 시장 허름한 곳만 열심히 누비다 왔소이다."

"허름한 곳? 어디를 말이오? 아니지, 이럴 게 아니라 우리 자리를 옮겨 술이라도 한 잔 나눕시다. 이번 한가위에는 우리들 형제들의 모임에 왕께서 직접 왕림하시어 참으로 영광스러웠는데 장군이 빠져 모두들 아쉬움이 컸소이다."

"허허, 그랬습니까. 그럼 자리를 옮기시지요."

오랜만에 술잔을 주고받으며 원룡으로부터 유람에서의 공주의 행적과 생각을 들은 호륵걸은 크게 무릎을 쳤다.

"역시! 그래서 핏줄이 따로 있는 것이오!"

"예, 저도 그런가 싶었습니다."

"천생 여자인 줄만 알았는데 왕의 자애로움과 장부인의 강한 의지를 모두 물려받은 것이 아니요?"

"그런 셈입니다."

"감문의 복이기는 한데 혼사는 점점 늦어지겠구려."

"허, 참. 그 말씀은 그만 하시고 그 형솔이라는 상인 말입니다, 부장님은 어찌 생각하십니까?"

그렇지 않아도 형솔의 남다른 처신에 호륵걸도 고개가 갸웃거려지고 있었다. 상인이라 해봐야 작은 규모의 장사꾼만 보았으니 큰 상인의 상술을 자세히 알 수는 없었지만 통이 커도 너무 크다는 생각이 들었다. 물론 들은 바로만 따지자면 결코 손해 볼 일이 없을 것 같고 그의 말대로 되어가고 있었지만 그런 상술의 마당이 되기에 감문은 너무 작은 나라였기 때문이었다.

"뭔가 께름칙한 구석이 있어서 그동안 무실이라는 자를 예의 주시했는데 그놈은 틀림없는 장사꾼이었소. 형솔이라는 자가 없어도 조금도 게을리 하는 바 없이 이른 아침부터 밤늦도록 물건이 나가고 들어오는 것을 일일이 챙기고 이문에도 아주 밝았소. 다른 데 한눈을 파는 법도 없었고 주막에서 밥을 먹으며 사람들과 나누는 이야기를 들어도 오직 장사와 이문밖에는 생각하지 않는 자였소."

"무실에 대해서는 저도 동감입니다. 그런데 형솔이라는 자는 아무래도……."

"맞소. 한편 생각하면 마치 나라를 통째로 사고팔 것 같은 그릇이니 저러다 우리 감문을 사겠다고 나서지 않을까 싶기도 하고 말이오. 허, 참."

"공주님이 야철과 관련해 부탁하면 어떻게 반응할지 제대로 지켜봐야 할 것 같습니다."

"장군이 공주님과 같이 만나보시구려."

원룡은 난처한 기색이었다. 감정을 개입시킬 일은 없었지만 기대가 큰 공주인 만큼 다른 기색이 엿보이면 여차 큰 오해를 살 수 있기 때문이었다.

"그건 아무래도……."

호륵걸도 단번에 그 난처함을 알아 고개를 끄덕였다.

"그럴 수 있겠구려. 알겠소, 내가 따로 방법을 찾아보겠소이다."

국력의 근본, 쇠

어느새 감천의 수량이 줄어드니 형솔은 이번에는 마소가 끄는 수레로 물건을 실어 왔다. 지난번 공주가 부탁한 가축의 새끼와 각종 씨앗을 비롯하여 이번에도 대부분 먹을거리 등 생필품 위주였다. 순식간에 모여든 백성들이 무엇보다 먼저 구매에 나선 것은 가축의 새끼와 씨앗들이었다. 지켜보는 왕과 장부인, 공주는 백성들의 열망이 무엇인지 또렷이 알 수 있었다.

왕은 형솔을 궁으로 불러 장부인, 공주와 함께 친히 마주했다.

"이렇듯 약속을 지키고 성의를 다해 백성들을 기쁘게 하고 나라에 도움을 주니 참으로 고맙다."

"상인으로 이문이 있어 하는 일이니 과찬은 조심스럽습니다."

"그러한가? 하하, 일리가 있는 말이군. 그런데 가락이나 사로 같은 나라에서는 병장기를 만드는 데 사용하지 못하는 쇠로 농기구를 만들어 땅을 개간하는 데 유용하게 쓴다고 들었다. 그래서 우리도 쇠로 농기구를 만들고 싶은데 야철 기술과 덩이쇠를 구해줄 수 있겠는가?"

"참으로 좋은 생각이십니다."

형솔은 아무런 내색 없이 태연히 대답했다. 작은 상인이라면 나라 간의 중요한 기술과 물자이니 놀라고 두려워하겠지만 큰 상인이라면 많은 이문을 취하려 할 것이기 때문이었다.

"하지만 그 값이 매우 큰데 감당하실 수 있겠습니까?"

"얼마나 될 것 같은가?"

"아, 그보다 먼저 여쭐 것이 있는데, 이미 감문에도 야철장이 있지 않습니까?"

"물론 있지. 그렇지만 규모도 작고 기술도 변변치 않아 병장기를 만드는 덩이쇠는 다른 나라에서 수입하고, 그 양도 아주 작은 수준이네."

"저에게 야철장을 보여주실 수 있겠습니까? 어느 정도의 수준인지 알아야 그에 맞게 준비할 수 있어서입니다."

야철장은 나라의 중요한 기반 시설이니 아무에게나 보여줄 수 있는 것이 아니었다. 그렇지만 그 기술과 덩이쇠를 부탁하는 처지이니 보여주지 않을 수 없었다.

"그리하겠다."

"더 자세한 내용은 먼저 야철장을 보고 나서 말씀드리겠습니다. 그런데 이번 일은 어느 분의 생각이십니까?"

"허허, 공주를 가라로 유람 보냈더니 그런 걸 생각해 왔구나."

형솔은 두 눈을 휘둥그레 뜨며 크게 놀라는 시늉을 했다. 자식을 자랑스러워하는 아비에게는 찬사가 크면 클수록 큰 선물이 될 것이었다. 하지만 놀란 것도 사실이었다. 여린 천성의 여자인 줄만 알았는데 그처럼 깨인 생각을 할 줄이야. 백성에게 자애로운 아버지의 성품을 보고 배운 것인가 싶었다.

형솔을 야철장으로 안내한 것은 호륵걸이었다. 6척이 넘는 키에 몸집이 우람했고 드러낸 팔뚝과 바지 속 허벅지 근육은 터질 것처럼 굵고 단단했다. 또한 쭉 찢어진 눈과 큰 머리도 그가 북방에서 온 사람임을 알 수 있게 했다, 사로의 귀족들 중에도 그와 비슷한 체형의 사람이 적지 않았으니.

감문의 야철장은 한 나라의 그것이라 할 수 없는 규모였고 그 기술도 매우 열악했다. 무엇보다 인근에 쇠를 함유한 광석의 질이 낮고 그 양도 적은 것이 분명했으니 쇠가 발전할 수 없는 토양인 것이었다.

야철장에서 돌아온 호륵걸은 형솔을 마주했다.

"그래, 돌아보니 어떻던가?"

형솔은 민망한 낯빛부터 지었지만 망설이지 않았다.

"한 마디로 조악하다 해야겠지요."

능글거리는 빛까지 띠는 형솔의 대답에 호륵걸은 울컥 분통이 치밀었다.

"뭐, 조악? 그래서, 감히 비웃는 것이냐!"

"그럴 리가요. 현실을 말씀드리는 겁니다. 양질의 쇠 광석이 없으니 야철을 크게 확장할 수 없고, 그러니 자연히 기술도 발전하지 못하는 것 아닙니까. 그런 현실에 자존심만으로 무얼 기대할 수 있겠습니까?"

정확한 지적에 호륵걸도 말문이 막혔다. 감문이 진작부터 고민해 오던 일이었다.

"그래서 길은 있고?"

"우선은 강하지 않은 덩이쇠를 들여와 농기구를 만들 수 있도록 돕겠습니다. 그런 과정을 통해 기초적인 기술을 단련시키십시오. 그사이 소인은 더 나은 기술과 시설에 대해 알아보겠습니다. 병장기를 만들 수 있는 강한 덩이쇠의 수입 방법도 강구하고요."

호륵걸은 단번에 반색했다.

"방법이 있겠나?"

"가락에서 왜와 대륙으로 덩이쇠를 많이 수출하고 있습니다. 그걸 빼돌리는 것이지요. 저는 왜는 물론 대륙과도 장사를 하니 아주 불가능 하지는 않을 것입니다. 문제는 무엇으로 살 수 있느냐 하는 것입니다. 감문에 그만한 재물이 있습니까?"

딱 큰 기회를 잡은 상인의 눈빛이었다. 눈빛뿐 아니라 말투며 손짓 발짓까지 모두 상인 그대로였다. 그것으로 호륵걸은 원룡과 나누었던 형솔에 대한 의심은 거두었다,

"재물은 얼마나 있어야 하는 건가?"

"약한 쇠는 그럭저럭 곡물로 얼마간은 마련할 수 있겠지만 강한 쇠 는 금이나 은이 있어야 거래할 수 있습니다. 감문 일원에서도 사금이 든 무엇이든 아주 없지는 않을 테니 한 일 년 모아 보십시오. 저는 그 동안 거래가 될 만한 물건을 감문에서 만들도록 해 재원 마련을 돕겠 습니다."

"그런데 자네 같은 큰 상인이 감문 같은 작은 나라에 왜 이처럼 정성 을 기울이는 것인가?"

"저희 같은 상단은 여러 나라와 지역에 근거지를 두고 있습니다. 사 로, 백제, 가락, 멀리는 왜와 대륙에 까지요. 아직 미치지 못한 곳은 고 구려이지요. 어쩌면 고구려도 더 너른 땅으로 나가는 또 하나의 근거지 가 될지 모르겠습니다. 고구려의 북쪽과 서쪽에는 아직 끝을 모르는 땅 과 수많은 부족이 살고 있으니까요. 거기엔 짐승의 가죽은 물론일 테고 또 어떤 진귀한 물건이 있을지 참으로 궁금합니다. 아무튼, 여기 감문

에서 조금 떨어진 북쪽은 지금 백제 땅인데 거기만 지나면 바로 고구려 아닙니까. 지금도 그 백제 땅을 지나는 것은 문제가 아닌데 거기가 언제 사로와의 전장이 될지 모른다는 것이 문제입니다. 그러니 상단에서는 감문에다 북방으로 진출할 근거지를 마련하고 때를 기다려보자, 뭐 그런 생각인 거지요."

제법 그럴듯한 그림이었다. 더구나 호륵걸은 북방에 대해서 잘 알고 있는 처지이니 자신이 상단을 꾸렸더라도 드넓은 북방으로의 진출은 당연한 목표로 삼았을 것이라 생각하니 형솔의 말에 깊이 공감됐다.

"배로 가는 방법도 있지 않은가?"

형솔은 화들짝 놀라는 시늉을 했다.

"아니, 부장님이 그걸 어떻게 아십니까? 대단하십니다, 사방이 산으로 막힌 감문 같은 곳에서 그런 혜안을 갖고 계시다니. 하지만 장사가 뱃길로만 되는 것이 아닙니다. 지난번 감천의 수량이 풍부할 때는 배로 물건을 들여오니 수월했지만 이번에는 어쩔 수 없이 마소로 육로를 이용하게 되었지 않습니까. 강이 수량이 문제라면 바다라는 곳은 집채 같은 풍랑이며 암초며, 또 그만한 문제가 있는 것이지요. 그러니 육로는 필수적입니다."

"아하, 그렇군."

고개를 끄덕이는 호륵걸을 형솔은 또 부추겼다.

"그런데 부장님은 뱃길을 어떻게 생각하셨습니까?"

"아, 나도 오래전에 북방에서 온지라……."

말끝을 흐리는 호륵걸의 눈빛에 어느새 향수가 가득히 피어올랐지만 형솔은 짐짓 모르는 체하며 말을 이었다.

"아쉽습니다. 우리는 그쪽을 전혀 모르는데, 부장님 같은 분이 우리 상단에 계시면 얼마나 좋을까요."

호륵걸은 저절로 고인 마른침을 삼켰다.

"그래도 난 이제 감문의 군사인데……."

"그럼요, 감문의 기둥이시지 않습니까. 아무튼 세월이 아무리 흘러도 고향을 잊지는 못 하는 법이니 많이 그리우시겠습니다."

"……."

"뭐 훗날 길이 열리면 감문을 통해 드나들 때 그쪽 사정도 전해드리고 필요한 물건도 구해다 드리지요. 혹시 압니까, 우리 상단과 동행해 유람할 기회도 있을지요."

"뭐, 유람? 허, 정말 그런 기회가 올까?"

"사람 일을 어떻게 압니까. 아무쪼록 저희 상단이 감문에서 자리 잡을 수 있도록 많이 도와주십시오."

진작 모두 잊었다 여겼는데 아니었다. 다시 찾아볼 수 있다는 말 한마디에 모든 기억이 생생하게 되살아나며 가슴이 벅차올랐다. 그렇다고 감문을 버릴 생각은 추호도 없었다. 이미 감문의 사람이 되기도 했지만 그에게는 영원히 지켜야 할 소칸의 딸 장부인이 있었다. 그렇지만 할 수만 있다면 단 한 번만이라도 다시 가보고 싶은 마음은 절절했다. 그저 단 한 번만이라도…….

지난번 그곳에서 만나고 싶다는 전갈을 넣은 형솔이 감천 둑 아래로 가자 벌써 공주가 기다리고 있었다. 그사이 정말 여린 여인의 티를 벗은 의연한 모습이었다.

"공주님, 유람은 좋으셨습니까?"

"예, 가라만 돌아보았는데도 다른 세상인가 싶었습니다. 가락과 사

228

로 같은 나라는 얼마나 더 번성하고 얼마나 놀라운 세상일까 참으로 궁금합니다."

"하하, 좀 다르기는 하지만 모두 사람이 만들어 사람이 사는 세상인걸요."

"아닙니다. 저는 세상물정이라 해봐야 들은 이야기가 전부인 무지한 사람입니다만 예로부터 지배층을 위한 사치품은 이어져 내려온 것이니 아무리 화려하고 아름답다 해도 특별하다 말할 수 없다는 생각입니다. 병장기와 군사에 관한 것도 살아남기 위해 남을 치는 것은 생과 사의 문제이니 놀랍도록 발전한다 해도 또한 특별하다 할 것은 아니라 생각합니다. 그렇지만 밑바닥 백성의 삶은 다른 것이지요. 그들은 언제나 죽도록 일하고도 핍박받고, 목숨은 길가의 풀잎 같습니다. 그런 이들이 허리를 펴서 숨을 돌리고, 가끔씩 배부름에 만족한 웃음을 짓고, 더군다나 내일이라는 희망을 품게 된다는 것은 세상이 바뀌는 진정 특별하고도 특별한 일이지 않습니까. 그래서 저는 더 번성하고 부유한 나라들이 궁금합니다."

"그래서 백성들의 시장만 둘러보신 것이군요."

"그마저도 다 보지 못한 것 같아 아쉽습니다."

"하하. 전 그런 사정은 몰랐고, 사로에 들렀더니 마침 대륙에서 배가 들어왔기에 제 마음을 담은 작은 선물을 준비했습니다."

형솔은 품안에서 색동 보자기에 싸인 작은 상자를 꺼내 내밀었다.

"받아주십시오."

"이게 무엇인데요?"

"풀어 보십시오."

소명이 보자기를 풀자 상자 안에는 금과 옥으로 만든 여성 장식품

몇 점이 들어 있었다. 그 섬세함과 화려함은 한눈에 봐도 대륙에서 온 값비싼 것이었다.

"아니, 이처럼 귀한 것을 왜 저에게……?"

"공주님께 어울릴 것 같아 구해 보았으니 크게 생각하지 마십시오. 앞으로 덩이쇠 같은 감문에 필요한 물건들을 중개하는 과정에서 저도 따로 이문을 생각하지 않을 수 없어 조금 송구한 마음도 있는 바이고요."

연모하는 마음의 표시일 수도 있겠지만 나라의 중요한 물건을 중개해 줄 사람이니 공주로서는 거절하기 어렵기도 했다.

"고맙습니다."

그러나 소명은 그저 고개만 숙였을 뿐 더 이상 선물에는 관심이 없는 듯, 떨어져 있는 꽃닢을 불러 가지고 있게 했다.

"덩이쇠 문제는 어떻게 되었습니까?"

"하하, 그 문제는 호륵걸 부장에게 소상히 말씀드렸습니다. 아마 왕께도 이미 보고하셨을 것입니다."

"구해줄 수는 있는 것입니까?"

"예, 공주님을 봐서라도 무슨 수를 쓰던 구해 드리겠습니다."

형솔의 시원한 대답에 공주는 비로소 환한 웃음을 지었다.

정벌의 형세

형솔의 보고를 들은 대장군 우로는 기이하다는 듯 연신 고개를 갸웃 거렸다.

북방의 유목족에서는 여인들도 말을 타고 전쟁을 치른다는 이야기를 들었다. 사로에도 말을 타고 무술을 익히는 여인들은 있었다. 그러나 모두 왕에게 충성하는 전사들이었다. 나라를 사랑하고 군주에 복종하며 가족과 자신을 소중히 여기지만 맨 아래 백성에게는 연민을 가질지언정 우선으로 보듬지는 않는다. 왕은 다르던가. 백성을 아끼지 않는 왕은 없다. 그러나 백성이 왕과 왕실보다 우선이라 생각하는 이는 결단코 없다. 그런데 감문 왕도 그러하다지만 나이 어리고 철없는 공주까지 단 한순간에 깨우쳐 일신(一身)보다는 백성을 앞서 생각한다니 차라리 기이하게 생각된 것이었다.

"그래서 덩이쇠를 구해주겠다 한 약속은 어찌할 것이냐?"

"병장기를 만들 만한 일품 쇠는 일 년쯤 뒤로 미루어 두었습니다. 그 동안은 약한 덩이쇠로 농기구를 만들게 하고 땅을 개간하는 것을 지켜보겠습니다."

"어차피 사로의 땅이 되면 국력에도 보탬이 될 터이니?"

"예, 그렇습니다."

"지금 삼한이 모두 조용하다. 고구려는 새 왕(동천왕)이 등극한 지 3년째로 대륙의 위(魏)나라와의 화친에 힘쓰고, 백제는 너도 알다시피 지난해 우곡계(牛谷界: 지금의 춘천)에 말갈이 침입해 왔을 때 크게 패한 뒤로는 은인자중하고 있다. 가락 6국 또한 우리와 화친한 상태이고."

"상단에서 백제 구수(仇首)왕의 병이 깊다는 소문을 들었습니다. 길어야 앞으로 1, 2년 그리고 새 왕이 등극해도 2, 3년은 대외 활동을 삼갈 테니 4, 5년은 조용할 것입니다."

"그래, 그러니 우리는 그 시간 동안 여러 대비에 힘써야 할 것이다. 남쪽의 왜구는 예측할 수 없는 노릇이나 북쪽 백제와의 경계는 미리 대비할 수 있는 일이다. 그래서 감문부터 정벌하려는 것임은 너도 알 것이고, 가능한 조용히 정벌하여 주변을 자극하지 않으려고 너의 계획을 지켜본 것이다."

"물론 알고 있습니다."

"기왕 감문 왕과 공주의 마음을 샀다니 무장들에게도 접근할 수 있겠느냐?"

형솔은 원룡과 호륵걸을 떠올렸다.

"말씀드린 것과 같이 북방에서 온 군사들이 10여 명 있는데 그중 지도자 격인 호륵걸이라는 자와 이야기를 나눠 봤습니다. 북방 이야기로 슬쩍 떠보았더니 금방 향수에 젖어들었습니다. 앞으로 계속 접촉해 볼 계획입니다. 그렇지만 북방 사람들이 본디 호전적인 성향을 띠는 데다 원룡이란 자의 기개도 여간 아닌 것 같았습니다. 낙관하기는 어려울 듯

합니다."

"그럴 것이다. 하지만 마지막 순간에라도 왕이 온건한 결정을 내리게 되면 그들도 순순히 따랐으면 좋겠구나. 오늘 적이라고 내일도 적이 되라는 법은 없지 않느냐. 이 치열한 시대에 인재는 한 사람이 소중한 법이다."

"명심하겠습니다."

일품 쇠가 필요하다

뒷산의 푸른 잎이 붉게 물들기 시작하더니 서리가 내렸고 이내 바람에 차가운 기운이 묻어 왔다. 머지않아 첫눈이 내리고 나면 겨울이 깊어질 테고 이전 같으면 집 안에 틀어박혀 새끼를 꼬거나 산속 짐승을 잡을 덫이나 놓을 것이었다. 그런데 감문의 이번 가을과 겨울은 예년과 달랐다.

전에도 대나무나 갈대 등속으로 물건을 담을 바구니나 멍석 같은 것을 짜기는 했지만 집집마다 자신들이 필요하고 이웃과 바꿀 정도의 작은 양이었다. 그런데 형솔의 상단에서 다른 시장에 내다팔 수 있다며 모두 구매하겠다니 가을에는 그 재료를 확보하느라 바빴고 겨울이 되자 집안의 여인들은 잠시도 쉬지 않고 잰 손을 놀렸다.

사내들도 곱은 손을 입김으로 녹여가며 바쁘게 움직였다. 상단에서 부족하다고 말하는 창고를 늘려 짓고, 여각과 주막들도 새봄에 찾아올 손님을 위해 낡은 곳을 보수하거나 객방을 늘렸다. 상단이 들여온 가축새끼를 사들인 사람들은 그놈들을 기를 우리를 지었는데 옛날처럼 얼기설기 대충하는 것이 아니라 조금이라도 더 따뜻하게 해 하루빨리 자라고 새끼를 낳으라고 정성을 기울이는 통에 사람이 사는 집보다 더 번듯하다는 우스갯소리가 자연스러울 정도였다.

활력, 매서운 한파에 움츠려 간신히 파득거리는 심장이 아니라 대장간 화덕의 이글거리는 불꽃처럼 힘차게 펄떡이는 심장의 활력은 한파와 눈보라에도 굴하지 않고 웃음과 신명을 퍼트렸다. 또한 그 활력과 신명의 전염력은 너무도 강하고 빨라 노인에서 아이, 남녀는 물론이고 인근 소국에까지 번져 감문 일원 모두가 겨울을 잊은 듯 새해(서기 231년)를 맞았다.

이제 곧 봄이 올 것이니 농기구를 만드는 대장간은 더욱 들썩거렸다.

"어제는 얼마나 만들었느냐?"

벌써 열흘 넘게 날마다 대장간을 찾는 금효왕은 오늘도 변함없이 어제와 같은 질문부터 했다.

"예, 호미는 스무 개를 만들어 이제 필요한 숫자를 다 채웠으며 오늘부터는 괭이를 만들고 있습니다."

"괭이. 그래, 땅을 파려면 그게 가장 요긴하지. 그런데 괭이는 호미보다 쇠가 훨씬 강해야 할 텐데 가능하겠느냐?"

"예, 이번에 상단이 가져온 덩이쇠는 호미를 만들던 것보다는 훨씬 더 강하다더니 아침에 두드려보니 실로 그렇습니다."

"오, 이런 고마울 데가……."

원룡과 호륵걸이 번뜩이는 눈빛으로 서로를 마주했다.

"혹시 그 덩이쇠로 창이나 칼은 만들 수 없느냐?"

원룡의 물음에 대장장이는 잠시 고개를 갸웃거렸다.

"칼을 만들기에는 너무 약하고 창이나 화살촉 정도는 만들 수 있을 것 같기는 한데 그래도 방패를 뚫기는 어려울 겁니다."

"그런가……."

원룡이 실망해 어깨를 늘어트리자 호륵걸이 나섰다.

"그렇더라도 우선 좀 만듭시다. 나중에 강한 쇠가 들어오면 그때 제대로 만들면서 이번 것은 녹여 농기구를 만들면 될 것 아니오."

"방패를 뚫지 못한다는데 무슨 소용이라고요."

"전장에 방패든 놈만 있는 건 아니잖소. 또 제대로 맞힐 수 있도록 훈련을 강화하면 방패로 가리지 못하는 부분을 맞힐 수도 있을 것이고요."

"그럴 수 있을까요?"

두 사람의 설왕설래를 듣고 있던 왕이 나섰다.

"장군과 부장의 마음은 알겠다만 이번에는 그냥 농기구를 만들도록 하자. 병장기를 만들었다가 다시 녹여 농기구를 만든다는 것이 어디 여간 수고로우며 말처럼 쉽겠느냐."

"나라를 위하는 일인데 저희의 수고야 무슨 대수겠습니까."

대장장이가 끼어들었지만 왕은 고개를 가로저었다.

"아니다. 사로에 새 왕이 들어선 지 이제 1년이다. 전례대로 지난 원년에는 인사와 함께 시조묘에 제를 올렸으니 금세 군사를 일으키지는 않을 것이다. 또한 백제도 요즘은 조용하다니 올해 우리는 농사와 백성의 삶에만 집중하자꾸나."

무장으로서는 아쉬운 일이었지만 왕의 말씀이 합당하니 따르지 않을 수 없었다. 또한 어느 나라든 새로운 왕이 등극하면 적의 침공을 당하지 않는 한 곧바로 군사를 일으키는 예는 드물었다. 그것은 집권층의 교체에 따른 내부 혼란을 다독이는 것과 함께 나라의 면모를 일신해 자신의 치세로 이끌어 가려는 욕망은 혈연으로 물려받은 집권자라도 버릴 수 없는 것이기 때문이었다.

"사냥하기 좋은 날을 좀 잡아주십시오."

뜬금없는 호륵걸의 부탁에 장부인은 웃음을 머금었다.

"요즘도 수시로 사냥을 나가신다면서 갑자기 무슨 날을 따로 받아 달라는 겁니까?"

"형솔이 며칠 뒤에 떠난다니 그 뒤에 왕창 군사를 일으켜 크게 사냥을 하렵니다."

"뭘 잡으시려고요?"

"곰하고 호랑이를 몇 마리 잡아야겠습니다."

영문을 모르겠다는 장부인의 낯빛에 호륵걸이 말을 이었다.

"그놈들이라도 잡아서 가라에 내다팔면 강한 덩이쇠를 좀 살 수 있지 않겠습니까. 그걸로 병장기를 좀 보강해야겠습니다. 왕께서는 주변이 한동안 조용할 것이라고 올해는 농사에만 전념하자시지만 무장으로서 신통찮은 병장기를 보면 불안하고 속이 치밀어서 말입니다."

장부인은 비로소 고개를 끄덕였다.

"그런데 왜 형솔이 떠난 뒤에요?"

"아 그거야 우리가 그치에게 신세를 지고 있는 셈인데 큰 짐승을 잡으면 가죽은 내줘야 할 것 아닙니까?"

"예에, 옳은 말씀이고 좋은 생각입니다. 제가 날을 받겠습니다."

장부인의 기꺼운 대답이 있자 마음 편히 물러난 호륵걸은 원룡과 함께 상단을 찾았다. 형솔은 오늘도 변함없이 환한 얼굴로 반기며 술상을 준비시켰다.

"그렇지 않아도 어제 사냥에서 잡아온 꿩 몇 마리로 시원한 탕을 끓여 두 분을 모실 생각이었습니다."

"꿩탕? 거, 좋지! 하하하!"

"곧 떠난다는 소리를 들었는데 언제인가?"

"내일 무실이 돌아오면 저는 모레 떠날 것입니다."

"그래? 그럼 오늘 술은 환송주가 되는 건가?"

"부장님 말씀을 듣고 보니 내일은 무실에게 지시할 것이 많으니 그렇게 되는 셈이네요. 오늘 제대로 마셔야겠습니다, 하하하."

"무실은 이번에 뭘 가져오는가?"

"제 식구들을 보러 간 것이니 아마 술이나 좀 가져올 것입니다."

"그래? 거 기대되는군, 하하하."

"이번에는 어디로 가는 건가?"

"사로에 잠시 들렀다가 가락에서 좀 머물 것입니다."

"시간이 적잖이 걸리겠군."

"아무래도 서너 달은 소요될 테니 씨앗을 뿌릴 때쯤 좋은 물건들과 같이 돌아오게 될 것 같습니다."

"그런데 가락에서는 무슨 일로 그리 오래?"

"사로도 만만치 않지만 삼한에서 쇠의 질이나 그것을 다루는 기술은 가락이 단연 으뜸입니다."

원룡과 호륵걸은 눈빛을 반짝이며 마른침을 삼켰다.

"쇠도 쇠지만 그걸 다루는 기술도 매우 중요하니 이번에 좀 오래 머물면서 자세히 살펴보고 대장장이들과도 친해볼 요량입니다. 그래야 나중에 그들 몇 사람이라도 감문으로 불러 기술을 전수(傳授)하게 할 것 아닙니까, 하하.”

말하지 않아도 알아서 앞서가니 고맙기 그지없는 일이었다. 그런 혜안의 능력이니 나라마다 거점을 두는 큰 상단을 이룰 수 있었을 테고 감문에는 복으로 여겨지고 있었지만 원룡은 마음 한편에 자리 잡은 미심쩍음을 도무지 떨쳐낼 수 없었다. 의심하려 들면 모든 것이 의심스럽지만 감문에 득이 되고 왕의 자애로운 뜻을 입 안의 혀같이 받쳐주어 이처럼 활력이 넘치고 희망이 가득하니 의심을 가라앉히지 않을 수 없었다. 더군다나 공주를 사이에 둔 기묘한 갈등은 결국 자신이 그 대상이니 여차 치졸한 질투의 마음인가 싶어 더욱 그러할 수밖에 없었다.

“아, 참, 전에 복속한 어모는 이제 별다른 문제가 없는 것입니까?”

술자리가 무르익어가자 형솔이 슬며시 지난 일을 물었다. 지금껏 군사의 일에는 무심한 듯 말이 없기도 한 자였지만 이제는 마음의 벽을 허문 호륵걸이 냉큼 말을 받았다.

“어모? 거기 군주 놈은 지위를 잃어 속이 쓰리겠지만 백성들은 입이 함지박만 해졌지. 새로 복속한 백성들이라고 그간 우리 왕께서 여간 신경을 쓰고 도움을 주신 게 아니거든.”

“역시 그러시군요. 그런데 그때 문무며 다른 소국들도 모두 나라를 바치겠다고 했다면서요? 어찌 복속시키지 않았는지요?”

“우리 왕께서 그들 백성까지 모두 책임지기에는 아직 힘이 미약하다며 훗날로 미루셨지. 지켜보며 속이 터지기는 했지만, 왕이라 칭하지도 않고 감문의 조회에 들며 모든 일을 사전에 허락받아야 하니 속국이나 다름없지 뭐.”

“그렇군요. 제가 장사 일로 여러 나라를 떠돌며 많은 이야기를 들었습니다만 그런 일은 전대미문입니다. 참으로 자애로운 왕이시니 사로 같은 큰 나라도 존중할 겁니다."

"그럼 그렇고말고. 존중받아 마땅하시지."

형솔은 묵묵히 듣고 있는 원룡의 눈치를 살폈지만 아무래도 다른 생각에 잠긴 듯했다.

"그런데 이제 술이 먼저 떨어질까, 안주가 먼저 떨어질까?"

"하하하, 형님께서 그러실 줄 알고 제가 이번에는 상어고기를 돼지기름에 노릇노릇 잘 구우라 시켰습니다."

"상어고기?"

"예, 아래 지방에서는 돔배기라고도 하는데 맛이 담백한 것이 아주 일품입니다."

"상어라는 그놈은 도대체 어떻게 생겼나?"

"보통 길이는 7자가 넘고 이빨은 호랑이의 그것보다 더 날카로운데 잡아서 뱃속을 가르면 팔뚝만 한 물고기들이 숨만 끊어진 채 멀쩡하게 쏟아져 나오기도 하니 먹성이 대단한 놈이죠."

"뭐, 호랑이 이빨에 뭐가 어째? 지금 내가 바다를 모른다고 허풍을 치는 거지!"

"아이고, 형님, 제가 무슨 득을 보겠다고 거짓을……."

사내에게 술은 정을 부르기도 하지만 의식을 둔하게도 하는 것이었다. 원룡도 점점 술에 취해가며 두 사람의 정겨운 소리에 그저 희멀쑥이 웃음이나 지으며 넋을 놓아가고 있었다.

장부인이 받아준 사냥 날짜는 진정 길일이었다. 호륵걸이 바라던 호랑이 한 마리와 곰 두 마리를 비롯하여 멧돼지, 노루, 늑대 등 잡은 짐승이 수십 마리나 되었다. 가죽을 벗겨낸 노루와 늑대 등속의 고기는 사냥에 참가한 군사의 수만큼 마을마다 나누었고, 왕궁에서는 멧돼지를 잡아 군사를 치하하는 잔치를 열었다. 먹고 남은 고기는 궁을 비롯한 각 마을마다 형솔에게서 들은 대로 소금으로 해를 담아, 두고 먹을 수 있게 했으니 그 풍성함에 사람들은 먹지 않아도 배부르다는 말을 실감했다.

뒤늦게 호륵걸의 뜻을 들은 왕은 기꺼이 호랑이와 곰을 가라에 내다 팔도록 허락했다. 이번에는 뜻을 낸 호륵걸이 사람들을 인솔해 가라로 가고 원룡은 감문에 남기로 했는데 공주가 따라 가겠다 나서니 왕은 지난번 기특한 일을 떠올려 선선히 허락했다. 장부인은 자신의 패물을 남몰래 쥐어주니 호륵걸은 콧등이 시큰했다.

가라도 사방이 산으로 둘러싸여 여러 짐승이 흔하고 사냥도 잦았지만 호랑이와 곰을 잡기는 쉽지 않은 일이었다. 도중 마을에서 하룻밤을 유숙하고 정오 무렵 성안에 도착하자 시장은 금방 들썩였다. 해가 거의 질 무렵까지 가라의 여러 상인이 나섰지만 강한 덩이쇠로만 바꾸겠다는 호륵걸의 고집에 거래는 이루어지지 않았다. 지켜보고 있던 소명도 속이 타들어 가는데 가라 관복을 차려입은 이가 군사 몇의 호위를 받으며 찾아왔다.

"어디에서 온 사람들이오?"

"감문에서 왔소이다."

"잡아온 맹수를 강한 덩이쇠로만 바꾸겠다고 하였소?"

"그렇소. 무슨 문제가 있는 거요?"

삐딱한 호륵걸의 말투에도 관리는 웃음기를 거두지 않았다. 소명은 걱정스러웠지만 호륵걸의 본디 성격이 그러하니 초조하게 지켜볼 수밖에 없었다.

"강한 덩이쇠는 나라의 허락을 받아야 팔 수 있다는 것을 모르시는 모양이군요."

"뭐요? 아니, 그런 법이 어디 있소? 그냥 값이 맞으면 거래를 하는 거지."

"강한 쇠는 병장기를 만드는 데 소용된다는 것을 잘 아시는 무장이 어찌 그런 말씀을 하시는 겁니까?"

소명은 가슴이 덜컥 내려앉았지만 호륵걸은 오히려 버럭 고함을 질렀다.

"뭐요? 무장이라니!"

"허허, 감문의 호륵걸 부장이 아니십니까?"

"뭐, 그걸 어떻게……?"

"시장의 일을 전해 들으신 우리 왕께서 아무래도 호륵걸 부장인 것 같으니 궁으로 모셔오라 하셨습니다. 자, 함께 가시지요."

작년에 가라에 왔을 때 왕을 뵙기는 했지만 여태 기억하고 있었던 것인가, 생각하니 호륵걸은 조금 민망했다.

"그럼 뭐……."

호륵걸이 소명을 돌아보자 그녀는 놀란 눈치였다.

"지난해 부인의 명으로 가라를 다녀간 적이 있습니다. 그때 왕도 뵈었고요."

"아……."

소명은 비로소 안도했고 모두 관리를 따라 왕궁으로 향했다.

따라온 나머지 군사들을 따로 두고 소명과 함께 호륵걸이 들자 왕은 오랜만에 만난 가족을 대하듯 환한 얼굴로 맞아주었다.

"왔으면 궁에 먼저 들지 않고 어찌 시장으로 갔는가?"

"왕께 폐가 될까 해서 가져온 짐승만 팔고 돌아가려 했습니다."

"허허, 내 그리 편하게 하라 했거늘."

"송구합니다."

"함께 온 저 소녀가 공주인가?"

왕의 말에 공주보다 호륵걸의 눈이 더 휘둥그레졌다.

"아니, 그걸 어찌 아십니까?"

"직접 본 적은 없다만 지난번 다녀갔다는 소문을 듣고 내 한번 보고 싶었다. 나이도 어린데 아주 기특한 생각을 했더구나."

공주는 정중히 무릎을 꿇어 예를 표했다.

"소녀 소명이라 하옵니다. 칭찬은 과하시고, 지난번은 유람을 나왔던 것이라 소국의 공주로서 감히 왕궁을 찾기가 민망하여 시장만 돌아본 것이니 나무라지 말아 주십시오."

용모도 단정한 데다 예를 갖춘 말이 지혜로우니 왕은 참으로 즐거웠다.

"하하, 네 생각과 말이 모두 아름답구나. 앞으로는 가라에 들르면 반드시 나를 찾아 기쁨을 주도록 하라."

"예, 반드시 그리하겠습니다."

"좋구나. 그리고 호륵걸, 자네가 강한 쇠를 그처럼 바라는 건 무슨 생각에서인가? 혹 또 어디를 정벌이라도 할 생각인가?"

호륵걸은 민망한 기색으로 손사래를 쳤다.

"정벌이라니요, 절대 아닙니다."

"지난해 어모를 정벌한 이야기를 내 들었는데 참으로 기상이 늠름했더구나."

좁은 땅에 이웃한 나라였으니 소문이 들어가지 않을 리 없었다. 더군다나 소문은 부풀려지게 마련이니 겨우 칼 한 번 뽑았을 뿐인데 얼마나 과장되었을지 가늠조차 하기 어려웠다.

"기상이라니요, 당치 않습니다. 소문일 뿐이지 칼은 휘두르지도 않았습니다."

"그런가? 그럼 호통만으로 정벌했다는 것인데 그 호통 소리를 나도 한번 듣고 싶구나."

"대왕……."

당황한 호륵걸이 허둥거리자 왕은 더욱 유쾌하게 웃음을 터트렸다.

"하하하, 사내의 기상이라면 그 정도는 되어야지. 아무튼, 어딜 정벌할 것도 아니라면서 강한 쇠를 왜?"

"감문은 야철 사정이 변변치 못합니다. 하여 병장기를 만든 지 오래되니 만약 적이라도 쳐들어오면 대응하기 곤란할 것 같아 무장들이 맹수라도 잡아 병장기를 보강하고자 한 것이지 다른 뜻은 없습니다, 정말입니다."

"그래, 호륵걸 부장은 거짓말은 못 할 위인이지. 그렇지만 지금 감문에서는 큰 시장을 열어 사는 형편이 제법 넉넉해졌다고 들었는데?"

"그저 백성들의 삶이 조금 나아진 정도입니다. 더군다나 우리 왕께서는 남을 침략할 마음이 없으시니 약한 쇠를 구해 농기구를 만드는 데 전념하고 있습니다."

가라 왕도 이미 들어서 아는 바였다. 나라를 경영하는 일에서 이웃나라 사정을 제대로 파악하는 것은 세 손가락 안에 드는 중요한 일이었다. 그래서 나라에서 직접 상단을 운영하거나 상단의 뒷배를 봐주며 정탐에 게을리 하지 않는 것인데 감문은 아직 그만한 여력은 없는 규모였다. 물론 지배자의 정복욕이 강하면 국세의 여력이 모자라도 감히 도모하겠지만 감문의 금효왕은 천성이 자애로워 자중하니 가라로서는 큰 다행이었다. 가라 왕이 우호적인 것도 그런 감문을 순망치한(脣亡齒寒)의 입술로 여기는 때문이었다.

"좋다. 내 그대가 가져온 맹수를 값보다 훨씬 더 후하게 쳐 강한 쇠를 내줄 테니 며칠 푹 쉬며 잘 둘러보고 가거라."

호륵걸은 머리가 땅에 닿도록 허리를 굽혀 감사를 표했다.

"참으로 고맙습니다. 그렇지만 지난번에도 가라를 둘러보았으니 내일이라도 돌아가도록 해주십시오."

왕은 짐짓 노한 듯 눈을 부라렸다.

"저런 불충한 자를 보았나!"

"예에? 불충이라니요?"

"신하된 자로서 어찌 자신만 생각하고 모셔온 공주는 생각지 않는 것인가! 공주는 시장만 보았다 하지 않았는가!"

"아, 예. 저는 그게……."

"아닙니다, 대왕. 소녀는 시장을 본 것으로 충분하옵니다. 호륵걸 부장에 대한 노여움을 거두어 주십시오."

당황한 호륵걸을 소명이 변명하고 나서자 왕은 또 너털웃음을 터트렸다.

"하하하, 내가 호륵걸에게 농을 한 것이다. 염려치 말라. 그렇지만 공주, 백성을 거두는 데는 질박한 것만이 전부라 생각하지 마라. 너의 생각대로 백성의 배가 부른 것이 우선이기는 하다만 그것만으로 나라가 부유해지는 것은 아니다. 생각이 깊지 않으면 왕실의 부귀를 사치로만 여길 수 있으나 그게 전부라면 모두 망했어야지. 어찌 큰 나라일수록 왕실이 화려하겠느냐. 부든 화려함이든 앞서는 것이 있어야 다수가 따라 하며 한발씩 나아가는 것이다. 기껏 돌을 쪼개 사냥하다가 청동기를 만들어 내고, 다시 쇠를 만들게 된 것은 모두 그런 앞서가려는 자들이 있었기 때문이다. 사냥이나 전쟁뿐 아니라 먹고 입고 자는 것 또한 마찬가지이다. 지배자가 처음 맞난 것을 먹고 좋은 옷을 입으며 온전한 집에서 자게 되면 오래지 않아 백성 또한 그와 같이 하게 되니 지배자는 또 더 나은 것을 찾고 취해서 백성을 이끄는 것이다."

소명은 눈앞에 또 다른 밝은 빛이 켜진 느낌이었다. 우물 안의 개구리라더니, 자신은 기껏 좁은 사방 벽에 갇혀 바깥세상은 상상조차 하지 못하는 한계로 백성의 일을 생각했으니 제자리 뛰기에 불과한 것이었음을 깨우쳤다.

"내 미약하나마 가라 왕실의 모든 것을 보여주라 할 테니 공주로서 먹는 것 입는 것 사는 것부터 잘 살펴, 크고 멀리 백성을 보살필 길을 생각도록 하여라."

"참으로 은혜가 깊습니다. 마음을 다하여 보고 배우겠습니다."

기밀의 누설

형솔이 다시 감문으로 돌아온 것은 막 씨앗을 뿌리기 시작한 때였다. 농사가 생산의 거의 전부인 나라의 농번기에 시장이 북적거릴 일은 없었다. 모아둔 재화가 넉넉하면 그나마 거래가 이루어지겠지만 그럴 형편은 아니었고, 곡물과 포목이 거래의 주된 수단이던 시대에 더구나 먹을거리가 귀한 봄이었으니 내놓을 곡물도 있을 리 없었다. 그래도 시장을 유지해 그간 쌓은 호감을 지켜야 했으니 형솔은 겨우내 대나무와 갈대 등을 재료로 만들어놓은 공예품으로 바꿀 수 있다며 마소가 끄는 수레로 실어온 몇몇 씨앗과 사로에서 콩으로 담근 된장 같은 장(醬)류를 풀어놓았다. 특히 된장은 삼한 땅 사람들에게 매우 유용한 양념이자 봄철에는 여러 나물과 곁들이면 훌륭한 구황 식품이 되기도 했다. 하여 감문에서도 장을 담그기는 하지만 생산되는 콩의 양이 적고 소금도 넉넉하지 않으니 언제나 부족했다.

"감문에 가장 필요한 것인데, 장사를 하면서도 이처럼 세세히 마음을 쓰다니 참으로 고맙고 기특하구나."

"상인이 필요한 물건을 알지 못한다면 어찌 상인이라 하겠습니까, 칭찬을 거두어 주십시오."

금효왕의 진심어린 인사에 형솔은 짐짓 겸양했다. 그런 형솔이 왕의 눈에는 진정 의를 알고 신뢰할 수 있는 사람으로 보이는 것은 당연한 것이었다.

"덩이쇠는 좀 구했느냐?"

"송구합니다. 모든 나라가 봄철 경작과 개간을 준비하니 오히려 약한 쇠가 부족할 정도입니다. 하여 이번에는 가져오지 못했으나 다음번에는 반드시 가져올 것입니다."

"그런가? 거 참, 괭이를 좀 더 만들었으면 좋으련만……."

왕이 안타까움에 혀를 차자 형솔은 얼른 다른 희망을 내놓았다.

"이번에 가락에서 쇠를 아주 잘 다루는 대장장이 두어 사람을 구해 두었습니다. 가을쯤에 그들을 데려올 것이니 그때는 감문의 야철 기술이 금세 발전할 수 있을 것입니다."

"오, 정말인가? 그런 이들을 어떻게?"

"왕의 자애로움을 말씀드리고 설득했습니다. 그 힘든 야철 일을 하면서도 왕의 눈치를 살펴야 하는 이들이라 마음이 동한 것이니 모두 왕의 복이십니다."

"어허, 나라의 소중한 일꾼을 어찌……. 그런 이들에게는 어떤 대우를 해줘야 하나?"

"먼저 몇 년 치 삯을 계산해 그 가족들에게 곡물과 포목으로 보내기도 하나 감문에는 한 해 치만 먼저 받기로 약조했습니다. 제가 이번에 장신구들을 좀 가져왔는데 그것을 팔아 마련한 것으로 삯을 치르고 데려올 것입니다."

"장신구를? 그건 무엇으로 얼마나 치러야 하나?"

왕은 당장 그것들을 모두 사들일 기세였다. 그러나 형솔은 손사래를 쳤다.

"마음 쓰지 마십시오. 소인이 어찌 왕의 검약하심을 모르겠습니까. 이번 장신구들도 다른 군주와 그 식솔들이 모두 사들일 것입니다."

"그들에게 그만한 재물이 있다는 말인가?"

"물론입니다."

왕은 믿을 수 없어 하면서도 허탈한 기색을 내비쳤다. 금효왕은 모든 군주가 자신과 같은 마음인 줄 알지만 문무만 하여도 감문보다 훨씬 더 넓은 들을 가지고 있음을 왕은 알지 못하였다. 왕이 되기 전 세상을 둘러보지 않았다면 전쟁으로라도 출전하여 주변을 알아야 하는데 그는 너무 자애롭기만 했다. 신하들 역시 급박하지 않으면 위험과 경계를 말하기는 어려운 노릇이니 때로는 자애와 평온이 화평의 적이 되기도 하는 것이었다.

"그럼 요즘 대장간은 한가하겠군요."

"어? 아, 뭐 그런 편이지."

눈길을 피하며 머뭇거리는 왕의 태도가 이상했다.

"그럼 그들은 무얼 하고 지냅니까?"

"그걸 자네가 왜?"

"제가 자리를 청해 대접하며 가락에서 보고 온 것을 이야기라도 해줄까 해서 여쭌 것입니다."

"아, 아니다. 대장간이 놀다니……. 농기구란 것이 수시로 마모되니 그때그때 벼려줘야 하지 않는가. 마음은 고맙네."

분명 감추는 것이 있음을 형솔은 직감했다. 이제 섣불리 대장간을 엿보려다 발각되면 크게 의심을 살 수 있었다. 형솔은 무심한 척 달리 사정을 알아볼 방법을 생각했다.

"정말 그것뿐이냐?"

"예, 크게 사냥에 나서서 마을마다 떠들썩하도록 고기를 나누며 잔치를 벌인 일 말고는 사소한 사냥이나 있었고 모두 제 일을 했을 뿐입니다. 저에게도 고기를 나눠 줘 배불리 먹었고요. 겨우내 제일 많이 찾은 것도 먹고 남은 고기로 해를 만든다며 소금이었습니다."

"군사들의 무기는?"

"뭐 여기 군사들이 무기를 들고 다니기나 합니까. 어쩌다 보여도 그게 그거 같던걸요."

"군사들이 훈련은 하지 않았느냐?"

"조그맣게 마을 단위로 농악 연습을 하는 것 같았습니다만 워낙 추운 데다 저는 손님을 기다려야 하니 별반 밖으로 나가지도 않았습니다."

무실이 알고 있는 것으로는 아무것도 짐작하기 어려웠다. 그저 상단의 일꾼에 불과한 그가 은밀한 군사의 일을 알아내리라고는 기대하지 않기도 했다. 처음에는 웬만큼 정탐할 능력이 되는 자를 일꾼으로 위장시킬 생각도 했으나 장기적으로 체류하며 섣부른 행동은 작은 나라이기에 오히려 드러나기 쉬워 접은 터였다.

"장군님과 부장님이 오셨습니다!"

밖으로 나간 무실의 소리에 형솔은 긴장한 기색을 거두고 후다닥 뛰어나갔다.

"어서 오십시오. 제가 너무 오래 걸렸지요?"

"그래, 일은 잘 보았나?"

"예, 왕께 상세히 말씀드렸습니다."

"응, 그건 나도 들었다. 여러 가지로 고맙구나."

"별말씀을요. 자, 들어가서 술이나 한잔하시지요."

"술, 좋지. 이번에는 무슨 술인가?"

"제가 형님 생각이 나서 대륙 상인에게 북방의 술을 좀 부탁했습니다."

"뭐야, 북방 술!"

"예, 역시 추운 곳이라서 그런지 술이 좀 독하더군요."

"암, 독하지. 어서 가져와보게, 어서."

재촉하는 호륵걸의 눈에 향수가 가득했다. 그런 호륵걸을 바라보는 원룡의 눈빛도 애잔했다.

성큼 방안으로 들어서며 던지듯 바닥에 내려놓는 호륵걸의 장도(長刀)가 이전과는 다른 것을 형솔은 단박에 알아차렸다. 손잡이와 칼의 모양은 그대로였으니 얼핏 벼린 것으로 보일 수 있었으나 분명 새로 만들어 이전 손잡이와 맞춘 것이었다. 뒤따라 방으로 들어와 내려놓은 원룡의 칼도 그랬다. 칼집과 손잡이는 그대로였으나 칼집 끝에 살짝 드러난 검광은 분명 새것이었다. 손잡이와 칼집은 감추기 위해서일 수도 있지만 허울에 연연할 사람들이 아니었다. 강한 일품 쇠를 들여온 것이었다. 직접 눈으로 보았으니 이제 과정을 알아내는 일만 남았다.

술상이 들어오자 호륵걸이 반색했다.

"어디, 어서 잔을 채워보게."

잔에 술이 채워지자 호륵걸은 원룡이 잔을 들기도 전에 벌컥 들이켰다.

"캬! 좋다. 마셔본 술은 아니지만 북방의 맛이야, 확실해!"

"부장님은 이십 년도 전인데 그때 벌써 술맛을 알았다는 말입니까?"

"하하하! 장군, 북방은 남쪽과는 많이 다르다오. 사시사철 언제나 아, 특히 한겨울에 말이오. 앞이 안 보이는 눈보라가 휘몰아치는, 여기 남쪽에서는 상상도 할 수 없는 추위 속에 끝이 보이지 않는 허허벌판을 말을 타고 하루 종일 달리다가 게르라고 하는 천막집 안으로 들어가면 어머니가 김이 무럭무럭 나는 말젖이나 양젖을 발효시켜 만든 차를 주시지. 후후 불어 마시고 나면 온몸이 스르르 풀어지는데 그때 아버지가 독한 술을 사발 같은 술잔에 따라 주시지. 단숨에 벌컥 들이켜고 나면 온몸이 불에 덴 듯 후끈 달아오르며 하늘로 오르는 기분이 되는데 하루의 추위와 고단함 따위는 깨끗이 사라지지. 그럼 세상모르고 잠에 빠졌다가 그다음 날이면 또 날듯이 말 등에 오르게 되지. 그러니 초원의 사내에게 술은 나이와는 아무 상관이 없는 것이라오. 하하하!"

"아, 참. 봄이라 안주가 변변치 않은데 사냥감이 있을까요?"

"봄에 무슨 사냥감이야. 그것들도 겨우내 배를 곯아 뼈에 가죽만 붙어 있을 텐데."

"그럼 해로 만드는 방법을 알려줬는데 그거라도 좀 있을까요?"

"그게 여태 남아 있는 집이 있을까……."

"지난겨울에 큰 사냥이 있었다면서요?"

"암, 그게……."

"큰 사냥은 무슨."

원룡이 들뜬 호륵걸의 말을 가로막았다.

"요란만 떨었지 기껏 멧돼지 몇 마리가 가장 큰 소득이었다네."

"허허, 장군. 기껏 멧돼지라니요. 그것도 제가 도끼로 잡았지 장군은 노루나 잡지 않았소, 하하하!"

어색했다, 아니 호륵걸은 거짓말이라고 드러내놓고 말하는 것이나 다름없었다. 형솔도 따라 크게 너털웃음을 터트렸다.

"하하하. 형님, 아직 집에 고기가 남아 있는 거죠. 거짓말이 되는 사람이 거짓말을 하셔야죠. 그러지 말고 좀 나눠주십시오. 제가 혼자 먹으려는 것도 아니고 같이 먹을 안주 하려는 건데요."

"으, 응. 그, 그러지 뭐……. 내일 내가 보내줌세……."

"거 보세요, 하하하."

웃음으로 얼버무려지고 다시 술잔이 돌았다. 형솔은 그것으로 감문의 일에는 아무런 관심도 없다는 듯 호륵걸과 북방 이야기만 주고받으며 웃음꽃을 피웠다. 문득 의심의 날을 세웠던 원룡도 형솔의 입담과 호륵걸의 향수에 빠져 어느 결에 잊어버리게 되었다.

형솔이 연통을 넣자 공주는 그날 저녁으로 만나겠다는 답을 보내왔다. 형솔은 준비해 온, 이전의 것보다 더 화려한 장신구를 그녀에게 건넸다. 뜻밖에도 이번에는 공주가 그것들을 하나하나 자세히 뜯어보며 감탄을 이었다.

"이런 것들은 도대체 어떻게 만드는 것입니까? 여간한 재주가 아닌데 수십 년은 익혀야 할 것 같습니다."

"그럼요. 대륙의 장인들이 수백 년 전부터 전해 오는 방법을 대를 이어 익힌다고 합니다. 그러니 값이 엄청나고, 어떤 것은 미리 수백 금을 주고 부탁하기도 한답니다. 화려하고 아름다울수록 값이 천정부지이니 어지간한 농사나 축산보다 훨씬 더 큰 부를 일구기도 합니다."

공주는 마음속으로 깊이 감탄했다. 세상을 알수록 부를 일구는 방법

은 널려 있는 것이다.

"진정으로 도와주십시오. 농사와 가축을 기르는 것만으로는 나라의 부를 이루고 백성의 삶을 풍족하게 하는 데 수십 년으로도 부족할 것 같습니다. 감문 사람들은 모두 심성이 착하고 성실하며 손재주도 좋으니 무엇이든 알려주면 잘할 것입니다."

"예, 대나무와 갈대로 만든 공예품만 보아도 재주가 있더군요. 그런데 지난번에는 장신구에 관심이 없으시더니 갑자기 그런 생각을 하신 건 무슨 연유입니까?"

"가라의 왕에게서 듣고 그곳 왕실에서 많은 것을 보았습니다."

"추운 겨울에 가라 나들이를 또 하셨습니까?"

"예, 호륵걸 부장이 호랑이와 곰을 잡아 가라에 내다판다기에 따라갔습니다."

"호랑이와 곰을요?"

자빠질 듯 놀란 시늉을 하는 형솔의 모습에 공주는 웃음이 터질 뻔했다.

"그만한 일에 뭘 그리 놀라셔요?"

"아이구, 저는 말만 들어도 무섭습니다. 그렇지만 그런 가죽은 저도 탐이 나는데 그냥 가지고 계셨으면 제가 비싸게 샀을 텐데 정말 아쉽습니다."

"가죽만 판 게 아니라 통째 파느라 보관할 수 없었을 겁니다."

"저런! 호랑이 뼈는 약재로도 귀한 것인데, 엄청 비싸게 팔았겠습니다."

"잘은 모르겠으나 가라 왕께서 값을 후하게 쳐 덩이쇠를 주었다고 합니다."

256

"덩이쇠를요?"

"예, 강한 쇠라고 하더군요."

모든 것이 밝혀졌다. 애초부터 사냥의 목적은 병장기를 만들 수 있는 일품 쇠를 구하기 위해 거래가 될 만한 짐승을 포획하는 것이었다. 그리고 가라 왕은 그에 협조했다. 어차피 무력으로 위협이 될 수 없는 감문이니 그 무장을 도와 다른 강국, 즉 백제나 사로로부터 국경을 안정시키려는 순망치한의 계산인 것이었다. 또한 감문의 무장들은 아포를 통해 사로에 전해져 경계하지 않도록 병장기의 보강과 교체를 감춘 것이다. 현명한 처신이라 생각하겠지만 강국의 무력, 특히 정탐 능력에의 무지는 화를 자초하게 될지도 몰랐다.

"어쨌거나 아쉽습니다. 올겨울에는 제가 미리 호랑이와 곰을 잡아 달라고 부탁해야겠습니다."

"예, 그렇게 하세요."

"제가 이번에 콩으로 담근 장을 좀 가져왔는데 맛을 보셨습니까?"

"예, 많이 짜지도 않고 잘 익어서 맛이 좋았습니다."

"다음에도 가져올 테니 육고기는 그걸로 해를 만들어 보십시오. 날이 더워지면 아주 오래 보존되지는 않겠지만 발효된 장이 부패를 막고, 간과 맛도 배어 다양하게 활용할 수 있습니다."

"형솔 님은 별걸 다 아십니다."

"상인은 아는 만큼 장사할 수 있는 법입니다. 곳곳마다 다른 음식을 맛보고 조리하는 법을 배워 전하면, 그에 필요한 것을 원하는 사람이 있어 또 거래할 품목이 늘어나게 되는 것이지요."

"그렇군요. 듣고 보니 장사라는 것이 참 신기하고 재미도 있을 것 같습니다."

"예. 사실은 이문만 생각한다면 어느 정도 재물이 쌓이면 게을러지기 십상이지만 재미가 있으니 활기를 잃지 않는 것입니다. 제가 감문에 머무는 동안은 창고 옆 주막에서 끼니를 해결하는데 대부분 같은 음식이니 며칠이 지나면 식욕을 잃습니다. 만약 여러 가지 음식이 다양하고, 감문을 떠나면 생각나는 정도가 된다면 조금 더 비싼 값을 치르고도 찾지 않겠습니까. 그처럼 먹는 것도 사람에게는 재미라면 재미가 되는 것이고 번성할 수 있는 하나의 길이 되기도 합니다."

조곤조곤 예까지 들어가며 장사의 이치를 들려주니 소명은 이야기에 빠져 자신이 무슨 말을 하고 했는지는 염두에도 없었다. 돌아가면 당장이라도 주막과 여각에서 다양한 음식을 만들어 팔 방법을 어머니와 상의해야겠다는 생각만 가득했다.

사로, 출전을 결정하다

예정보다 서둘러 돌아온 형솔의 보고에 대장군 우로는 눈살을 찌푸렸다. 낙관하지는 않았지만 그래도 혹시 유능한 무장들까지 거둘 수 있었으면 하고 내심 바랐는데 은밀히 병장기를 보강하고 더구나 감추기까지 한다면 이제는 포기할 수밖에 없는 노릇이었다. 그렇다면 하루라도 서두는 것이 좋다. 이미 감문은 부를 일구는 방법을 알고 그 길을 걷고 있었다. 더군다나 가라 왕이 순망치한으로 감문을 도와주고 나섰으니 무력이 강화되는 속도는 빠를 것이고 그만큼 사로 군사의 피해도 커질 것이었다.

"정벌에 군사는 얼마나 필요할 것 같은가?"

"일천의 군사면 될 것입니다."

"2천으로 출전한다. 대항은 얼마나 거셀 것 같은가?"

"일부는 목숨을 내놓을 각오로 대항할 것입니다."

"전면전으로 쓸어야 한다는 것인가?"

"미리 뜻을 전한다면 감문 왕은 백성을 보호하는 길을 찾으려 할 것으로 생각합니다."

"네가 할 수 있겠나?"

"공주를 활용하겠습니다. 다만 대항하지 않는 백성은 상하지 않게 하겠다는 약속이 전제되어야 할 것입니다."

"아포의 군사는 얼마나 준비되었나?"

"정예 일백을 선봉으로 삼을 수 있습니다."

"감문의 정예는?"

"또한 일백쯤으로 예상됩니다."

"그럼 사로군은 일백 정도가 아포 선봉의 뒤를 받쳐주면 되겠구면."

"어쩌면 일백이 더 필요할 수도 있습니다."

"좋다. 왕을 배알해 윤허를 받아야겠다."

이제 전쟁은 눈앞의 현실이 되었다. 형솔은 자신의 역할이 피를 줄이고 감문과 사로의 앞날을 결정하게 된다는 무거움을 절감했다. 당초 군사적 정탐만 수행했다면 어깨가 무거울 일은 없었고 무장으로 공을 세우면 될 일이었다. 그런데 왕은 자애로웠고, 한 여인이 다른 길을 열며 나타났다. 중차대한 군사의 일이 여인으로 인해 흔들린다면 무장이라 할 수 없는 노릇이었다. 당연히 그 길을 바라보지 않으려 했지만 여인 자신이 바로 새 길이었기에 보지 않을 수 없었고, 끝내 그 길에 마음을 주었다. 그렇지만 부끄럽지는 않았다. 조국의 목적은 그대로 수행될 것이되 피는 줄이고 마음의 복종을 얻어내게 된다면 말이다. 다만 여인에게는 모든 것이 거짓으로 받아들여지게 될 터이니 길만 얻고 사람은 잃어버려 평생의 큰 슬픔으로 마음에 남을 것이었다.

새로운 이사금이 등극한 지 만 1년 남짓이었다. 사로는 아직 중앙집

권 체제가 아닌 6부를 중심으로 한 연맹 체제였으니 이사금의 권한은 전제의 왕권이 아니었다. 친위 세력이 강력한 군사력을 과시하면 연맹의 다른 수장들로서는 위세에 머리를 숙이게 될 터이니, 침입을 받아 막으려는 것도 아닌 침공의 출전이 마땅할 리 없었다.

그러나 우로는 물러서지 않았다.

"아무리 지금 삼한이 조용하고 화평하다 하나 우리 사로는 언제 왜구가 들이닥칠지 알 수 없는 처지입니다. 더군다나 지금 감문은 가라의 덩이쇠로 병장기를 늘리고 있습니다. 비록 감문의 힘이 미약하나 그 뒤에는 가라가 있다 할 수 있습니다. 지금 병합하여 가라에 경계가 되게 하면 사벌 역시 두려워할 것입니다. 그처럼 배후를 든든히 해두어야 왜구의 침입이 있을 때 마음 놓고 군사를 보낼 수 있으니 윤허해 주십시오."

"감문이 병장기를 늘린다는 것이 명백한 사실이오?"

"그동안 감문을 정탐한 부장 형솔이 직접 확인한 일입니다."

"어허, 지금 한창 농사철인데……."

이사금은 다른 수장들의 눈치를 살피며 망설였다.

"지금부터 준비하여 7월에 출전하면 추수를 앞두고 있으니 농사에 피해가 되지는 않을 것입니다. 또한 곧바로 무력으로 침공하지 않고 귀부를 권유할 것이며 선봉에는 감문의 소국인 아포의 군사를 세울 것이니 사로 군사의 피해는 크지 않을 것입니다."

"듣자니 감문 왕의 덕이 크다 하던데?"

"그렇습니다. 백성을 아끼는 마음이 지극한 군주입니다. 그러니 전쟁으로 한 해 동안 공들인 농사를 망치면 그 백성의 굶주림이 어떠할지 잘 알 테니 더욱 마음이 흔들리게 될 것입니다."

"그렇다면 군사를 일으켜도 무방하지 않겠소?"

마침내 다른 연맹의 수장들도 더는 반대하지 않았다.

"출전을 허락하노라. 대장군은 우리 군사와 감문 백성이 많은 피를 흘리지 않도록 힘을 다하라!"

명이 떨어지자 잘 훈련된 사로의 무장들은 일사분란하게 출전을 준비했다.

우로는 형솔을 따로 불렀다.

"피를 줄이는 것은 너에게 달렸다. 그러나 우리 군사의 움직임을 그들도 곧 알게 될 테니 감문에서의 정탐은 이로써 중단한다."

"대군이 출전하기 사흘 전에 소장이 먼저 출발하겠습니다. 아포에 진을 치면 즉시 합류하겠습니다."

"어찌할 요량이냐?"

"맡겨주십시오. 만약 귀부를 거절한다면 소장이 아포군을 이끌고 선봉에 서겠습니다."

선봉을 자청하는 형솔의 결연함에 우로는 선선히 허락했다.

흉몽(凶夢)

농사일이 시작된 후로는 농악놀이를 통한 군사 훈련은 겨우 두어 번에 그쳤다. 쇠로 만든 농기구는 이전의 목제나 석제 농기구와는 비교되지 않을 만큼 유용해 개간으로 일군 땅이 예상보다 넓었다. 장정들이 나서서 땅을 일구면 노인과 부녀자는 흙을 고르고 씨를 뿌렸다. 바위와 돌투성이 황무지라고만 여겼는데 지력을 빨아들인 작물이 없었으니 비옥하기도 했다. 가라에서 들여오고 형솔이 가져다 준 씨앗은 많았으니 여러 작물을 심었는데 금세 싹이 돋는가 싶더니 하루가 다르게 쑥쑥 자라니 배곯지 않고 밥상도 풍성했다. 정말 잘살게 되는구나, 희망이 실증되자 땀을 흘려도 힘들지 않다며 사람들은 모두 어깨를 들썩였다.

왕과 장부인은 날이 밝으면 간소한 차림새로 궁을 나와 마을마다 찾아다니며 위로하고 격려했다. 왕이 백성들 틈에 끼여 허리를 굽히고 김을 매면 부인은 새참을 마련해 시장기를 달래주니 감읍해 눈물을 흘리다가 저절로 만세를 불렀다. 공주의 손에서는 물이 마르지 않았다. 먼저 왕궁 찬간에서 직접 다듬고 씻은 재료로 음식을 만들어 맛을 본 뒤

색다르고 괜찮으면 시장 주막에 부녀자를 모아 알려주었다. 그대로 하라는 것만이 아니라 저마다의 생각과 맛을 보태 서로 비교하게도 하니 밥상 앞에 모이면 다들 웃음꽃을 피웠고 주막은 그 중심이 되어 사람들로 북적거렸다.

"형솔은 언제 온다는 전갈이 있었느냐?"

주막으로 향하던 호륵걸은 오늘도 형솔의 소식을 물었지만 무실은 없었다며 고개를 저었다.

"벌써 두 달이 넘었는데 너한테도 소식이 없다니 이런 무심한 자가 있나."

그러나 무실은 태연한 웃음을 지으며 대답했다.

"본디 장사하는 사람은 한번 길을 나서면 몇 달씩 소식 없는 일은 다반사입니다."

"뭔 인간들이 그러냐!"

"마땅한 물건을 찾고 고르는 일도 만만치 않지만 전장이라도 만나면 꼼짝없이 발이 묶이니 그럴 수밖에요."

호륵걸이 화들짝 놀랐다.

"전장? 어디서 전쟁이 났다더냐?"

"참, 부장님도. 그런 일이 있어도 여기 감문에 있는 제가 어찌 알겠습니까."

"그리고 보니 사로에서 군사를 일으킬 것 같다는 소문이 들리기는 했습니다."

듣고 있던 원룡의 말이었다.

"군사를 말이오? 어디로요?"

"그것까지는 알려지지 않은 것 같습니다."

"아포는 어떻다고 하던가요?"

"가끔 사로 순찰군이 들를 뿐 별다른 동정은 없다는 세작의 보고가 있었습니다."

다른 소국과 달리 아포는 이미 등을 돌린 것에 진배없었으니 정탐을 위한 세작을 상주시킨 지 오래였다.

"그렇다면 뭐……."

마음을 놓은 것 같으면서도 호륵걸은 고개를 갸웃거렸다.

"아무래도 사로에 직접 세작을 보내보는 것이 어떨까 싶습니다."

"뭐 나쁘지 않은 일이지요. 그럼 이번에는 내가 한번 가볼까요, 장군님?"

'님'까지 붙인 호칭은 스스로 턱없는 소리라는 것을 안다는 뜻이었다.

"몸이 근질근질하신가 봅니다. 왜 삼한을 전부 돌아보겠다고 하시지요."

"거 좋지요! 내 부장 때려치울 테니 그런 것 좀 시켜주쇼."

"알겠습니다. 장부인께 그리 보고 드리지요."

"거 장군이라는 사람이 치사하게 번번이 일러바치는 것으로 협박을 합니다그려."

"그러니 객쩍은 말씀 마시고 요기나 하시지요."

그렇게 실없는 소리와 웃음으로 잠시 긴장을 덜었지만 원룡은 세작을 선발했고 호륵걸은 만일의 사태에 깊이 골몰했다.

"으……어, 억──!"

숨이 목에 걸린 비명과 함께 잠에서 깬 장부인은 화들짝 일어나 앉았다. 시커먼 하늘밖에는 아무것도 기억나지 않았다. 그러나 지독한 악

몽이라는 것은 또렷했다. 목덜미를 더듬으니 물을 뒤집어쓴 듯 땀으로 질척거렸다. 목덜미뿐 아니라 전신이 다 그랬다. 불안이, 아니 두려움이 폭풍처럼 밀려들었다. 옆에 누운 왕은 여전히 깊은 잠에 빠져 있었다. 장부인은 기척 없이 몸을 빼 방 밖으로 나왔다.

하늘도 캄캄했다. 진한 먹구름에 별빛도 달빛도 아무것도 보이지 않았다. 한 점 바람의 기운도 없으니 비를 몰고 올 구름은 아니었다. 뒤늦게 시녀가 곁으로 다가왔다.

"목욕을 해야겠다, 준비해라."

"밤중에 갑자기 어인……."

"제단으로 갈 것이니 약소하나마 정갈하게 준비토록 하라."

평소의 온화함을 찾아볼 수 없는 추상같은 음성이었다. 시녀가 종종걸음으로 물러가자 이내 궁 안 몇 곳에 불이 밝혀졌고 발소리를 조심한 걸음이 분주해졌다.

장부인은 찬물에 몸을 담가 정신을 가다듬고 기를 모으면서도 불안이 점점 공포로 변하고 있음을 느꼈다. 한 번도 겪어보지 못한 일이었다.

잠귀 밝은 무실은 옅은 기척에 벌떡 일어났다. 문에 사람 그림자가 비쳤다. 얼핏 형솔이라는 생각이 들었다. 조심스레 다가가 문고리를 잡은 무실은 목소리를 낮춰 속삭였다.

"누구십니까?"

"나다, 조용히 해라."

소리 나지 않게 문을 열자 형솔은 신발도 벗지 않은 채 들어와 얼굴을 가린 복면을 벗었다.

"무슨 일이십니까?"

266

눈치 밝은 장사꾼이었으니 무실은 단박에 어떤 짐작을 할 수 있어 크게 놀라지 않았다.

"아침이 밝으면 조용히 중요한 짐만 정리해 너만 아는 곳에 감추어라. 오후까지 모든 준비를 마치면 해질녘 공주에게 이 서찰을 전하고 너는 곧바로 아포를 거쳐 사로로 향하라."

형솔이 건네준 서찰을 품에 넣으며 무실은 눈빛을 반짝이며 다음 말을 기다렸다.

"아포로 들어서며 노란 머리띠를 이마에 두르면 사로 순찰군이 너를 보내줄 것이다. 도중에 우로 대장군님의 군사를 만나면 내 지시였다고 말씀드리고 합류해 군진에서 나를 기다려라."

"그럼 이제 감문에서의 장사는 접는 것입니까?"

"장담할 수는 없지만 아마 곧 다시 재개할 수 있을 것이다."

"그럼 그때는?"

"염려 마라. 네 상단의 주인에게 말씀드렸으니 이곳 책임자가 될 것이다."

"감사합니다, 부장님."

"너는 어차피 처음부터 몰랐던 일이니 오늘 하루 이전과 다름없이 침착하게만 하면 아무런 일도 없을 것이다."

"저는 염려 마십시오."

어릴 적부터 장사꾼으로 구른 녀석이니 시치미를 떼고 능청을 떠는 것은 밥 먹는 것만큼 쉬운 일일 것이었다. 형솔은 다시 복면으로 얼굴을 가리고 소리 없이 방문 밖으로 사라졌다.

달빛도 별빛도 없는 어둠 속에서 제단은 차려졌고 장부인은 제의를 갖추고 무릎을 꿇었다. 나라의 명운이 아니라면 이처럼 불길할 리 없었다. 장부인은 저절로 솟는 진땀에 온몸을 적시며 정성을 다하고 다했다.

어느새 부윰한 새벽의 기운이 어두운 먹구름을 몰아내기 시작할 때 장부인은 어둠과 금빛이 교차하는 기이한 현상을 목도하며 정신을 잃었다. 그녀가 허물어지는 모래성처럼 쓰러졌지만 제녀(祭女)들은 누구도 나서지 않고 무릎을 꿇고 허리를 굽혀 머리를 땅바닥에 닿게 한 채 움직이지 않았다. 정신을 잃어버린 무의식에서 정령을 접할 것이기 때문이었다.

그 시각, 눈을 뜬 금효왕은 장부인의 간밤 소식을 시녀로부터 듣고 얼른 목욕하여 몸을 정갈히 하고 단정한 차림을 갖춘 채 돌아오기를 기다렸다. 비로소 뭔가 불안한 기운이 스멀거리며 밀려들기 시작했다.

"사로 군사의 출전 움직임이 있다면 반드시 목표가 어디인지 알아서 와야 한다. 또한 병력의 규모와 장수가 누구인지 알아내도록 하라."

세작으로 선발된 군사는 발과 눈치가 빠른 자였다. 아포 외곽을 돌아가려면 이른 새벽이 안전할 것 같아 이제 막 출발시키려 하며 다시한 번 당부한 것이었다.

"반드시 알아내서 돌아오겠습니다."

군사가 출발하고 나자 이내 호륵걸이 들어왔다. 낯빛이 어두웠다.

"이른 새벽에 어쩐 일이십니까, 부장?"

"세작은 출발했습니까?"

"예, 방금 막. 그런데 안색이 어찌 그렇습니까?"

"장부인께서 지난 한밤중에 갑자기 잠에서 깨어 제단에 가셨다는

군요."

원룡도 가슴이 철렁했다.

"무슨 일이랍니까?"

"한밤중에 무슨 말씀을 남겼겠소. 왕께서도 기다리고 계신다니 같이
가봅시다."

두 사람이 서둘러 궁으로 들어가니 왕도 수심 가득한 얼굴로 장부인
을 기다리고 있었다.

"그렇지 않아도 부를 생각이었는데 잘 들어왔다."

"장부인께서는 아직 환궁하지 않으셨습니까?"

"새벽 기운과 함께 무의식에 드셨다는데 아직 돌아오지 않으신 모양
이더구나. 해가 떠오르면 깨시겠지, 기다려보자."

"무슨 일인지……."

호륵걸은 말을 멈췄다. 이미 왕은 물론 원룡 장군까지 다르지 않은
불안한 기운을 깊이 느끼고 있는 듯싶었다. 사람들은 언제나 기쁨보다
는 불안한 기운에 더 예민했다. 그렇지만 지금 공감하는 이 기운은 일
상의 그것과는 결이 다른 불안이었다. 문득 입안이 바짝 말라 마른침도
삼켜지지 않는다는 것을 알았다.

풍전등화

해가 뜨자 그 기운을 받은 것처럼 무의식에서 깨어 궁으로 돌아온 장부인은 왕의 물음에도 생각을 정리할 시간이 필요하다며 입을 다물었다. 왕은 애가 탔지만 장부인이 방으로 들어가 문을 걸어 잠근 뒤로는 어떤 소리도 밖으로 흘러나오지 않았다.

원룡과 호륵걸은 왕의 곁에서 한참 동안 장부인의 방문을 지켜보고 있다가 정령의 뜻에 대한 정리가 빨리 되지 않을 것 같기도 하고 군사와 군무를 점검해 만일을 대비하는 것이 옳다는 판단이 들어 돌아섰다.

원룡은 지도와 군적을 꺼내 아포나 사로 군사의 침공에 대비한 작전에 골몰했고 호륵걸은 에트얼 등 초원의 형제들을 각 고을로 보내 군사의 소집을 점검토록 하고 창고의 병장기를 꺼내 하나하나 상태를 확인했다.

상인은 언제나 벌어지는 상황에 기민하게 대처해야 살아남고 손실을 줄일 수 있는 법이었다. 무실은 발 빠르게 움직였다. 몸에 밴 장사꾼의 본능으로 웃음을 흘릴 때는 웃음을 흘리고, 무심한 척 딴청을 피워야 할 때는 또 그리하며 값나가는 물건과 중요한 거래를 기록한 목간(木簡) 등을 누구도 눈치채지 않게 창고 인근과 주막의 천장 등에 숨겼다.

감문의 백성들은 아무도 이상한 낌새를 눈치채지 못하였다. 군사의 소집 점검이 있었지만 불시 점검은 전에도 간혹 있었던 일이고, 수확을 눈앞에 두고 잠시 소홀히 했다가는 한 해의 결실이 줄어들 수도 있었으니 모두가 바지런히 몸을 움직일 뿐이었다.

공주 소명도 간밤의 일을 알지 못한 채 여전히 백성들이 더 많은 소득을 얻을 수 있는 여러 일거리에 골몰했는데, 오늘은 포목에 고운 색깔을 들이는 방법을 찾느라 여러 재료들을 찧고 물에 풀고 하느라 한눈팔 겨를조차 없었다. 함께 일에 나선 시녀들은 공주의 얼굴과 옷에 염료가 묻을 때마다 얼른 닦아주며 깔깔거렸고 모두가 넘실거리는 희망에 즐거운 웃음이었다.

새벽에 고을을 빠져나온 형솔은 감문 외곽의 산등성이를 타고 돌며 사로 군사에 밀린 감문 군사의 도주로, 매복지, 우회로 등 군사적 요충을 파악하느라 잰걸음을 했다. 비록 이제 곧 적이 되겠지만 조금이라도 피를 줄이고 정벌해야 원한이 깊지 않아 온전한 하나가 될 것이니 자신의 일이 무엇보다 중요한 것임을 깨우치고 또 깨우쳤다.

서서히 해가 저물어 농사일에 나섰던 사람들은 하나둘 집으로 향했고, 먼저 돌아간 아낙들은 아궁이에 불을 피워 굴뚝마다 밥 짓는 연기가 피어오르니 그보다 더 평화로운 광경은 없을 것 같았다.

아까부터 왕궁 근처를 얼씬거리던 무실은 작업장에서 궁으로 돌아가는 공주를 발견하자 얼른 다가가 인기척을 했다. 고개를 돌린 공주는 언제나 전갈을 가지고 오던 그였기에 꽃님에게 다른 심부름을 시켜 따돌리고 얼른 다가갔다.

"네가 웬일이냐?"

무실은 늘 그렇듯 목소리를 낮춰 은밀히 속삭였다.

"형솔 님이 뵙자는 말씀을 전하라 하셨습니다."

"아까까지도 돌아오셨다는 이야기는 없었는데 언제 오신 것이냐?"

"조금 전에 상단에 오셔서 말씀 전하라 하시고 먼저 나가셨습니다."

"알았다."

무실이 등을 돌려 종종걸음으로 멀어지자 소명은 눈자위가 달아오르는 것을 느꼈다. 기다림의 시간이 길어지면서 그 마음이 연모임을 깊이 확인했다. 비록 신분은 상인이라 하나 예의 바르고 용모에는 기품이 있었으며 행동에는 절도가 있었다. 넓은 세상을 다녀서인지 풍부한 견문에서 나오는 다양한 식견은 번번이 새롭고 다른 세상을 열어주었으며, 나라의 부와 백성의 삶을 위한 등불을 밝혀 주기도 했다. 여자를 값비싸고 화려한 것으로 눈멀게 하여 사려는 것이 아니라 막힌 것의 물꼬를 터주고 기쁨의 문을 열어 주어 사람으로서 존중하며 마음을 얻으려는 것이니 그보다 참된 연모가 어디에 있을 것인가.

한걸음에 둑 밑으로 달려가자 어둑한 가운데 저쯤에 서 있는 형솔의 모습이 보였다. 소명은 왈칵 쏟아질듯한 기쁨의 눈물을 억누르느라 가

272

쁜 숨을 고른 뒤 살며시 이름을 불렀다.

"형솔 님."

등을 보이고 있던 형솔은 순간 멈칫하는 기색이더니 이내 돌아섰다. 틀림없이 환한 웃음을 지으리라 생각했는데 표정이 이상했다. 입술에 묻은 웃음기는 분명 반가움과 기쁨인데 눈가에 서린 기운은 두려움 같기도 하고 망설임 같기도 했으며, 마치 죄를 지은 사람처럼 머뭇거리기도 했다.

"언제 오셨나요?"

"……."

대답이 없었다. 무슨 일인가 정신을 가다듬고 자세히 보니 차림새가 달랐다. 품이 넓고 깨끗이 손질한 단정한 차림이 아니라 행동에 제약이 없게 몸에 달라붙는 옷차림에 어디를 헤맨 듯 여기저기 긁히고 여러 가지가 묻은 흔적이 역력했다. 더구나 한 손에는 굳게 쥔 장도까지…….

"무슨 일이 있으셨어요?"

떨리는 소명의 목소리에 형솔은 털썩 무릎을 꿇으며 고개를 숙였다.

"공주님, 제 거짓을 용서해 주십시오, 부디…….."

한가득 머금은 눈물을 감추지 못하는 울먹이는 목소리, 거짓이라니. 소명은 정신이 아득해지는 느낌이었다.

"거짓, 거짓이라니. 형솔 님이 무슨……."

"용서하십시오. 저는 사로국 우로 대장군의 수하인 부장 형솔입니다. 감문을 도모하려는 사로의 뜻을 받들어 대장군의 명으로 정탐을 위해 상인으로 위장하였던 것입니다."

"예에……!"

경악한 소명은 벌어진 입을 다물지 못하였다. 그 놀란 음성에 형솔은 여전히 고개를 들지 못한 채 말을 이었다.

"부왕의 자애로움에 마음 깊이 감동하고 피를 흘리지 않을 길을 찾느라 시간이 오래 걸렸습니다. 감히 공주님을 향해 연모의 마음을 품었지만 조국에 충성을 맹세한 무장으로서 임무와 명을 소홀히 하고 거스를 수는 없었습니다. 부디 용서해 주십시오."

"그럼 그냥 찾지 않으면 모를 텐데 왜 이리 찾아오셔서 제 마음을 아프게 하시는 것입니까, 흐흑."

소명의 울음소리에 고개를 든 형솔의 눈에서도 굵은 눈물방울이 흘러내리고 있었다.

"용서를 받지 못해도 용서를 빌어야 한다고 생각하였습니다. 또한 알려드릴 것이 있기도 합니다. 명운이 걸린 일입니다."

"명운이라니, 그게 무엇입니까?"

"지금 사로군 2천이 이곳 감문을 향해 진군하고 있습니다. 모두가 정예병으로 결코 감문이 감당할 군세가 아닙니다. 모레면 감천 건너 아포에 진을 펼칠 것입니다."

소명은 머릿속이 하얗게 바래는가 싶더니 두 다리에 힘이 빠져 휘청거렸다. 그러나 형솔은 부축하려거나 움찔하는 기색도 없이 굵은 눈물방울만 쏟아내며 두 눈을 부릅떴다.

"쓰러지지 마십시오! 공주님이 버티고 살아낼 힘을 내야 감문의 백성들이 살 수 있습니다! 감문의 왕실이 그처럼 사랑하는 백성을 생각하십시오!"

그의 말이 옳았다. 한 사람이 쓰러지면 모두가 쓰러지는 것이었다. 왕실의 사람뿐 아니라 백성 한 사람이 포기해 쓰러져도 나라가 무너지는 것이었다. 살아야 했다. 이를 악물고 두 다리에 온 힘을 모아 버티고 서야 했다.

"알려주셔서 고맙습니다."

인사를 하고 돌아서려는데 형솔이 다시 말을 이었다.

"부왕의 독대를 청합니다."

소명의 눈에 핏발이 서고 눈초리가 치켜떠졌다.

"뭐라고요! 이제 저의 부왕마저 희롱하실 생각입니까!"

서릿발이 배인 싸늘한 호통. 자애로움만 물려받은 것 같은 여린 성품에서 저처럼 강한 매서움이라니, 과연 왕실의 딸이 아닌가. 형솔은 더욱 깊어지는 연모에 목소리마저 떨렸다.

"반드시 독대여야 합니다! 저는 무장입니다. 죽음은 두렵지 않습니다. 제가 세작인 것을 실토한 이상 모두가 죽이려 할 것입니다. 부왕께서 사로의 제안을 거절하셔도 저는 죽임을 당할 것입니다. 다만, 제 감동과 연모가 그토록 아끼시는 감문 백성이 사는 길잡이가 되고자 함입니다."

그의 말이 틀리지 않았다. 왕궁에 발을 들인다면 그것은 곧 죽음의 길이었다. 감동과 연모라는 말은 믿을 수 없다 해도 내놓은 목숨은 믿어야 할 것이었다.

"부왕의 뜻을 어떻게 전할까요?"

"여기, 이 자리에서 기다리겠습니다."

곧장 감문 군사를 대동하고 돌아올 수도 있음을 모르지 않을 텐데, 진정 죽음을 각오한 것이었다. 소명은 다시 허물어지려는 걸음을 추슬러 왕궁으로 향했다.

원룡과 호륵걸을 부른 장부인은 함께 왕을 찾아갔다.

"오, 부인. 그래 이제 신의 뜻을 다 해석한 것입니까?"

장부인은 큰 죄라도 지은 사람처럼 깊이 허리를 숙인 다음 자리에 앉아 입술을 뗐다.

"남쪽의 검은 구름 속에서 섬광이 번뜩거렸으니 사로가 군사를 일으킨 것입니다."

"예에?"

왕의 낯빛이 순식간에 하얗게 핏기를 잃었다. 원룡과 호륵걸도 휘둥그레진 눈으로 다음 말을 기다렸다.

"거두어지지 않는 짙은 먹구름이었으니 나라의 명운이 쉽지 않을 듯합니다. 다만……."

"다만, 다만 무엇입니까?"

"먹구름 옆에 상서로운 금빛이 가늘었지만 뚜렷했으니 생명을 위한 길이 있는 듯합니다. 대비를 하시되 기회를 기다려 보십시오."

"장군, 세작으로 나갔던 군사가 급히 돌아왔습니다!"

밖에서 들리는 다급한 소리에 원룡과 호륵걸이 황급히 나갔다.

과연 새벽에 길을 떠났던 군사가 땀과 흙먼지로 얼룩진 채 서 있었다.

"무슨 일로 되돌아온 것이냐?"

"지금 사로의 군사들이 감문을 향해 진군 중입니다! 오전에 달구벌 외곽의 공산을 넘는 것을 보고 달려왔으니 내일 밤 늦게는 감천 건너편에 이를 것입니다!"

"뭐야! 군사는 얼마나 되더냐?"

"2천쯤으로 보이는데 모두 정예병이었습니다."

"무장은?"

"모두 각자의 병장기만 소지한 경무장이었고 궁수가 일부 있었습니다."

"속전속결로 단번에 휩쓸겠다는 생각이군."

호륵걸의 말에 원룡도 고개를 끄덕였다.

"그렇습니다. 정예병이 2천이면……."

두렵지는 않았지만 결과는 불을 보듯 환한 일이었다.

"염병을 앓을 놈들! 뭐, 죽기 살기로 싸워보는 거지!"

"군량은?"

"사흘 치가 안 될 것 같았습니다."

"뭐? 군량이 사흘 치뿐이다……?"

"뭐야, 우리를 그리 얕잡아 본 거야! 건방지다 못해 아예 미쳤구나! 아무리 대군이라도 하루이틀에 무너질 나라가 어디 있다고! 아니면 인근에 군량을 대줄 놈들이라도 있다는 거야 뭐야!"

"아포!"

원룡이 새삼 기함한 기색을 보였다.

"뭐요, 아포는 왜?"

"아포, 아포가 전진 기지입니다."

호륵걸도 불끈 주먹을 쥐어 제 가슴을 쳤다.

"맞다! 이런 회를 떠 씹어도 시원찮을 놈의 새끼들! 당장 오늘 밤에 아포 놈들부터 요절을 냅시다, 장군!"

"부장, 잠시……. 그래, 군을 이끄는 장수는 누구라더냐?"

"우로 대장군의 깃발이 선두에 있었습니다."

"그 잔인하다고 소문이 자자한?"

호륵걸이 이빨을 악물었다.

"알았다. 너는 일체 비밀로 하고 내 집무실에서 기다려라. 수고했다."

"부장, 어서 들어갑시다."

두 사람은 다시 왕의 처소로 향했고 군사는 물러갔다.

칼의 길

소명의 뒤를 따라 형솔이 들어서자 검을 쥔 호륵걸의 팔 근육에 불끈 힘이 들어갔다. 하지만 그뿐이었다. 이미 사자(使者)의 예로 대하라는 왕의 명이 있었던 터였다.

형솔은 시립한 원룡에게 손에 들었던 검을 건네주고 금효왕에게 무릎을 꿇어 정중한 예를 올렸다.

"그간의 거짓을 용서하여 주십시오."

"내 너를 사자로 대하는 것뿐이다!"

노기 가득한 왕이 엄하게 말했다.

"독대를 청합니다."

이미 공주를 통해 들었던 터, 왕은 모두에게 물러나라는 손짓을 했다.

공주를 비롯한 모두가 물러나자 형솔은 고개를 들었다. 그가 뭐라 말을 꺼내기 전에 왕이 먼저 말했다.

"이미 공주에게 너의 말을 들었으니 중복하지 말라."

믿는 마음이 깊었으니 노여움도 클 것이었다. 형솔은 눈길은 내렸으나 단호하게 말했다.

"귀부하실 것을 청합니다."

"뭐라? 네 이놈!"

왕의 음성이 쩌렁쩌렁했다.

"왜구, 백제 등과 수많은 전쟁을 치른 정예의 군사들입니다. 결코 감당하실 수 없으십니다."

"감히 나를 겁박하는 것이냐!"

"냉정한 현실입니다. 또한 백성을 살리고자 하는 왕의 성심을 너무도 잘 알기에 목숨으로 간하고자 사자를 자청한 것입니다."

"교활하구나! 남의 나라를 엿보고 침략하면서 감히 성심 운운하느냐!"

"그동안 저의 행동을 진정 정탐이었다고만 생각하십니까? 왕의 자애로움에 깊이 감화된 저의 작은 성의는 진정이었습니다. 다시 생각해 주십시오."

왕은 소명의 말을 듣고서 치미는 배신감에 치를 떨었다. 도저히 믿기지 않는 일이었다. 정탐을 위한 세작이 어떻게 그처럼 나라와 백성을 걱정하는 왕의 근심에 호응하여 성의를 다할 수 있었던 것인지. 진정이었다는 그의 말을 부인할 수 없었다.

"왕께서 문무 등의 나라에 온정을 베푸신 것은 무슨 뜻이었습니까? 왕께서 어모에 그러하셨듯이 사로 또한 무의미한 피를 원하지 않습니다."

"믿을 수 없구나. 우로 대장군에 대한 세간의 말은 나도 진작 들은 바이다."

"대장군이 전에 제게 하신 말씀이 있습니다. 왜구는 회개하지 않을 도적이니 야수의 잔인함으로 공포를 주는 것이고, 삼한 땅의 백성은 반심을 품지 않으면 가혹하게 대하지 않는다고 말입니다. 왜구가 행하는 천인공노할 만행은 보지 않고서는 상상할 수 없는 정도입니다. 하지만 사로의 근본정신은 포용과 화합입니다. 믿으십시오."

화합, 포용……. 자신의 항심(恒心)도 바로 그것이었다. 금효왕은 어느새 노기가 가라앉고 있음을 느꼈다. 결코 감당할 수 없다는 말을 부인하지 못하는 치욕스러움도 있었다. 오로지 사람으로서의 자신이라면 치욕을 참느니 죽음을 택할 것이었다. 그러나 자신은 백성을 책임지는 왕이었다. 더구나 복속을 자청한 문무를 비롯한 다른 소국의 백성까지 합하면 5천을 넘는 수였다. 그들의 생명을 생각하면 왕으로서의 치욕스러움은 아무런 의미가 없다.

"너의 약속만으로 믿을 수 있는 일이 아니다."

"우로 대장군의 약속이 있었습니다. 부하와의 약속이라고 가벼이 여기시는 분은 아니십니다."

"내가 아무리 왕이라 하여도 모든 백성이 따를 수 있는 일도 아니다. 또한 강압하지도 않을 것이다. 따르지 않는 자는 어찌할 것이냐?"

형솔은 망설였다. 결코 대장군을 설득할 수 있는 일이 아니었다. 그런 대장군의 단호함이 사로를 지킬 수 있는 힘이었고, 무장이라면 모두 옳다고 여기는 일이었다. 금효왕의 의지 또한 확고할 것이었다.

"기어이 피를 보게 되는 것이냐?"

어쩌면 자신의 목이 베어지게 될지도 모르는 순간이었다. 하지만 거짓으로 진정한 화합을 도모하고 포용을 말할 수는 없는 일이었다.

"제가 선봉에 설 것입니다. 지금 목을 베십시오."

"너의 목을 베면 장수가 없느냐?"

"저는 일개 부장입니다. 더 강한 장수가 선봉을 맡게 될 것입니다."

왕은 고뇌의 침묵에 들었다. 부족하지만 그래도 모두의 마음은 얻었다는 믿음은 있었다. 그러나…… 더 이상 생각하고 싶지 않았다. 생각을 할 수 없었다.

긴 침묵을 형솔은 무릎을 꿇고 고개를 숙인 채 묵묵히 기다리고 있었다. 왕은 문득 장부인이 생각났다. 왕은 비로소 숨통이 열리는 느낌이었다.

"사로군은 언제 도착하느냐?"

"내일 저녁이면 진을 펼칠 것입니다."

"시간은 그때까지뿐인 것이냐?"

"아실 테지만 군량을 많이 준비하지 않았습니다."

"내가 사자를 보내야 하느냐?"

"우로 대장군은 아포에 위치할 것입니다. 하지만 왕의 사자 역시 소장이 하겠습니다. 내일 저녁 공주님을 기다리던 곳으로 왕의 결정을 보내주십시오."

사로의 사자로서 감문의 사자까지 자청하는 것은 그만큼 치욕을 덜어주겠다는 뜻일 테니 진정이라던 그의 말을 믿지 않을 수 없었다.

"어떤 경우이든 공주를 지켜줄 수 있겠느냐?"

"공주님께서 거부하지 않으시면 반드시 그리하겠습니다."

"결정이 나면 공주를 그리 보내마."

금효왕의 말이 끝나자 형솔이 방을 나왔다.

문 앞에서 기다리고 있던 원룡이 말없이 그의 검을 건네주었다.

"용서하십시오."

"네가 선봉에 서는 것이냐?"

"예."

의연히 대답했고 원룡은 쓴웃음을 머금었다. 그러나 호륵걸은 핏대를 세웠다.

"이 교활한 놈의 새끼! 내 반드시 너의 목부터 벨 것이다!"

"예, 저도 기왕이면 호륵걸 형님에게 베이길 원합니다. 그렇지만 그냥 내주지는 않을 겁니다."

"뭐, 이, 이런……!"

형솔은 고요한 웃음을 머금고 돌아섰다. 그 웃음이 너무 무구해 원룡과 호륵걸은 어이가 없었다.

감문의 신하뿐 아니라 인근 소국의 군주들까지 모두 참석하는 회의를 열기 위해 한밤중에 파발마가 떠났다. 그들이 당도할 때까지 왕은 장부인과 원룡, 호륵걸, 에트얼을 불렀다.

"모든 것은 소국의 군주를 포함한 중신 회의의 결정에 따를 것이다. 현실이 어떠한지는 알 터이고, 모두 냉정을 가져주기 바란다. 내가 이렇게 먼저 부른 것은 그대들도 중신 회의의 결정에 따라 달라는 명을, 아니 부탁을 하기 위해서다. 부인, 부인의 뜻은 어떠하십니까?"

장부인은 먼저 무장들을 돌아보았다. 중신 회의의 결과는 보지 않아도 알 수 있는 바였다. 비겁하고 무능해서가 아니라 힘의 차이가 너무도 컸기 때문이었다. 아쉬운 것은 10년쯤 빨리 지난 1년의 길을 시작했다면 오늘이 달랐을지도 모른다는 것이었다. 그랬다 하더라도 나라의 부가 쌓이면 쌓일수록 왕의 성품이면 더욱 화평을 추구했을 테니 어쩌면 결과는 다르지 않을 수도 있었다. 아니, 오히려 그 부가 부른 탐욕에 눈이 뒤집어져 수많은 생명이 피를 흘리게 되었을지도 몰랐다. 장부인은 어린 시절을 떠올리며 다시 찾아온 어쩔 수 없는 운명인지도 모른다는 생각을 했다.

"저는 무장들의 뜻을 따를 것입니다."

"부인⋯⋯."

왕의 음성이 떨리고 침울했다. 아주 예상하지 못한 것은 아니지만 너무도 쉬운 대답에 왕은 나락으로 떨어지는 기분이었다.

"먼저 원룡 장군의 뜻을 듣고 싶습니다."

장부인의 말에 호륵걸이 먼저 나섰다.

"제가 먼저 말하겠습니다, 장부인."

장부인은 선선한 웃음을 지었다.

"그러세요."

"저는 어떤 경우라도 항복하지 않을 것입니다."

"중신 회의의 결론은 나라와 왕의 명입니다."

말은 그리했지만 장부인은 노여움이나 결연한 기색은 없고 따스한 눈빛이었다. 호륵걸은 고개를 끄덕이면서 환한 웃음을 지었다.

"참으로 옳으십니다. 부인께서는 나라와 왕의 명을 거역하시면 절대 아니 됩니다. 꼭 그렇게 하시어 소명 공주님을 외롭게 하지 마십시오. 원룡 장군님도."

"그럼 부장님도 따르셔야지요."

"아니지요. 이제 저는 초원으로 돌아갈 때입니다. 언젠가 이런 날이 오면 홀가분하게 돌아가려고 가족도 만들지 않았던 겁니다, 하하하."

"그럼 지금 떠나십시오."

"예, 그렇게 하겠습니다."

"저도 떠나겠습니다."

에트얼이었다.

왕은 어리둥절했지만 장부인은 전에 보지 못한 미소를 지었다. 왕은 그것이 어린 소명을 품에 안던 때의 미소임을 알았다, 엄마의 미소.

"저도 떠나겠습니다."

이번에는 원룡이었다.

"장군이 초원 가는 길을 알기는 하시고?"

빈정거리는 호륵걸의 말투에 원룡도 같은 말투로 대꾸했다.

"그러는 부장님은 초원 어디로 가실지 결정하셨고요?"

"그거야 이제 쳐 죽일 형솔 그놈한테 물어봐야지."

"으하하하! 형님, 저도 그 생각이었습니다!"

에트얼이었다.

"그러니 장군은 길도 모르는 초원 같은 소리 마시고 왕의 지엄한 명을 따르시오."

원룡은 이번에도 호륵걸의 말투를 따라 했다.

"허, 참. 저도 길은 형솔에게 물어볼 생각이었으니 어쩔 수 없이 같이 가게 생겼소이다."

"왜들 이러시오! 원룡 장군, 자네까지 이러면 나는 어떻게 하라는 것인가……."

울음기 머금은 왕의 비통함에 원룡은 의자에서 일어나 바닥에 무릎을 꿇었다.

"감문의 장군으로 베풀어주신 왕의 은혜를 어찌 외면하겠습니까. 하여 제가 그 은혜에 보답할 길은 오직 이 길뿐입니다."

"그게 무슨 소리냐. 살아서 내 곁을 지켜줘야지."

원룡의 두 눈에서 굵은 눈물방울이 굴러떨어졌다.

"저는 왕과 백성을 지켜야 하는 감문의 장군입니다. 왕께서 귀부하시면 그것은 백성을 아끼는 지극하신 마음이지만 소장은 나라를 지키지 못한 죄인입니다. 또한 감문에 목숨으로 항거하는 장군 하나 없어, 저들이 얕잡아 본다면 어찌 우리 백성의 온전한 앞날을 기약할 수 있겠습니까. 오늘 비록 형세가 피치 못하여 감문이 나라의 문을 닫는다 해도 감문의 정신으로 남을 항쟁 이야기 하나는 있어야 영원히 잊히지 않을 것이 아닙니까. 살아서 사는 자가 있으면 죽어서 사는 자 또한 있는 법입니다. 무릇 장수의 이름을 받은 자는 그날부터 죽어서 사는 명을 받은 것이니 따르게 허락하십시오. 오늘 감문이 감당할 이 모든 치욕은 오직 불민한 소장의 탓이오니 왕께서는 그 자애로움으로 백성의 마음을 다독이고 눈물을 닦아주시어 다시 희망을 찾아 오래도록 기쁨을 누리게 하십시오."

호륵걸이 의자에서 일어서 무릎을 꿇자 에트얼도 따랐다.

"바람처럼 흘러온 저희를 품어 안으셔서 감문의 백성으로 살게 해주셨습니다. 초원의 사내에게 나라를 바꾸는 것은 죽음보다 못한 일입니다. 다만 소칸의 따님이신 부인을 호위하라는 명을 받았기에 목숨을 보존하며 이 먼 곳까지 오게 되었던 것인데 선왕과 왕의 은혜로 나라를 바꾸고도 부끄럽지 않았습니다. 이제 그 은혜를 보답하지 못해 참담한 일을 겪으시게 하니 어찌 살기를 바라 나라를 다시 바꾸겠습니까. 초원의 사내이자 전사입니다. 다시 나라를 바꾸라는 명을 거두시지 않으면 차라리 저의 칼로 스스로 목을 벨 뿐입니다. 백성이 되게 하신 은혜, 감문의 용맹함을 떨쳐 보답하겠습니다."

할 말을 잃은 왕은 오직 비통한 눈물만 흘릴 뿐이었고 장부인은 눈물을 지으면서도 허허로운 웃음을 지었다.

마지막 몸 사랑

생각하던 바대로 중신 회의 결과는 귀부였다. 비통하기는 하였으나 백성이 살 수 있는 유일한 길이니 어쩔 수 없는 노릇이었다.

소문이 번져나가자 백성들은 일순 술렁거렸지만 관리들이 나서 어모와 문무 등의 예를 들며 위무하자 해가 떨어지기도 전에 차분해졌다. 당연히 서글프고 두려웠지만 일각에서는 벌써 사로의 백성이 되는 것은 큰 나라 백성이 되는 것이 아니냐는 희망의 기대를 하는 사람도 나왔다. 장삼이사(張三李四)의 그것을 변절이라 비난할 수 있을까. 아니었다. 사람으로 태어나 등골이 휘도록 일해 나라에 세(稅)를 바치고 나면 그저 굶어 죽지 않을 만큼 배를 채우며 가족을 이룬 것이 전부인 이들이었다. 그래도 자애로운 왕을 만나 웃을 수 있었고 내일을 꿈꿀 수 있어 행복하다 말하는 이들이었으니, 그 왕의 희생으로 전쟁의 참화를 피하고 가족을 보존할 수 있다 하니 또 희망을 걸어보겠다는 것을 누구라서 비난할 수 있겠는가.

해가 저물어가자 왕은 공주를 불러 서찰 한 통을 건넸다.

"형솔을 만나 전하거라."

중신 회의 결과를 듣고 내내 울어 퉁퉁 부은 눈의 공주는 다시 눈물을 비쳤다.

"정녕 이 길뿐인 것입니까?"

"네 얼굴 보기조차 부끄럽구나. 모두 내가 부족한 탓이다."

"아버님께 무슨 죄가 있다고……, 세상이 너무 탐욕스럽습니다."

"그래서 내가 어리석었다는 것이다. 사랑하면 모든 화평이 이루어질 것이라 믿었는데 그것은 한 가족에나 소용되는 것이지 나라의 일에는 가당치 않았다. 나는 처음부터 왕의 재목이 아니었고, 세상을 제대로 읽지 못하는 무능한 필부였다. 그나마 내가 위안할 수 있는 것은 나를 버려 백성의 피만은 보지 않을 수 있다는 것이니 아주 사람의 도리를 못 하지는 않는 듯하구나. 그러니 너무 비통해하지 말고 이제 너도 사로의 백성으로 또 다른 희망을 찾아보아라. 너의 총명함이면 반드시 찾아내고 이룰 것이다."

소명은 어렴풋하나마 이미 세상의 흐름을 깨우치고 있었다. 왕의 뜻은 그 흐름에 가장 부합하는 것이니 더는 서러움을 비쳐 자식으로 아버지의 마음을 괴롭힐 일은 아니라 생각했다.

장부인은 손수 저녁상을 보고 원룡과 초원의 전사 모두를 불러 마주했다. 살아남아 있던 초원의 사람은 모두 나라를 바꿀 수 없다는 호륵걸의 뜻에 따르겠다, 자청했다. 가족이 있는 이들도 있었지만 살아오는 세월 동안 지켜보며 결코 뜻을 꺾을 그들이 아니라는 것을 알았기에 눈물은 지어도 앞을 막아서지는 않았다. 장부인 또한 이미 눈물은 거두었고 이별의 슬픔도 묻었다. 초원의 사람으로 하늘 가까운 곳에 묻히면 이내 다시 만나게 될 것인데 잠시 이별하는 슬픔을 무겁게 여기는 것은 티끌에 미련을 두는 것일 뿐이었다. 또한 진정 그리운 사람을 하늘에 두고 삶에 연연한다면 어찌 그것을 그리움이라 할 수 있겠는가.

"원룡 장군, 진정 고마웠습니다. 아깝고 또 아깝지만 고귀한 그 뜻을 막지는 않겠습니다."

"고맙습니다. 장부인께서 계셔서 많은 힘을 얻고 전정한 무사가 될 수 있었습니다. 평안하십시오."

"다시 술상을 차릴 수 없겠군요. 초원의 형제들, 모두 고마웠습니다. 제가 미리 잔을 채워두었으니 드십시오."

장부인의 말에 모두 술잔을 들어 단숨에 비웠다.

"부인, 이렇게 모실 수 있어서 영광이었습니다. 언젠가 하늘에서 다시 뵙겠습니다."

호륵걸이 밝은 얼굴로 호탕하게 이별을 말하자 장부인은 일어나 무릎을 꿇고 절을 올렸다. 모두가 기함하며 의자에서 일어섰다.

"장, 장부인……."

"오라버니, 곁에 있어서 살 수 있었습니다. 초원의 하늘에서 다시 뵙게 되겠지요."

"오라버니라니, 어찌 그런 말씀을……."

"저를 지켜주시던 어릴 적, 오라버니라 불렀던 기억이 있습니다. 또한 언제나 제 마음 속에서는 오라버니였습니다."

"그래도 부인은 저희의 칸이십니다."

"초원에서 만나면 그때 또 칸이 되겠습니다. 하지만 오늘은 옛날처럼 오라버니의 동생이고 싶습니다."

"짜, 짱아……."

호륵걸은 소리 없는 눈물을 쏟으며 더듬거렸다. 실로 오랜만에 불러 보는 이름이 아닌가. 아직 제대로 이름을 얻기 전에 '짱'으로 불리며 초원을 떠나 왔기에 장부인이 된 것이었다. 그녀의 눈가에도 물방울이 맺혔다.

"많이 외로우셨지요. 오라버니의 말 잘 타는 여인이 되지 못해 언제나 미안했습니다. 칸으로 여겨주지 않았다면 그리했을지 모르겠습니다만, 칸이라고들 하셨기에 모두를 지키는 길을 택했습니다."

"알고 있었다. 그렇더라도 지금 왜 그런 말을 입에 담아."

호륵걸에게 저런 자상한 음성이 있었다니, 원룡은 속 깊은 진짜 사내에게 다시 감동했다.

"이제 다시 볼 수 없을 텐데, 하늘 길까지 외롭고 그리운 마음으로 가시게 하고 싶지 않았습니다."

"고맙다. 부디 행복하여라."

호륵걸은 그녀의 두 손을 붙잡아 일으킨 뒤 의자에 앉게 했다.

"자, 모두 잔을 채워라. 감문의 백성이 되게 해주시고 지켜주신 칸이시다. 영광과 행복이 함께하기를 기원하자!"

"칸에게 영광과 행복을!"

죽음의 잔치가 신명으로 들썩거리자 원룡이 자리를 돌며 한 사람 한 사람마다 술을 부어주고 같이 잔을 비웠다. 이제 마지막으로 호륵걸의 차례였다.

"한 잔 받으시지요, 형님."

"근엄해야 할 장군이 취했구먼, 형님이라니요."

"아닙니다, 진작부터 형님이라 부르고 싶었습니다."

"장군이라는 자의 마음 꼬락서니하고는. 내 말본새가 지랄맞기는 하지만 장군으로 생각지 않은 적은 없소이다. 훌륭했소."

"아닙니다, 형님이 장군이 되고 저는 부장이어야 했습니다."

"하마터면 진작 나라를 말아먹을 뻔했소이다. 이 앞뒤 가리지 못하는 성질머리로 장군이 되었으면 그리되지 않았겠소. 하하하."

"그건 부장님의 말씀이 맞습니다. 왕께서도 호륵걸 부장을 장군으로 임명하려 하셨지만 제가 극구 말렸습니다."

"거 보슈, 장군. 우리 칸까지 내가 장군감이 아니라잖소. 어이, 다들 그렇게 생각하지 않나?"

"예, 아무래도 형님이 장군감은 아니시죠. 하하하!"

"뭐야, 저런 우라질 놈의 자식들! 푸하하하!"

"그래도 초원에서는 최고의 장군감이십니다."

"그렇지, 그래. 내가 초원에서는 최고지, 푸하하하!"

"형님, 내일은 어차피 초원입니다. 지휘는 형님이 하십시오. 저도 마지막은 오직 용감한 전사로 돌아가겠습니다."

"어, 그건 또 원룡 장군 말씀이 맞는 것 같은데요."

"그래? 그럼 내일은 내가 장군 노릇을 해봐?"

"좋습니다, 하하하!"

도무지 죽음의 잔치가 아니었다. 장부인은 가벼운 마음으로 다시 한 번 모두의 잔에 일일이 술을 채워주는 것으로 마지막 인사를 대신하고 조용히 나갔다. 그녀가 방문을 닫자 전사들은 비로소 비장함을 띠며 웃음기를 거두었다.

소명은 미리 받은 원룡의 서찰과 함께 왕의 서찰을 형솔에게 건넸다. 형솔은 먼저 왕이 보낸 서찰의 봉투를 열었다. 서찰은 하나가 아니라 왕과 장부인이 각각 보낸 둘이었다.

왕의 서찰은 대장군 우로에게 귀부의 뜻과 함께 그 절차는 사로의 예에 따르고, 백성의 삶에 변화가 없도록 선처를 바랄 뿐 다른 원하는 바는 없다며 죄를 청한다는 내용이었다. 이어 장부인의 서찰도 펼쳤다. 공주에 대한 부탁을 담은 짧은 내용이었다.

"뭐라 하셨습니까?"

"무릎을 꿇는 모습을 공주님께 보이고 싶지 않다고 하셨습니다. 공주님은 내일 여명이 들면 나벌들 너머의 고개로 와주십시오. 먼저 금성으로 모시겠습니다."

"제가 왜 금성에요?"

"귀부 절차가 끝나면 부왕께서도 사로 이사금을 알현하러 금성에 가실 것입니다. 그때 뵙고 함께하시면 될 것입니다."

소명이 수긍하는 듯 고개를 떨어뜨리자 원룡의 서찰을 꺼냈다.

우리 무장들은 귀부하는 왕의 뜻을 따르지 않을 것을 결의할 것이다. 해가 오르면 나루터 둑 위에 진열할 것이다. 우리의 수를 확인하고 나루터로 감당할 군사를 출전시켜라. 후퇴하면 따라오라, 매복은 없다. 무장들의 항거로 백성에게 무고한 피해가 가지 않도록 하려는 것이니 벼 한 포기라도 조심해 주기 바란다. 너의 의리와 사로의 포용을 믿는다. 다만, 용맹을 보여줄 것이니 단단히 준비하라.

죽음의 냄새가 물씬 풍겼다. 그러나 비장한 아름다움이 함께했으니 같은 무장으로서 눈물을 보이지는 않을 것이었다.

태풍의 눈 같은 고요가 깊었다. 궁 안은 사람의 발소리는커녕 작은 벌레 소리조차 들리지 않았다. 아침이 밝으면 나라의 궁이 아닌 한 가족의 집이 될 테니 더러 숨죽여 흐느끼는 소리로 왕의 심기를 괴롭힐 수 있다며 모두 퇴궁하게 하여 더욱 그럴 것이었다.

왕은 침상에 누웠으나 잠이 올 리 없었으니 한숨만 깊었다. 침소의 문이 조용히 열리고 술병이 놓인 소반을 든 장부인이 들어섰다.

"오, 부인. 이 깊은 밤에 어인 걸음이시오?"

"잠을 이루지 못하실 것 같아 술상을 보아 왔습니다."

왕은 침상에서 일어나 탁자를 사이에 두고 장부인과 마주앉았다.

술병을 들어 소반 위 두 개의 잔을 모두 채운 장부인은 그중 하나를 왕의 앞에 놓았다.

"이렇게 부인과 술잔을 나누는 건 꽤 오랜만이군요."

"쉬 잠을 이룰 수 없는 밤이 아닙니까."

"그렇습니다. 자, 드시지요."

잔이 비워지자 장부인은 다시 술잔을 채웠다.

"참으로 고마웠습니다. 또한 그 자애로움은 외로운 처지의 제 마음을 항상 따뜻하게 해주셨습니다."

"부인의 담대함으로 군사의 일에 애쓰지 않아도 되었기에 백성을 보살피는 일에 전념할 수 있었습니다. 큰 복을 누렸습니다."

"제 주제넘음을 너그럽게 묵과해 주셔서 감히 할 수 있었던 일입니다. 제가 부족하여 오늘 일이 이리되고 말았습니다. 송구합니다."

"아닙니다, 부인의 말씀을 따랐더라면……. 아마 그도 아닐 것입니다. 아무리 애를 썼다 해도 결과는 마찬가지였을 테고, 어쩌면 백성의 피만 흘리게 했을지도 모르는 일입니다."

"하늘의 뜻도 그러한 듯했습니다."

"그럴 테지요. 자, 우리 이제 그 이야기는 그만 하십시다."

왕의 한숨이 쓸쓸했다.

"혼례 치르던 날이 여전히 가슴에 남습니다. 부인은 생각나십니까?"

"잊을 리가 있겠습니까."

"지금도 여전히 아름답지만 그때는 정말 눈이 부셨습니다."

"지금 소명이 그렇듯 젊음이란 항상 눈부시지요."

"예, 젊다는 것은 참 눈부신 아름다움이지요."

"이제 소명의 짝은 누가 될까요?"

"내일이면 사로의 백성이 되는 것이니 이제 형솔에 대한 노기는 씻었습니다."

"염두에 두시는 것입니까?"

"허허, 이제 왕이 아니라 평범한 백성이 될 텐데 소명만 좋고 행복하다면 누군들 무슨 상관이겠습니까."

장부인은 이미 형솔에게 소명을 부탁했다는 이야기는 하지 않았다.

"후사를 생산하지 못한 죄는 죽어서라도 용서를 빌겠습니다."

"그런 말씀 마세요. 제가 행복했고, 이제 나라를 잃은 왕인데 후사로 그 치욕을 잇지 않게 되었으니 차라리 잘된 일입니다. 다 하늘의 뜻이었던 게지요."

자책의 마음으로 연거푸 잔을 비운지라 왕의 얼굴에 술기운이 짙었다.

"저는 내일 제단을 지키겠습니다."

왕의 눈이 휘둥그레졌다.

"무슨 말씀이오?"

장부인은 태연한 표정으로 옅은 웃음기까지 머금었다.

"많은 무장들이 피로써 감문의 정신을 남길 텐데 제단을 지키며 하늘에 명복을 빌 생각입니다."

왕은 내키지 않았지만 말리지는 않았다. 신녀이기도 했고, 사실상 군사의 일을 모두 관장하였으니 무장들의 마지막에 무심할 수 없을 것은 당연했다.

깊어지는 왕의 한숨 소리에 장부인은 잔을 거두어 소반에 담았다.

"그만 침상에 오르십시오. 오늘은 소첩이 모시겠습니다."

왕이 침상 앞에 이르자 장부인은 겉옷을 벗겨주었다. 왕은 새삼스러운 부인의 손길에 설핏 쑥스러운 기색을 흘렸다. 왕이 침상에 눕자 장부인은 옅은 등촉 하나만 남기고 모두 끈 뒤 자신의 겉옷도 벗었다. 얇은 천 사이로 그녀의 속살이 드러나자 왕은 입안에 고인 침을 소리 없이 삼켰다. 침상에 오르며 얇은 속옷마저 벗은 그녀는 왕의 남은 옷도 벗겨냈다.

매끄러운 알몸을 왕의 알몸 위에 포갠 그녀의 입술이 입술에 닿자 왕은 뜨거운 숨을 토했다. 입술과 입술은 금방 촉촉이 젖어들었고 혀와 혀가 뒤엉켰다. 왕은 문득 낯설다는 생각이 들었지만 부인의 입술이 목젖에 닿아 뜨거운 숨결로 애무하자 머릿속이 하얗게 바랬다.

왕은 허리를 세워 불끈 그녀를 안고 다시 입술을 찾아 빨다가 머리를 내려 젖가슴을 물었다. 그녀의 입에서 밭은 숨과 옅은 신음이 동시에 흘러나왔고 왕의 애무는 뜨겁고 격해졌다. 부인은 그 입에 젖가슴을 맡긴 채 자신의 입술로 왕의 어깨를 애무하며 손으로는 등을 격하게 더듬었다.

배 아래에 닿아 있는 여인의 은밀한 곳에서 따뜻하고 촉촉한 것이 흘러나오는 것을 느끼자 왕은 가슴을 입에 문 채 턱을 밀어 부인을 눕혔다. 이제 왕의 입술은 가슴에서 아래로 향하며 뜨거운 숨결을 멈추지 않았다. 마침내 왕의 입술이 은밀한 그곳에 이르자 부인은 눈을 감고 온몸을 비틀었다.

폭풍처럼 몰아치다 잔물결로 여운을 깊게 하고, 다시 이글거리는 불꽃으로 타올랐다가 희미한 등촉처럼 정신이 아득해지기를 수십 차례, 그때마다 두 알몸은 뱀이 되어 뒤엉키기도 했고 담금질된 쇠처럼 강하게 굳어버리기도 했다.

두 사람은 서로의 냄새를 맡고 탐했다, 왕은 부인에게서 알 수 없는 꽃 향의 살냄새를, 부인은 왕에게서 역하지 않은 강한 짐승의 살냄새를.

뜨겁고, 격렬하고, 정신을 놓아버릴 것 같은……, 이처럼 황홀하고 멈출 수 없는 몸 사랑은 처음이었다. 왕은 모든 것을 망각한 채 오직 그 몸 사랑에만 빠져들었고, 장부인의 두 눈에서는 서러워 서늘하고, 마지막 불꽃이라 뜨거운 눈물이 점점이 흘러내렸다.

밤은 그렇게 빨간 아름다움, 검푸른 처연함으로 흘러가고 있었다. 아름다웠다. 슬펐다…….

별이 된 백운산 전사들

　과연 감천 건너편에 펼친 사로군 2천의 진세는 장엄하고 의연했다. 밤사이 뗏목을 만들어 감천에 설치한 부교는 넓고 튼튼해 당장이라도 말을 달려 진군하면 태풍의 물살이 될 것 같았다.

　날이 밝자 감천 변으로 나온 백성들은 건너편 사로 군세에 질려 낯빛은 백지장이 되었고 감히 입술을 떼는 사람이 없었다.

　호륵걸은 결전에 자원한 군사를 모두 둑 위로 모이게 해 일렬로 정렬하고 손에 든 장도를 하늘로 치켜들어 함성을 독려했다.

　"감문 만세! 와-! 감문 만세! 와-!"

　당초 계획은 초원의 전사를 중심으로 스무 명 정도였다. 그러나 감문의 정신을 남기겠다며 자원한 군사와 장정은 밤새 끝없이 이어졌다. 그들의 가족들도 기꺼이 보내겠다며 따라와 아버지는 며느리의 어깨를 다독여 위로했고, 어머니는 자식의 손을 굳게 잡아 아비의 용맹을 두 눈 깊이 각인시켰다. 원룡이 설득하고 호륵걸이 달래고도 끝내 남은 군사는 모두 80. 그들 앞에서 원룡은 이제 장군은 호륵걸이고 자신은

300

모두와 같은 군사이니 그의 명을 따르라 했다. 처음에는 모두가 어리둥
절했지만 이내 수긍하고 복종을 결의한 터였다.

"장하다, 감문의 군사들이여! 이제 사로의 군사들이 부교를 건너면
나는 원룡과 함께 적을 대적하며 유인할 것이니 너희는 에트얼을 따라
후퇴하라! 우리가 여기에서 접전을 펼치면 백성이 상할 수 있고 일 년
을 공들인 논밭이 쑥대밭이 된다. 백성의 눈물과 한숨은 결코 감문의
정신이 될 수 없다! 우리의 결전은 속문산에서 신명나게 펼치자! 알겠
느냐!"

"장군의 명을 따르겠습니다! 감문 만세!"

"모두 얼마나 되던가?"

"80입니다."

대장군 우로는 눈살을 찌푸렸지만 이내 호탕한 웃음을 터트렸다.

"80이라, 참으로 장하고 의연한 놈들이다. 또한 내가 감문을 가볍게
여겼는데 만만치 않았구나. 형솔, 너의 공이 크다. 돌아가면 이사금께
큰 상을 청하겠다."

"과분한 칭찬이십니다."

"아물은 대기하고 있느냐?"

"예, 모두 백 명입니다."

"그들이 대적할 수 있겠느냐?"

"정예라 하나 죽으려 나선 군사인데 온전히 감당하지는 못 할 것입
니다."

"감문군은 기병이냐?"

"원룡과 호륵걸만 말을 탔습니다."

"그럼 아포군의 뒤를 사로 기병 1백으로 받쳐주면 되겠구나."

"모두 보병으로 하고 저에게 선봉을 맡겨주십시오."

"왜 굳이 죽으려는 자들을 대적하려 하느냐?"

"약속을 했습니다."

"약속이라……."

우로는 잠시 생각했다. 무장의 약속은 목숨만큼 중한 것이나 초전에 부딪치면 상할 확률이 매우 높은 전투였다. 지략을 갖춘 수하를 잃고 싶지도 않았고 그 명예도 지켜주고 싶었다.

"그럼 초전의 선봉은 아물에 맡기고 너는 사로군 모두에게 활을 지참토록 하여 지휘하라. 후퇴로 결전장을 안내하겠다니 그곳에서 전 군사의 선봉으로 약속과 명예를 지키면 될 것이다."

"그리하겠습니다."

"아포군에도 백성과 농경지를 상하지 않도록 주의시켰느냐?"

"군령으로 명했습니다."

"오래 귀감이 될 전투가 되겠구나. 너희가 마을을 벗어나면 감문왕을 불러 귀부의 절차를 밟을 것이다. 해가 지기 전에 돌아와 잔치 자리를 빛내어라."

"명, 받겠습니다!"

등을 돌려 장막을 나가려는 형솔을 문득 생각난 듯 우로가 불렀다.

"멈추어라."

"예, 무슨 명이신지?"

형솔의 물음에 우로는 잠시 머뭇거렸지만 설핏 겸연쩍은 웃음을 흘리며 말했다.

"돌아오는 길에 사달산의 샘물을 찾아 묻어버리도록 하라."

뜻밖의 명에 형솔은 어리둥절한 표정이었지만 곧바로 군례를 취했다.

"병졸들을 시켜 그리하겠습니다."

형솔이 나가고 우로는 또 멋쩍은 웃음을 지었지만 이내 고개를 끄덕였다.

궁궐에서 감문 술을 마시며 원룡으로부터 샘물 이야기를 들었을 때는 크게 개의치 않았지만 막상 80명이나 되는 군사가 죽음으로 감문의 정신을 남기려 하는 결의를 대하고 나니 마음 한편이 께름칙한 것이었다. 어차피 사로의 백성으로 모두를 껴안아야 하기는 했지만 앞날이 수월하려면 지나치게 강한 기운은 근원을 없애야 한다는 판단에서였다.

고갯마루에 이른 소명은 형솔이 나타나기를 초조하게 기다렸다. 아무리 귀부라고는 하지만 원룡 장군 등이 죽기로 항거한다니 어찌 돌아갈지 알 수 없는 일이었다. 더군다나 군사의 일에서 아녀자가 능욕을 당하는 일은 흔했다. 나라를 잃고 원룡마저 저리 각오를 했으니 이제 의지할 사람은 형솔뿐이라는 어머니의 말씀에 일리가 있었다. 비록 그가 거짓 행세를 했다고는 하나 감문에 선의를 가졌던 것은 사실이고 끝까지 의리를 지키기도 했다. 이제 공주가 아닌 한 사람의 백성이 되는 것이지만 가라와 형솔로 인해 품은 꿈은 여전했다. 의지할 사람이기도 했지만 꿈을 준 사람이고 깊었던 연모의 마음이었기에 밤사이 원망은 모두 거두었다.

고개 아래에서 말을 달려오는 사내가 보였다.

"아니, 너는 무실이 아니냐?"

무실이 말에서 내리자 소명은 형솔에게 무슨 일이 있는 것인가 가슴이 철렁했다.

"예, 공주님, 형솔 님이 저를 대신 보냈습니다."

"형솔 님은?"

"원룡 장군 등 항거하는 군사에 대응하는 부장으로 출전하십니다."

"뭐라고? 왜? 아니, 원룡 장군이나 호륵걸 부장의 분노를 어찌 감당하려고?"

"염려 마십시오. 아포군이 선봉에 서고 장군은 사로군을 인솔하니 별일 없을 것입니다."

"그렇다면 나는 여기에서 형솔 님이 오실 때까지 기다리겠다."

"아닙니다. 저보고 먼저 금성으로 모시라 했습니다."

"그렇게 할 수 없다. 여기서 기다릴 테니 너는 돌아가 형솔 님이 돌아오시면 그리 전해라."

"안 됩니다. 혹시 위험한 일이 있을지도 모릅니다."

무실이 아무리 말해도 소명은 들리지 않는 듯 대꾸 한 마디 없이 요지부동이었다. 무실은 소명의 연모를 알 수는 없었지만 여인의 고집은 익히 아는 터라 고개를 저으며 한숨만 내쉬었다.

"뭐야, 저기 맨 앞에 오는 놈은 아물 아니야?"

솥뚜껑만 한 손바닥을 눈 위에 붙여 밝아오는 햇살을 가리며 부교 위로 밀려오는 군사를 살피던 호륵걸이 말하자 원룡도 눈을 찌푸려 살폈다.

"맞습니다, 아물 그놈입니다."

"저런 쥐새끼 같은 놈! 아무리 작전이 있어도 저놈의 목은 베고 가야겠소."

"그러시죠. 모두 보군이니 우리 둘이 한바탕 휘저읍시다."

"좋지. 이놈의 새끼, 네놈의 목이 감문의 첫 제물이다. 흐흐흐."

적의 선두가 부교에서 모래밭으로 내려서자 호륵걸은 고개를 돌렸다.

"모두 후퇴하라!"

명이 내려지자 감문의 군사들은 질서정연하게 둑 아래로 달려가기 시작했다.

"자, 형님, 제가 먼저입니다."

원룡이 말을 달려 모래밭으로 질주하자 호륵걸도 말에 박차를 가했다.

"저런, 내가 먼저다!"

둑 위의 군사가 순식간에 사라지며 후퇴하는 줄 알았는데 두 필의 말은 자신들의 앞으로 짓쳐들어오니 당황한 아포군의 대오가 흔들렸다.

"아물, 이 반역자야!"

원룡의 칼이 번득이자 아물은 잽싸게 군사들 속으로 물러나며 소리쳤다.

"감문의 장군이다! 죽여라!"

"아물, 이 쥐새끼야! 장군은 나다!"

뒤따라 들이닥친 호륵걸의 장도가 바람을 가르자 혼비백산한 아물은 더 깊숙이 군사들 속으로 몸을 피했다. 그러나 군사들 역시 말발굽을 피하려 전열을 흩트리니 그 틈으로 원룡과 호륵걸의 말이 짓쳐 들어갔다.

아물이 돌아서 칼을 휘두르려는 순간 원룡의 칼이 그의 팔뚝을 베었

고, 뒤이어 호륵걸의 장도가 번쩍 빛을 발하자 머리부터 가슴까지 갈라진 아물이 검붉은 선혈을 분수처럼 뿜어내며 꼬꾸라졌다.

"자, 이젠 우리도 후퇴다!"

호륵걸과 원룡은 말 머리를 돌려 질주했다.

이제 부교 가운데에 이른 형솔은 두 무장의 전광석화를 멀리서 지켜보며 소리 없이 감탄했다. 저들과 말 머리를 나란히 해 전장을 누빈다면 얼마나 든든하고 아름다울 것인가. 또한 저 자리에서 칼을 더 휘두르면 수십의 목을 떨어트릴 수 있을 텐데 깨끗이 물러나는 것은 깊은 원한을 푼 것일 뿐 약속을 지키겠다는 뜻이니 의롭기도 했다.

제의에 조금도 흐트러짐이 없는지 다시 한 번 살피게 한 장부인은 제단 앞에 서기 전 모든 제녀들에게 궁으로 돌아가라 일렀다. 제를 올리며 제녀들을 물리는 의미의 섬뜩함에 모두 아니 된다 무릎을 꿇었지만 서릿발 같은 눈빛과 엄중한 음성에 머뭇머뭇 돌아섰다.

장부인은 경건하게 제단 앞에 무릎을 꿇고 북쪽 하늘을 우러러 절을 올렸다.

"하늘이시여, 이제 초원의 자식과 감문의 자식들이 영혼으로 하늘에 돌아가려 합니다. 목숨을 가벼이 여기는 것이 아니라 용맹한 죽음으로 초원과 감문의 정신을 영원히 전하려 함이니 너그러이 받아주소서. 기쁘게 용맹을 드높일 용기를 주시고 단칼에 죽어 아픔을 적게 하소서. 별이 되어 가족과 이 땅을 내려다보게 하시고 그 명예를 빛나게 하소서……."

장부인의 절과 기원은 쉼 없이 이어졌다.

도중에 말을 버리고 군사들과 합류한 호륵걸은 모두를 이끌어 감문의 북쪽 끝 속문산 등성이로 향했다. 빗내 나루터에서 시작했으니 그 남쪽의 왕궁은 온전할 것이며, 오는 도중 수시로 아포군을 자극하고 더러는 목을 베었으니 오직 추적에만 매달려 논밭에 발 디디는 자 하나 없었다. 멀리에 사로군의 기치가 보였으나 엄한 군기로 질서정연했으니 역시 논밭을 짓밟지는 않을 것이었다. 배신이라며 치를 떨었는데 그 형솔이 고마웠다.

　마침내 속문산 등성이. 호륵걸은 팔뚝으로 땀을 훔치며 마치 사냥이나 나온 듯 불어오는 바람을 온몸으로 받았다.

　"자, 여기 속문산 등성이, 이보다 더 죽기에 좋은 땅이 있느냐!"

　"딱 좋습니다!"

　모두가 한 소리로 우렁차게 답했다.

　"그래, 여기 등성이에서 죽는다! 하늘이 가까우니 영혼의 갈 길이 그만큼 줄어들지 않겠느냐, 우하하하!"

　"우린 모두 형제가 되는 겁니다!"

　"그래, 이제 우리는 형제다! 신명나게 싸우고 웃으며 죽자!"

　"예, 기쁘게 죽겠습니다!"

　"저기 놈들이 옵니다!"

　"앞에 오는 놈들은 아물의 졸개들이다. 모조리 죽여서 용맹을 보여라! 사로 군사들에게는 돌만 굴리고 활을 쏘면 피하지 말라! 저들이 상하면 감문 백성도 상한다. 진정 하나가 되도록 우리의 의리를 보여라!"

　"예, 장군!"

　"젠장, 이제 그놈의 장군, 끝이다. 오글거려서 더는 못 해먹겠다."

　"우하하하! 그래도 장군입니다!"

"야, 형제다! 형님 동생으로 죽자!"

"예, 형님!"

아포 군사들이 하나둘 등성이로 올라서기 시작했다.

"원룡아, 가자!"

"예, 형님! 자, 가자!"

먼저 도착해 땀도 식혔겠다, 신명나는 놀이에 나서듯 달려가 칼과 창을 휘둘렀다. 하나둘 아포군의 목이 떨어지며 80 형제 중에서도 숨을 놓는 자들이 나오기 시작했다.

"먼저 가는 형제는 일찍 쉬어 좋고, 뒤에 가는 형제는 신나게 놀아서 좋구나!"

"예, 좋습니다!"

멀리 속문산에서 피어오르던 흙먼지가 점점 잦아들고 있었다. 장부인은 하늘을 향한 기원을 멈추고 품안에서 짧은 검을 꺼내 제단 아래에 놓았다.

먼저는 왕궁을 향해 절을 올렸다.

"왕의 깊으신 사랑에 마음을 다하여 감사드립니다. 이제 저는 형제들과 하늘 길을 가려 합니다. 별이 되어 밤마다 왕과 공주를 지켜보며 성원할 것입니다. 백성을 향한 그 자애로움은 반드시 번성으로 빛날 것이니 슬픔을 거두소서. 훗날 초원의 사람으로 인연이 닿으면 형제가 되는지요. 안녕히……."

방향을 돌려 속문산을 바라보며 절을 올렸다.

"호륵걸 오라버니, 언제나 곁을 지켜주셔서 행복했습니다. 바라보게만 한 죄, 하늘에서 용서 빌겠습니다. 초원의 형제들이여, 끝까지 아름다워 자랑스럽습니다. 감문의 형제들이여, 그 이름 영원할 것이니 눈물을 흘리지 마십시오. 이제 곧 하늘에서 다시 만나면 모두 형제가 될 터이니 참으로 즐겁습니다."

무릎을 꿇고 칼을 뽑았다. 찬란한 햇빛에 칼날이 보석처럼 반짝거렸다. 망설이지 않고 심장을 겨누고 하늘을 우러렀다.

"이제 가렵니다. 손을 내밀어 잡아주소서. 가슴을 열어 받아주소서."

칼끝이 심장 깊숙이 밀려들자 숨이 점점 옅어졌다. 모든 인연이 언젠가는 다시 하늘에서 만날 것이니 아쉬움은 없었다. 후회할 것도 없었다. 아름다운 삶이었다, 생각하니 입가에 웃음이 번졌다. 눈부시던 햇살이 서서히 흐려졌다. 밤처럼 어둠이 밀려들 줄 알았는데 햇살보다 더 빛나는 하얀빛의 세상이 열리고 있었다…….

"아물의 졸개들은 이제 다 잡았나?"

"예, 그런 것 같습니다."

"우리는 얼마나 남았나?"

"한 서른은 멀쩡한데 스물은 상처가 깊습니다."

"서른은 먼저 갔군."

"예, 성질 급한 놈들입니다, 우하하하!"

"자, 이제 돌무더기 뒤로 자리를 이동하라!"

부상 깊은 형제들을 부축해 자리를 옮기는데 등성이로 향하는 형솔의 모습이 보였다. 호륵걸이 앞선 원룡의 어깨를 쳐 돌아보게 하고 턱짓으로 형솔을 가리켰다.

원룡이 두 손을 입에 모아 소리쳤다.

"어이, 형솔! 기다려줘 고마웠다!"

형솔도 두 손을 입에 모았다.

"이제 우리 차례다!"

"네 배신이 아니라 내가 진 것이다!"

"선봉의 약속을 지키는 것이다!"

"선봉에 섰으니 약속은 지킨 것이다! 공주를 부탁한다!"

"안 된다! 겨뤄야 한다!"

지켜보고 있던 호륵걸이 우렁찬 고함을 내질렀다.

"어린 형솔아! 이제 바위가 굴러간다! 화살이 아니면 네 군사들이 상한다!"

"그래, 사로 군사가 상하면 감문 백성에게 눈총이 돌아간다!"

호륵걸에 뒤이은 원룡의 외침은 화살로 죽여 사로군의 피를 보지 말라는 뜻이 아닌가. 형솔은 고개를 저었다.

"약속이 틀리지 않나!"

형솔의 고함에 호륵걸이 한바탕 껄껄 웃었다.

"어린 아이야! 약속은 의리다! 죽어야 할 자에게 지켜야 할 의리가 무엇이더냐! 자, 이제 간다!"

형솔이 뭐라 더 말할 틈도 없이 호륵걸의 호령이 떨어졌다.

"모두 돌을 굴려라!"

만일에 대비해 진작부터 감문 인근의 높은 산마다 큰 돌덩이를 모아 두게 했으니 해질녘까지는 굴릴 수 있었다.

"피하라!"

굴러 떨어지는 돌덩이는 사로 군사의 생명을 빼앗기에 충분할 만큼 거셌다. 어떻게든 등성이로 진군해 보려 했지만 점차 굴러 떨어지는 돌덩이가 많아지니 어쩔 수 없었다.

"모두 활을 쏘아라!"

사로군을 향한 형솔의 소리에 호륵걸이 벌떡 일어서니 원룡을 뒤이어 남은 50여 결사대도 모두 일어섰다.

"그렇지! 자, 이제 신나게 놀아보자!"

호륵걸의 호령에 그들 50은 모두 태연히 팔짱을 낀 채 발로 돌덩이를 굴렸다.

돌덩이가 구르고, 시위가 당겨지고, 화살이 몸에 박혀도 숨이 끊어질 때까지 버티고 섰다가 마침내 쓰러지면 웃으며 소리쳤다.

"감문아, 안녕히!"

하나, 둘, 셋……, 원룡이 꼬꾸라져 산 아래로 구르다가 나무둥치에 걸려 멈추고, 호륵걸이 고슴도치가 되어 산등성이에 드러눕고……. 장렬하니 아름다웠고, 아름다우니 화살을 날리면서도 눈물을 흘렸다.

"멈추지 마라! 계속 쏘아라! 고통을 빨리 끝내 주어라! 숨을 완전히 거두어 주어라……!"

형솔은 굵은 눈물방울을 그치지 못하며 통곡하듯 소리치고 또 소리쳤다.

하나둘 목숨이 끊어질 때마다 점점 흰 구름이 몰려들어 속문산을 뒤덮기 시작했다. 하늘 한쪽에서는 낮달이 얼굴을 비치니 흰 구름에 빛이 더하는 듯했다. 마침내 산은 사라지고 하얀 구름만 가득하니 그로부터 감문의 사람들은 백운산(白雲山)이라 했다.

감문의 정신, 영원하리

형솔을 불러 감문왕에게 직접 전말을 자세히 들려주게 한 대장군 우로가 처연한 음성으로 말했다.

"또한 그들의 주검은 모두 그들의 예에 따라 산등성이와 등성이 가까운 곳에 묻어주었다니 너무 비통해하지 마오. 사로 군사는 활을 쏘면서도 그 장렬한 모습이 아름다워 같은 군사로서 눈물지으며 고통을 짧게 했다 하오. 좋은 장군과 군사를 두었소. 부인의 주검도 제단 터에 그대로 묻어 크게 장사지내라 하였으니 모두 오래도록 명예로운 정신으로 기억될 것이오."

금효왕은 눈물을 거두지 못하며 다시 허리를 숙여 머리를 땅에 닿게 했다.

"자애로움에 깊이 감사드립니다."

"이제 아물도 죽었으니 앞으로는 아포의 백성까지 보살펴 사로에 충성을 다하시오."

"거두어 주십시오, 저는 죄인입니다."

"이사금의 명이 내려지면 더는 사양하지 마시오. 불충이 될 것이오."

"……."

"형솔, 공주는 찾아보았느냐?"

"먼저 금성으로 향하지 않고 고갯마루에 있다가 어머니의 소식을 듣고 혼절했다는데 아직 깨어나지 못하고 있습니다."

"너는 공주를 지켜 금성으로 오도록 하고, 모두 철군을 준비하라 이르라."

"명, 받습니다!"

우로가 다시 금효왕에게 눈길을 돌렸다.

"그대는 이제 우리와 함께 금성으로 가 이사금을 알현해야 할 것이오."

"예, 따르겠습니다."

나라를 잃으니 장군과 군사를 잃고도 장례를 치러주지 못하고, 부인이 죽어도 염습을 지켜보지 못하니 비통함이 뼈에 사무쳤다. 공주가 어찌 될지 초조했지만 그 또한 간여할 수 없었고, 오직 죄인으로 군사에 둘러싸여 가자는 곳으로 가야 할 뿐이었다. 오, 망국의 슬픔이여……. 그러나 백성은 살아남았고 잊지 못할 정신의 기억이 또렷이 남았으니 다시 나라를 세우지는 못 해도 아주 서럽지는 않을 일이었다. 무엇이 사는 것이고 무엇이 죽는 것인지, 지키는 것은 무엇이고 잃어버리는 것은 무엇인지, 다스리는 것은 무엇이고 자애는 무엇인지, 강성한 힘은 무엇이고 풍요로운 부는 무엇인지…… 죽는 그날까지 생각하고 또 생각해야 할 숙제만 남았다. 왕을 칭했기에, 왕이라 불렸기에…….

<끝>